善財

ishikawa jun

石川 淳

講談社文芸文庫

目次

焼跡のイエス・善財

山桜

判りにくい道といってもこうして図に描けば簡単だが、どう描いても簡単にしか描けないとすればこれはよほど判りにくい道に相違なく、第一今鉛筆描きの略図をたよりに杖のさきで地べたに引いている直線や曲線こそ簡単どころか、この中には丘もあるし林もあるし流もあるし人家もあるし、しかもその道をこれからたどらねばならぬ身とすればそろそろ茫然としかけるのだが、肝腎の行先は依然として見当がつかず、わずかに測定しえたかと思われるのは二つの点、つまり現在のわたしの位置と先刻電車をおりた国分寺のありどころだけであった。駅から南寄りに一里ばかり、もうすこし伸《の》せば府中あたりへ出るのであろうか、ここは武蔵野のただ中、とある櫟林のほとりで、わたしは若草の上に寝ころび晴れわたった空の光にうつらうつらとしている。それというのもはじめての判りにくい道を御丁寧にもさらにあらぬ方へと踏み迷ったためで、その元は一本の山桜のせいだが、いったいどうしてこんな思いがけぬところにまで出て来たかというに、これは畢竟ジェラール・ド・ネルヴァルのマントのせいらしい。何もかもあのせいこのせいと、はたにかずけるのは気のさすはなしだが、実際のところ昨日の正午《ひる》さがりわたしが神田の片隅にある貸間、天井の低い二階の四畳半から寝巻姿のままふらりと町中へさまよい出たのはまさしくネルヴァルのマントのなせるわざであった。さてこのマントというやつには格別の仔細はなく、かつて読んだある本の中に「ジェラール・ド・ネルヴァルが長身に黒のソフト、黒のマントをひらひらと夜風になびかせ……」とあった、それだけのみじかい文句が不思議にも体内に沁み入り、あたかもわたしみずからネルヴァルに出逢ったかのごとくときどきその光景を想い見るのだが、そのおりにはたちまち魔法にかかったようにからだが宙に吊り上げられて、さあこうしてはいられないぞと、じっとこらえるすべもあることか、真昼深夜のわかちなくあやしい熱に浮かされて外へ駆け出してしまうという、これは何ともえたいの知れぬあさましいわたしの発作なのだ。で、昨日もこうしてニコライ堂の下あたり、雨あがりの、春の日とはいえいちめんにぎらぎら照りつける鋪道の上を歩いていると、うしろで「おい、おい。」はっとわれに返り、ふり向くまでもなく巡査よりほか出す声でないとは知れたがそのまま行き過ぎようとすると、また「おい、おい。」よんどころなく立ちどまって、「何です。」「どこへ行く。」わたしにとってこれ以上の難問はないので黙っていると、「きょうは仕事は休みか、朝めしはどこで食った。」勤労者と見立ててくれたばかりか食事の心配までしてくれる親切をもてあましながら、わたしは四辻のほこりを頭から浴びて返答もしどろもどろであった。結局その場は無事にすんだものの考えるまでもなく咎はこちらにあるので、おどろの髪をふりみだし、よれよれの寝巻の上から垢まみれのレインコートをかぶって、すり減った朴歯をがらがらという風態を白日の下にさらしたのではたれの眼にも不審に見えようではないか。今やわたしを生活の鬩ぎわに食いとめ此世の屈辱から守ってくれるものは世間並の実直な服装よりほかないのだと、わたしはすぐ青山の親戚、退職判事のもとを訪れて、「金を貸してくれませんか。」「何にする。」「洋服を質から出すんです。」「洋服はともかく、そんなくらしぶりをいつまでつづけるつもりなのだ。職にでも就いたらどうだ。」「どんな職があるんです。画なんぞいくら描いたって売れないし、寄席の下足番にでもと思っても、しろうとはおことわりだそうですし、この上は山伏修験の道でも学ぶよりほかありません。」「くだらんことをいっておるひまに生活の建て直しを考えたらどうだ。」「それにしても金です。」「わしのような貧棒人のところへ来て金、金といってもせいぜい五円か十円か、それさえさしつかえるくらいだ。吉波に相談してみたか。」「いいえ。」「一応頼んでみるがよかろう。あれも善太郎が病身でな、今国分寺の別荘へ行っとる。きみはまだあの家を知らんか。図を描いてやろう。」鉛筆描きの略図に添えて出された十円札でどうにかみなりをととのえ、さて今草に寝ころんでいるわたしのふところにはもう帰りの電車賃しか残ってはいず、しかもたずねる吉波善作の別荘はどの方角やら、やっと判ったのが前に述べた二つの地点だけとすれば、もはやこの二点を結ぶ直線をたどり返すより仕方なく、駅からまた電車でお茶の水まで逆もどりをするばかり。——こうなると結句のんびりして、金策の件はどうともなれ、まだ残っているたばこが尽きたらば帰るまでのこと、晩にはまた洋服を元に納めて安酒でもと、あおむけにふり仰ぐ中空にゆらゆらと山桜のすがた……これとてもネルヴァルのマント同様何のたわいもないことで、さきほど原中の道のわかれ目で一本の山桜を見たというだけのはなしである。

もっとも多少の因縁といえば、わたしはもう十二年ばかり前青山の判事の家で庭にただ一本の山桜の下に判事の娘の京子を立たせて写真をとったことがあるのだ。当時わたしは写真に凝って三脚の附いた重いのをやたらにかつぎ廻ったものだが京子をとったのはそれ一度きり、たぶん京子がその春結婚する前に、これもわたしの遠縁にあたる吉波、現在は予備の騎兵大佐で某肥料会社の重役をつとめている善作のもとへ嫁ぐ前に記念のためというのでもあったか、父親の判事も縁先に出てうしろから眺めていたと思う。しかし先刻道ばたの山桜の下にたたずんだとき、わたしは京子の回想というよりも思いがけなく写真機の亡霊に取り憑かれてしまった。つまり突然たれかがわたしの背後に忍びよって例の赤裏の黒布を頭からすっぽりかぶせ、うろたえる眼の先にレンズをぎゅっと押しあてでもしたかのように、もうわたしは宙にちらちらする花びらよりほか何も見えなくなってしまった。それはすでに一本の山桜ではなくて一目千本の名所に分け入ったごとく、わたしは頼みの略図を忘れてついまぼろしに釣られつつ、物見遊山にでも出て来たような浮かれごこちになり宛もなくふわふわここまで迷いこんだ始末である。どうやらわたしは吉波の家を訪ねることは気がすすまないらしくもあるが、それよりも第一今日の糧にも窮する身の上でありながら銀貨の夢でも見ることか、こんな呆《ほう》けたていたらくでは生活の建て直しどころではなく、のんきとか、ずぼらとか、ずうずうしいとか、これは今やそんなことばではかたのつかぬわたしの本性なのであろうか。せめては本性の見極めがつくならばともかく、何が本性やら化性やら、途方にくれて寝ころんでいるわたしであってみれば、ただ意味のない線を杖のさきで地べたにしるすばかりであるが、そのとき眼の前の草の上に影がさしたのにふと頭をあげて見ると、赤い小型自転車にもたれて子供が一人立っていた。ひょろひょろと長い脛の、その靴下のまくれたところから見える肌の色が顔の色とおなじく蒼白な、早熟らしい眼鼻だちだが、金ぼたんの光る上著のポケットのふくれているのはキャラメルでもはいっていそうな小学生であった。

「おじさん。」

「うん。」

「ぼく、おじさん識ってるよ。」

「どうして。」

「おじさん、画を描くおじさんだろ。」

「あ、そうか。」まえにこの子供がまだ七八歳のころ見たことがあったのを思い出して、「善坊か。善太郎君だったな、きみは。大きくなったな。」

「おじさん、どこへ行くの。」

「きみのところへでも行こうかと思ってる。」

「じゃいっしょに行こう。パパいるよ。」

「どこだい、きみのうちは。」

「あすこ。」と子供の指さした森のかなたに、西洋瓦の屋根が見えがくれしていた。

わたしは善太郎といっしょに歩き出したが、それはほとんどわたし独りで歩いて行ったようなものだ。原をよこぎりながら前にちらつく小型自転車の赤い色こそ眼に残っているが、子供が何をはなしかけたか、それにどんな受けこたえをしたか、あるいは黙ったままでいたか、どうもおぼろげなのだ。じつはこのとき気になりかけたのは靴の裏皮のことで、わたしの靴はとうに底が破れてぱくぱくになり、いつも踏みつけるたびごとにずきんと虫歯で石を嚙んだような思いをしているのだが、この柔軟な草の上にあって突然田舎道の小砂利の痛さがざらざらと頭にひびきはじめ、一つ気になり出すと涯のない癖でわけもなくささくれる焦燥に息を切らしているうちに、さっと日がかげって風がひややかになり、いつか原が尽きてそこは森の中で、今わたしの靴はわだかまった木の根や落ち散った小枝の上を踏み越えているにも係らずもう裏皮のことは念頭にのぼらず、わたしはまたも茫然たる沈静の底に吸いこまれていた。

森の涯というよりも森の一部を仕切った粗い柵の中にその家は建っているのだが、ひとは道を行きながらついそこに迷い入り、向うにエスパニヤ風の玄関を望むまでは大きい自然木の門を通り過ぎたことに気がつかないくらいだ。ここに、わたしはその門内の立木のあいだを歩きつつ先刻から奇怪にも額がじりじり焦げつくような感じに責め立てられ、太陽に近づくイカルさながら進むにつれて髪の根が燃えるばかりの苦しさに頭を一ふり揺り上げると、前面の二階に張り出した露台の上で、欄干に蔽いかぶさる葉ごもりを透して二つの眼が爛爛とこちらを睨んでいた。がっしり椅子に倚った著流しのからだつきは吉波善作と一目で知れたが、わたしはその視線の鋭さ烈しさに突然魔物にでも出逢ったごとく狼狽しかけたとき、善作はついと立って手を振りかざした。それは決して歓迎の意をあらわした態度ではなく、呪詛にみちみちたひとの恰好にほかならず、あわや巨大な鉄の熊手が風を切って頭上に落ちかかるのではないかと思わずわたしは頸をちぢめたが、そのとたん善作の手は空にさっと弧を描いて振りおろされ、同時にぴしゃりという音がひびいた。椅子とか卓とかを打つ音ではなく、それはまさしく憎悪をもって人間の生身を打つ音なのだ。わたしは自分の耳朶を張りとばされたと同然どきんと息をつまらせてふり仰ぐと、欄干の葉がくれにぶるぶるふるえる袂、しっとり水に濡れたような著物のぬしは、京子でなくてたれであろう、わたしの足はぎょっとしてそこに釘づけになってしまった。打たれたのが京子にほかならないとすれば、これはどうしたわけなのか。善作がその粗野な愛情を捧げつくしているという妻をなんで打たなければならないのか。しかも今冴えきっているわたしの耳にかすかな悲鳴さえ聞えて来ないのは、いったい京子がどれほどの悩みに歯を食いしばらなければならないというのだ。あやうくのけぞろうとするのをぐっと踏みこたえると、ついそばの柔いものに突き当り、ああそうだ、善太郎がいたのだと気がつきながらそのまま手をかけて小さい肩にすがったが、このとき顔と顔をひたと突き合せるや、どこの悪魔の不意打か、わたしはううんと恐怖のうめきをあげて、奈落に落ちるばかりに顚倒してしまった。今まのあたりに見る顔はわたしの顔よりほかのものではない。ときどき鏡の中に見かける顔、まがう方ないわたし自身の相好なのだ。じつはさきほど原の中で善太郎の顔を見た際、ゆえ知らず胸をとどろかし、いや、これは京子のまぼろしに脅かされたか、とんだ通俗小説の一場面を演じたものかなと苦笑したのであったが、今はもう苦笑どころではなく、わたしは瘧やみのごとくがたがたふるえ出す全身を抑えようもなかった。いってみれば、これとても通俗小説的な感動ではあろう。しかし生爪を剝がしたぐらいのことにも、わが身の上となればひとは苦痛に堪えられないではないか。この衝撃のきびしさに、虚心も反省もあったことか、わたしは醬《ひしお》のようにぺちゃんと叩きつけられてしまった。いったいたれがこんな落し穴を掘っておいたのか。かかる怖ろしい秘密がいつの間にわたしを待ち受けていたのか。なるほど、こうして善太郎とわたしとならんだところを眺めては善作の眼が呪詛に燃え出すのも無理はないが、そもそも善作はあの粗い神経をもって一目でこの秘密を見破りえたのであろうか。当人のわたしこそ知らぬがほとけであるにしても、おそらく傍目《はため》のたしかさは神経のきめに係りないのであろう。第一これは善作の身にとって容易ならぬ急所の一えぐりではないか。いや、いや、そんなはずはない、善作は今突然この秘密に気づいたのではないのだ。この必至の場面は前もって善作の心のうちに練り上げられていたものに相違あるまい。その証拠には、わたしが門内に踏み入るやいなや、あの眼の光は早くも遠くからわたしの額に焼きつきはじめたではないか。京子にしても、げんに京子は善作の打撃の下に声一つ立てえないほどあらかじめこの秘密に圧しひしがれているではないか。これはわたし一人にとっての不意打でしかなく、吉波一家にあってはもはや疑惑嫉妬などというなまやさしいさざなみを越えたいのち取りの渦潮なのだ。ところでわたしは今この渦の中にだらしなく鼻の穴をひろげ、破れ靴を曳きずりながら金を貸してくれといいに行こうとしているのだ……

「どうしたの、おじさん。上ろうよ、さあ。」

このときわたしの想像の中でわたしは善太郎の手を振りきってまっしぐらに門外に駆け出していたにも係らず、いつか雲を踏むような足どりで玄関を過ぎ露台へ通ずる階段を上っていたというのはもう他人の示す指先よりほかわたしには方向が……いや、無意味なことをしゃべり出したものだ、今時分方向のあるなしがどうしたというのだ。じつはポオの書いたある人物のようにわたしはここでわが身が独楽になったと思いこみ、ぶんぶんからだを振りまわしかねない状態であったが、こうして階段の上に立ったわたしは鶯の谷渡りとでもいう独楽のすがたで、夢うつつの堺の糸に乗りながら、あれよと見る間にすべりのぼる自分をどうしようもなかった。

露台で、善作は籐椅子にかけて葉巻を噛んでいた。すこし離れたところに、欄干まで伸びて来ている梢のかげに横顔をかくして、京子がやはり籐椅子の上にいた。わたしがふるえのとまらぬ脚を突っぱりながらおどおど挨拶のことばをかけても京子は身うごきもせず、善作はわずかに「やあ」と頭を振ったきり、すぐ善太郎のほうへ向いて、

「善太郎、どこへ行ってたんだ、御飯もたべないで。」

「ぼく、お友だちんところで遊んでたんだよ。帰りに原っぱでおじさんに逢ったからつれて来てあげたの。」

「いいから下へ行ってなさい。」

善太郎が行ってしまうと椅子をくるりと廻して向うを眺めている善作に取りつく島もなく、わたしはうそ寒くちぢまって咽喉をからからに乾からびさせるばかりであったが、もはやこの沈黙に堪えきれず、かかる異常な重圧の下に胸を緊めつけられているよりはどんな愚かしいひびきを立てるにしろ、いっそ音に出でて吐息をつかうと、そのときわたしの

もつれる舌から押し出されたことばは、ああ、「金を貸してくれませんか。」とたんに、からだじゅうに赫と汗が湧き出て、わたしは屈辱に歯ぎしりしはじめた。

「金。ふん、金か。」

やはりそっぽを向いたまま鼻でうそぶいていた善作はむっくり立ち上って、

「ただ金、金とさわいだところで、金がふって来るはずもなかろう。だが、せっかく来たものだからすこしぐらいなら用立ててもいい。洒落や道楽で出すわけじゃない。きみに早く帰ってもらおうと思ってな。こっちはいそがしいからだだからきみの相手なんかしておれん。」

身から出た鏽とはいえ、わたしは京子の眼の前であまりの侮辱に忍びかね、今下へおりて行く善作の後姿に飛びかかろうとしかけたが、軍隊できたえた逞ましい腕に細い襟くびをねじあげられて猫の仔のように抛り出されるまでのことと思えば、腑甲斐なく椅子にしがみついたまま、一度恥をかき出すと止度なく恥をかくものだなと籐の網目にからだがちぎれるほどのせつなさで、うわべはすれからしの銭貫い同然しゃあしゃあとした面の皮をさらしている有様であった。だが、こうして二人きりになっても、やはり京子は声をかけるはおろかふり向いてさえくれないのだ。わたしはさっきから京子のことばを今か今かと待っているのだが、この冷淡さは善作の侮辱にもまして我慢がならず、われを忘れて跳ね上りながら「京子さん」と呼んだ。沈黙。もう一度呼んでみたが依然として手応えのない相手にこちらから何と切り出そうことばとてはなく、また椅子によろけかかってむなしく京子を見つづけた。この邂逅は何年ぶりのことであろう。しかしわたしにとってこれは意外の京子ではないのだ。というのは、わたしはときどき独り紙を伸べて京子の姿を描きかけることがあるのだが、いつも紙の上にしるされるのは著物をきた女の形だけで、肝腎の顔の線はどう探っても満足に引かれたためしがなく、白紙を前にじっと凝視すればするほどわたしの瞼はいつか濛濛と曇ってしまうのだ。げんにこうしてまのあたりに京子を見つめながら、藍地に青海波の著物の模様はいたずらにあざやかでもつめたい横顔は葉がくれに白くちらちらするばかりで、それさえ空の碧に融けがちである。今わたしはふところから紙片を取り出して、ここに京子のスケッチをこころみているのだが、二枚、三枚と鉛筆をはしらせても結果はいつもとおなじこと、いかにへぼ画描きにせよ、へたはへたなりの出来上りがあろうものをと、わたしは首のない女の像を前にしてあたかも名工苦心のていのようであったとはいえ、内心は何の精進ぞ、ただわくわく胸を波うたせてあきれたゆたうほかなく、またもあえぎながら「京子さん、ちょっとこっちを向いて下さい。ぼくはあなたの顔を見なければならないんだ。」とわめいた。そのときかすかに揺れたかと思われた京子の姿に近寄る間もなく、うしろから脊椎にひびくほど押し迫るもののけはいにふり返ると、善作がそこに立っていた。わたしは善作の体臭にくらくらとして、「あっ」とさけびながら倒れかかるからだを卓の上に投げて、ひろげたままの紙片をとっさにかくそうとしたが、おののく指先をすべり抜けて、首のない女の像はあからさまにはらはらと床に落ち散った。こうしてこちらから秘密の底を割って見せた上は、どんなみじめな敗北に打ちのめされようとも善作とたたかわなければならないのだと、わたしは動悸をおさえながら静脈のふるえる拳に力をこめて起き上った。善作は立ったままじっとわたしを睨んでいたが、突然さっと針のような光を瞳に走らせ、てのひらにくちゃくちゃとにぎっていたものをわたしの面上に投げつけると、大声にさけびながら階段を駆けおりて行った。散乱した数枚の紙幣とともに善作の声がひびきわたった。

「かえってくれ、さっさとかえってくれ、かえれ。」

わたしは椅子の上にくず折れ、もう一歩を踏み出す力もうせて、どこでどんな位置におかれていようとかまいなく、きょとんと眼を空に据えていた。しかし、決してぼんやりしているどころか、かかる場合にこそ到底ぼんやりしてなどいられるものではない。理性につながるわがための命綱がさいわいにまだ朽ちきっていないならば今こそ綱の端にすがらなければならないときだろう。だが、いったいどこの綱手をどう手繰れば鈴が鳴るというのか。堂堂たる理法の綾の中にまぎれこもうなどという贅沢な望みではなく、どんな頼りないことばの藁ぎれでもつかみたいとあえいでいる有様なのだが、それほどの手がかりさえぷっつり断たれているほどわたしは痴呆性だといよいよ相場がきまったのであろうか。それならそれで、わたしにも覚悟のきめようがあろうに……しかしその覚悟にたどりつくまでのゆとりもこのとき許されなかった。というのは、いつの間にか上って来た善太郎の声をついそばに聞かなければならなかったのだ。

「おじさん邪魔だよ。轢いちゃうよ、ぽう、ぽう。」

善太郎は鋼《はがね》のレールを床の上に敷いて外国製らしい汽鑵車を走らせる支度をしていた。子供といっても十一二歳のませた性なのにこんながんぜない遊びをするとは、わたしのためにはしゃいで見せたのであろうか。わたしは今度こそぼんやりして小さい汽車のうごくのを眺めはじめたのだが、突然善太郎は何をみとめたのか欄干のほうへ駆けて行き「パパ、パパ」と手を叩きながらおどり出した。わたしも立ち上って見ると、すぐ下の池のそばで、遠乗にでも行くのであろう、乗馬服にきかえた善作がこちらに背中を向けて石の上に腰かけ、鞭をふるってぴしゃりぴしゃりと水の面を打っていた。水のしぶきの中でいくつかの緋鯉の鱗が跳ねかえって光るのに、善作の鞭は一そう猛り狂い、空を切ってひゅうひゅうと鳴りひびいた。そもそもはじめからわけのわからぬことずくめだのに、こちらがそれに輪をかけた判じ物の面相をしていたのではますますはなしがこじれる一方ではないか、いっそ、けらけらと笑ってやれと、わたしはこの光景を前にして洞穴からひょっくり首を出したようにあやしくも闊然として天地の開ける思いをしたが、ここに恥ずかしいことにはわたしは突拍子もないときに愚かなことばを口走る病があるので、今も、「京子さん、お宅ではいつもああして鯉に運動させるんですか」といいながら、うしろをふり向くと、とたんに京子の姿は籐椅子の上から拭いたように消えうせ、下枝の葉が二三片風に落ちているばかりであった。そのときはっと、そうだ、京子は去年のくれ肺炎でたしかに死んでしまっているのだ、まったくそうだったと、ぴんと鳴らす指の音で鼻づらを打たれたごとく、わたしの眼路のかぎりにたちこめた霧は今とぎれとぎれに散りかけるのであったが、さてそんなにも明るい光線の下でまだかたくなに鞭をふるっている善作の背中の表情に直面しなければならぬ羽目に立ち至ったかと思えば、ほっと一息入れる束の間の安息とてはなく、わたしは襟もとがぞくぞくしてその場に立ちすくんでしまった。

マルスの歌

一

歌が聞えて来ると……だが、この感情をどうあらわしたらばよいのか。今、黄昏の室内でひとり椅子にかけているわたしの耳もとに、狂躁の巷から窓硝子を打って殺到して来る流行歌『マルス』のことをいっているのだ。

神ねむりたる天が下
智慧ことごとく黙したり
いざ起て、マルス、勇ましく
……………………

いぶり臭いその歌声の嵐はまっくろな煤となって家家の隅にまで吹きつけ、町中の樹木を凋らし、鶏犬をも窒息させ、時代の傷口がそこにぱっくり割れはじけていた……しかし、いったいこんなふうの文句をどれほど書きつづけて行ったならば、わたしは小説がはじまるところまで到達することができるのか。実際、わたしはこの数日小説を書こうと努めつつ、破れ椅子の上でひそかにのたうちまわりながら、しかもペンが記しえたかぎりのものはこんなふうの、ああ、無慙にもおさない詠歎の出殻に過ぎぬ拙劣な文句のかずかずでしかなかった。『マルス』の怒号に依って掏りかえられた鬱陶しい季節の中では、こんなあわれな芸当しかわたしにはできないというのか。嘲笑する窓外の歌声に赫となって、わたしはいらだつ指先で書くそばから一枚一枚びりびりと紙を裂き、それを宙に投げつけ、床に散った紙屑の中に依然として整理されないままのわが感情を踏みにじった。そもそも地上の出来事に、どうしてこれほど本気になるのだ。およそ小説を書くべきペンはどんな地上的感情をも、その乱雑をもかならず切断してしまっているはずではないか。わたしは立ち上ってはるかに街頭の流行歌に向いNO！とさけんだ。そして、すぐそのあとから歯ぎしりしてこみ上げて来る感情の揺れかえしをぐっと嚙みとめ、またもペンを取り直し、もうすべてを刎ねつけ、きちがいのようになって、さあ、是が非でも、小説……

昨夜ここまで書いて――まことに恥かしいがたったこれっぱかりしか書かないで、一行の小説的文章をもえられぬ室内にいたたまれず、わたしはつい外に出て町をあるき、すこし酒を飲み、わたしにとって誂えむきの眠り場所である映画小屋にはいった。スクリーンよりほかには光のささぬ薄闇に溶け入り、たがいに知らん顔でかたまりあった人間どもの無意識の隙間におちついて眠り人形のようにうとうとしていると、不意に大きい音がした。見ると、スクリーンでは巨大な軍艦が晴れた水の上に長い砲身を突き出し、おそらく今発射したばかりなのだろう、なに食わぬていでとりすましたその砲口から、ふわりと一吹き、薄いまっしろな煙がほそく流れてすぐ消えた。それは一瞬間日向ぼっこをしている老人の煙管から吐き出されたもののように、はなはだのどからしい煙と映ったが、そんなしらばっくれたけはいにこそ砲撃の凄まじさが的確に感じられて、わたしはぎょっと胸を突かれた。すると、場面が変って、そこは水辺に楊柳のある村落のけしきで、なかば壊された農家の前に笑い顔をした壮丁のむれがつどい、真中に一人年長と見えるのが椅子にかけて、これはとくにゆたかに髯をそよがせて笑いながら両手を前に突き出していたが、その逞ましい手の下に小さいあたまを圧しつけられて、まさしく壮丁らとは国籍を異にするところの二人の子供が立っていた。それはまさに平和的な光景らしかった。だが、郷土の山河と他国人の笑のうちにあって、この二人の子供の顔には、涙とか憂鬱とか虚無感とか、絵に写せば写せるような御愛嬌な表情はなかった。かれらは切羽つまった沈黙の中で率直にNO！とさけんでいた。ああ、かれらのNO！を前にして、わたしのNO！の微弱低調なひびきなどなにものだろう。わたしは今こそ書かれるべき小説の一行をも書きえないで、てれかくしに酒を飲んだり、だらしなく居ねむりをしたり……わたしは恥辱にまみれ、びっしょり汗をかき、こそこそと席を立ち、（尻尾があれば）尻尾を巻いて、ひとびとの足のあいだから外へ抜け出した……

今、銀座の裏町に在るこのアパートの一室で、日ごとに高くなる街頭の流行歌『マルス』の声に耳を打たれながら、わたしはまたも黄昏の光に浸ってペンを取っている。もうきちがいのようにではなく、わたしの正気をペン先に突きとめるために、まだうごかぬペンをうごかそうと努めているのだ。すると突然うしろのドアのほうで、かちりと引手の鳴る音がした。振りかえると、ドアがばたんとあいて、駆けこんで来た一人の若い女がいきなり壁ぎわのベッドの上にからだを投げつけ、おさえきれぬさけびに身もだえして、「わーっ」と泣き出した……

たちまち、小説の世界はまだはじまらないのに、室内の空気が切り換えられた。しばらくペンを曲げて、事実のほうから書き出すことにしよう。

二

「わーっ」と泣き出したその若い女の、黄ろいスーツの襞が肩先にふわふわ揺れるのを眺めながら、わたしは手のつけられないかたちで、「どうしたんだ、オビイ。」

わたしの従妹にあたる冬子と帯子は先年つづけて両親をうしない、姉の冬子はすでに某新聞社の写真部員相生三治と結婚して蒲田に夫婦二人の家庭をもち、妹の帯子は家の当主である郷里の兄、神奈川県の某市で漁業会社をいとなんでいる実兄からの仕送りを受けて目下駿河台の某女学校に通い、わたしとおなじこのアパートの他の一室をひとりで借りているのだが、これは郷里の兄の考ではわたしの監督の下に置いたつもりなのにも係らず、それにははなはだ不適当なわたしの放任をよいことにして、帯子はただ場所柄の繁華が気に入っているらしく、朝出かけたまま夜遅くまで帰らなかったり、あるいはときどき自分の部屋に友だちをあつめ隣室に気兼もせずさわいだり、日常何をしているのかこちらの配慮の埒外に跳ねまわっていたのに、今、突然その帯子がここのベッドの上に泣き崩れた。歌など作ることが好きであった亡父の命名に係るこの帯子という名は本来タラシコと読まれていたのだが、当人はいつのころからかオビコまたはオビイと発音し、署名には Obi と書き、これはローマ字ではなく河の名を取ったのだそうで、その河の名が愛称に転じて、「どうしたんだ、オビイ、なにを泣くんだ。」

わたしは立ち上って、薄暗い室内に電灯をつけ、まだうつ伏したままの帯子をあやすように、「オオ・ド・コロンでもやろうか。」とたんにその常談めいた口調を刎ねかえして、きゅっと首をふり上げた帯子が「ひとって、なんにも理由がないのに、全然死ぬ理由がないのに、いきなり死んじゃうことあるもんか知ら。」そうつぶやいたことばの熱さで、かっと咽喉にたぎる涙の中から「ねえさん、死んだんです。」「え、冬子が。」「ねえさんが……」「どうして死んだんだ。なぜ早くそういわなかった。」「あたし、ねえさんはきっと生きてる、きっと生きてる、とそう信じようとしてたの。でも、だめだわ。死んだにちがいないわ。死んじゃったんだわ。」今もう涙の引いた頰を蒼白くちぢらせて、あらぬ方を見据えている帯子に対し、わたしは取り上げていたたばこをいつか指で揉みつぶして「それは何のことなんだ。はっきりいいたまえ。」「こわいの。」「何が。」「はっきりいうことが、いえ、はっきりいいようのないことが……でも、そうとしか思えない。」それから唇を嚙みしめ、頭の中の霧をことばでちぎるように、「死ぬだけの理由がなければひとは死なないものだと、思っているのが見当ちがえなのね。死ぬひとは理由なんぞどうでもいいんだわね。ただ何とか理由をつけないと生きてる人間が安心できないのね。ねえさんが死んだという事実に面とむかって、あたし、もしこれが事実だったらどうしようと、おどしてたんだわ。」「いつのことだ。」「さっき蒲田へ行くと、そろそろ晩のお支度時分だのに玄関がぴったりしまっていて、裏へまわって見るとやっぱり内から錠がおりてるの。うちじゅうどこかへ行ったのか知らと、ぼんやり立ってると、うしろからばたばた足音がして、お嬢さま……ねえさんのうちの小女が夕日の中に泣き出しそうな顔つきで、お嬢さま、うちの奥さまはどこへいらしったんでございましょう。なんでも、お使いから帰って来るともう戸がしまっていて、近くの心当りを二三軒聞き合せてみても行方が判らず、相生は留守だし、牛肉の包を持ってうろうろしてたところだそうで、で、ねえさんはどんな様子だったのってきくと、いいえ、お出かけになる御様子はございませんでした。近ごろはおからだの工合もよく、今度の土曜日曜にはどこかへ檀那様と旅行にいらっしゃるっておはなしになってたくらいで……そう、じゃ、ちょっとそのへんに出たんだろうけど、どうしたんでしょうねと、もう一度勝手の硝子戸のそばに寄って、ほそい隙間に鼻を押っつけるようにして中をのぞいたとたん、ぷーんといやなにおい……」

……はっとして、そのとき帯子はよろめく踵で輪を描きながら、たしかにガスに相違ないそのにおいが外へ洩れるのをかくすように硝子戸にひたと背中を附けて「ねえや、心配しないでもいいわ、もう帰って来るわよ。あたしいそぐからおいとまするわ。別に用はないんだから。帰って来たらよろしくいってね。またそのうち伺うわ。」異様にはしゃいだ調子でそういい捨てると、途方にくれた小女を置きざりにして帯子は一町ばかり夢中で駆けつづけて来ていたが、しかしなぜこんなふうに逃げ出したのだろう。もしあのガスのにおいの中にうごきのとれぬ姉の死を嗅ぎつけたとしたならば、とても逃げ出せる筋合ではない肉親の自分ではないか、不意に突き当った死の影がこれほど自分の生をおびえさせ戸惑いさせたのであろうか……いや、いや、第一に冬子が死ぬなんて、冬子が死なねばならぬどんな理由があるというのだ。親譲りの財産に恵まれた温良な相生三治を夫としてそれは静謐な家庭なのだし、双方に内証の恋愛沙汰など想像もできぬことであるし、たとえ安穏すぎる生活の無味に生活力が骨抜になったものとしても、それの証を立てるために死んで見せるほどなまいきな冬子ではないし、家庭の平和に添える胡椒としてはすでに子供がないとか呼吸器が弱いとかいうことだけで十分のはずなのにその上にもみずから死のうなどと高望みをおこすほど贅沢な冬子とも思えず、いかに幸福であろうとも死ぬほど幸福な人物は物語の中にしか住んでいないのだ。それにしても、あのガスのにおいは……だが、それはガスだったのか。いったい何のにおいにたぶらかされて、ひとりで胸を掻きむしっているのか。ふと帯子はいましがた硝子戸の前に散っていた葱の皮をあざやかに思い浮べ、突然強く眼にしみ入ったその青い茎の色に取りすがって、なアんだ、葱のにおいじゃないかと自分を納得させようとしながらも、なお鼻いっぱいにこびり附いているガスのにおいのたしかさにもう身をかわしようもなく止めを刺され、とたんにがーっと眼の前をとどろき過ぎるまっくろな物のかたちに「ああ」と気がつくと、そこは蒲田の踏切で、一列の貨車が駅を突き抜けて走っていた……

ふらふらと電車に乗り、有楽町でおりてプラットフォームのベンチに腰かけ、もう一度引っかえしてみようかとしばらくためらっていたが、どうしてもうごかぬ心の重みに圧しひしがれて、ついこのアパートに帰って来た帯子で、今そのはなしを聞きながらわたしは唾の涸れた口中のにがさを呑みこんで、「うん。」「なに。」「どうもそうだね、死んだんだね。理由……いや、そんなことじゃない。きみがガスのにおいで嗅いだものを、ぼくはきみのことばで嗅いでいる。勘で当てるんじゃない、その通りだからそう感ずるんだ。たしかに死んだんだね。」

いつか、わたしと帯子はベッドの両端に離れながらならんで掛けていた。壁に虫が這っていた。その虫のあとを追うように、帯子のうつろな声が低くひびいた。「ねえさんがなぜ死んじゃならないか、あたし一所懸命に死なない理由ばっかり考えてたんだわ。当人の身になって、発作にしろつまずきにしろ切羽つまったところを、ちっとも考えてやしなかったんだわ。」「それにしても、きみ、そのガスのにおいがしたときに、どうして硝子戸をぶち壊して助けようという気にならなかったんだ。」たちまち帯子はぱっとわたしの膝の上に突っ伏し、爪を立ててわたしの腿をつかんで、からだを波打たせてすすり泣きはじめた。「なんて根性まがりな、罰あたりな帯子。あのときすぐなら、きっと間に合ったわ、きっと助けられたわ。あたしどんなことしても、ねえさんを助けなけりゃならなかったんだわ。それを、それを……」と泣きじゃくって、「判らない、どうして逃げ出したんだか判らない。」

今、帯子はわたしから身を引き、両手に額をうずめ、前に屈んだままうごかなかった。壁の上の虫はもう見えなくなっていた。窓の外には巷の灯を釘のように打ちこんだ夜が迫り、わたしは火のけのない室内で身ぶるいした。すると、突然、帯子はぐっとのけざまに頭をそらし、指で強く髪の根を掻き上げて、きっぱりした声音で「帯子もうそのこと考えない。じつはね、帯子、今月のお金すっかり使っちゃったもんだから、さっき冬子に借りるつもりで行ったの。死んでるひとのところへお金借りに行くなんて、まあなんてみすぼらしい、みじめな……そのみじめさのために、さっきあの硝子戸の前から逃げ出したのかと思うと、そのためだけで冬子を見捨てたのかと思うと、もしそうだったらと思うと、こわくってこわくって、足がぞくぞくしちゃった。でも、もうだいじょぶ。帯子、どう考えても死んで行くひとと縁がないようだ。今みたいに、遠くで死にたくないひとが毎日たくさん死んでるときに、なんとなく自分勝手に死んじゃうなんて……決して、冬子を責めるわけじゃないの。なぜ冬子が死んだか、死んだのがいいのかわるいのか、そんなこと知らない。考えない。第一もう死んじゃったひとなんだもの。よーし、オビイ、もうそのこと考えないぞ。」そういいながら、帯子はハンドバッグからコンパクトを取り出して顔をたたき、マックス・ファクターの鉛筆できゅっと眉を引き上げた。

そのとき、窓の下の街路にトラックのひびきがきこえ、ひとびとの喚声があがり、いくつもの小旗を振る音がばさばさと夜風を切った。

いざ起て、マルス、勇ましく……

ああ、またはじまったのだ……ベッドの上に倒れたわたしから飛びのいて、帯子は窓ぎわに駆け寄り、硝子戸を上げて、街路にむかって大きく呼吸し、湧きかえる外の喚声とともに、右手を高く振りかざしながら、

——ばんざい！

とっさに、わたしは両手で耳を掩った。なにゆえにそうしたのか。帯子のさけびに秘められた悲痛なるものに鼓膜を刺されたのか。冬子の喪のために勇壮なる感歎詞を遠慮したのか。それとも単に頭脳の衛生のために推称しがたい流行歌を遮断したのか。

三

「変なはなしだと思われるかも知れません。まったく変なはなしです。しかし、それを変だと思わないほど、ぼくは日常そのことに慣れっこになっていたんです。いや、そうじゃない。今でこそ変だといいますけど、そのときには別に何とも思っていなかったんです。

ともかく、いたずらといおうか常談といおうか、事実冬子にはそんな癖がありました。それがとうとう取りかえしのつかないことになってしまいました。まったくぼくの不注意……じゃすまない。何とも残念、みなさんの前でこの通り冬子にあやまります。」

翌日、もう意外ではない冬子の急死を知らせる電報を受け取って、わたしと帯子が出かけて行った蒲田の家の、その通夜の席上で、内輪の者十数名が居ならぶ中に、相生三治は右のようにいうと、正面に据えた冬子の柩の前にぺったりと坐って両手を畳に突き丁寧におじぎをした。昨夜社の仲間の会合から遅く帰って来た三治が閉ざされたわが家の扉を発見し、ついでガスの充満する家の中で奥の部屋に寝ている冬子を発見したときには、冬子はもう手当のしようもなく窒息していた。そのときまで小女は冬子が外出したものと信じきって隣家の台所を借りてぼんやり三治の帰りを待ちわびていたのだが、庭つづきの家並なのでガスのにおいは外に洩れず、相生の平和な家庭を知っている近隣ではそれと気づくものが一人もなかったのだという。ところで、三治のいわゆる「変なはなし」とはつぎのごとくである。

相生三治と冬子が結婚したのは四年ほど前であった。栃木県のある豪家の三男である三治は東京の某私立大学を卒業し兵役は予備少尉であったが、在学中から趣味の写真に熱中してそのほうでは立派なくろうとで、すすめられて今つとめている新聞社の写真部に入社したもので、もともと生活の苦労はなく、自宅には暗室を設けるほど好きな写真のほかに道楽といっては玉突きぐらいで、酒もあまり飲めず、見知らぬ女の前に出ると常談一つい えないような生れつきで、ひたすら雛を孵すように冬子との生活を暖めているていであった。麦藁のにおいがするその巣の中で、たいへん愉しく立ちはたらいた料理の時刻以外は、冬子は毎日本を読んでくらしていた。ただしその本の範囲は翻訳の戯曲だけに限られていて、好ききらいなく熱心に読みあさり、筋だのせりふだのをよく暗記していたが、ほかの部門のことになると冬子はおやと思うほど何も知らなかった。休みの日には、二人は小旅行したり映画を見に行ったりしたが、とくに新劇の公演を欠かしたことがなく、三治もいつかその趣味の中に翻訳の芝居をかぞえるようになっていた。

一年ばかり前のある日、それは雨のふっている日曜日であったが、縁側の籐椅子にかけて某全集本の一冊を読んでいた冬子が突然そばでフィルムをいじっていた三治にむかって「ねえ、『聾の真似をするもいいが、度を過すといのちにかかわる』って、これどういうこと。」「え。」「『聾の真似をするもいいが……』」「いきなりそんなことといったって判らないよ。そりゃそれだけの意味なんだろう。」「だって……」「だって、そう書いてありゃ、それだけだろう。」「じゃ、それだけの意味っていう、その意味はどういうこと。」「知らないよ。ぼくはそんな学者じゃない。」そういいながら三治はちょっと心の中でいったい何のことだろうと考えて、相手のつぎのことばを待っていたが、冬子がそこでぷっつり黙ってしまったので、三治はフィルムをかたづけ、何げなく「冬子」と呼んだ。沈黙。冬子はそこに、籐椅子の上にじっとしたまま、三治のほうをふりむきもしなかった。「冬子……おい、どうしたんだ。」立上って来た三治が肩に手をかけて、「どうしたんだよ。」冬子は両方の耳の孔に人差指をさしこんで、唇を結んで「むーっ」といいながら眼で笑ってみせた。びっくりするような美しい眼であった。「そうか、冬子、聾になったのか。おまえ、聾か。」三治は冬子のあたまを抱え髪を撫でながら、その結んだ唇にやさしくキスした。――その日は、それだけのことであった。

その後、冬子はときどき、とりわけ機嫌のいい日に、いろいろな真似をした。啞になったり盲になったりした。そして、そのような冬子に三治は愉しく相手役をつとめた。ある日、三治が夕方帰って来ると、冬子が跛を引いていた。三治は本当にけがをしたのかと思い、あやうく医者を呼びに行くところであった。しかし、それは結局三治が奇蹟をおこなうひとの役割を演ずることに依って快癒した。ある朝、三治はベッドの中で四肢を硬直させたまま息を殺している冬子を発見した。「冬子、死んじゃった。」「ばかだな、おまえ。」「自殺の真似してみようかしら。」「ほんとに死んだらどうする。」「そんなの無意味だわ。ほんとに死ぬなんて全然あほらしい。ピストルや薬なんかだめね。いけないと思ったときにはほんとにいけないんだから。ほんとのこととしてみたって、ちっともおもしろかないわ。ほんとのような嘘のようなこと、ほんとにしかけていてやめようという気をうごかせばすぐやめられるようなこと……」

「もしそういうときの冬子に、何か病的なもの、不安なもの、ぶきみなものが感じられたとしたら、ぼくにしても決してぼんやりしちゃいられなかったでしょう。しかし、そういうときの冬子はとても美しく、かわいらしく、健康に満ちみちていたんです。もっとも、ぼくのところに来た当時はいくらか呼吸器が弱かったようでした。しかし、近ごろでは何も異状がありませんでした。からだじゅうのどこにも翳がありませんでした。だから、ぼくは安心してたんです。どんな突拍子もないことをしたって、ぼくは安心しきっていたんです。昨夜も家の中はきちんとかたづいていて、すこしも取りみだした様子がなく、冬子は役者のように盛装して、念入りに化粧して、とても美しく、かわいらしく、安らかに眼をつむっていました。決して死ぬはずじゃなかった。当人も死んだとは思いますまい。」

三治がまだ何をいうか、一座はしんとして待っているふうであった。しかし、三治はもう何もいわず、静かに柩の前からすべって片隅にしりぞき、袴の膝に手を置いて、今までしゃべっていたのはたれかと思われるほど堅く口をとじてしまった。今度は列席者のほうで何かいいたげなけしきであったが、どういったらばよいかみな迷っているような沈黙がそこにあった。

「ほう」とやがて中の一人が口を切った。「そうかね、そんなことがあったのか。わたしには判らん。生活という大きいものの中に、そんな真似をするという小さい別の生活の殻を、どうして仕込む気になったのか。」

するとめいめいが申しあわせたように順番に自分の考をことばに出しはじめた。

「ある状態を仮定しなければ、生活ができなかったんだな。自分のからだに合わせてこしらえた此世ならぬ影の椅子の中にほかほかと暖まりたかったんだな。そのくせ、十分に暖かな現実の椅子があたえられていたくせに。どうも贅沢千万な趣味だよ。しかし、そういう趣味をもたなければならんような出来工合の人物ならば、はたからは何ともいえん。生活を遊離しているなどといってみたところで悪口にもなるまい。」

「危険の愛、いや、危険な遊びの愛だな。実生活に危険がないもんだから、そんな無鉄砲な真似をすることになったんだな。あんまり無鉄砲に愛し過ぎたんで、危険についてついに無意識になってしまったのだろう。」

「自分で条件を設定して、その中に身を置いて、しかもその条件に左右されずに、自分で勝手に条件をいじりまわしてみようとしたんだ。ひょっとして条件があまり強力である場合には、自分のほうが負けてしまう。当人にしてみれば、やりそこないだ。しかし、そこでは待ったなしだ。落手があればおしまいだ。趣味というよりも、もっときびしいものがあるね。」

「冬子さんの場合では、初めはやはり遊びだね。危険の影法師を作り上げて、いやになったときにそれを消していたまでだ。気分の問題だよ。しかし、だんだん影法師が本物になって来て、こっちがいやになったというだけで向うが引っこんでくれないような形相を呈し出した。遊びをよすためには、それをよそうと努めなければならなかった。ここでは意志の問題だ。最後には、その意志がものいえないような状態に身を置いてしまうというまことに不幸なあやまちを犯した。たとえば健康なひとがおれは中風になったらいさぎよく自殺してしまうなどという。しかし、中風になったときは、自殺しようという意志がぼやけてしまうような状態になったときなんだ。冬子さんがガスを止めようと思ったときにはすでにガスがまわってしまったんだ。いや、ガスがまわってしまったんで止めるという考のブレーキがきかなくなったんだ。その一瞬がいのちの瀬戸ぎわだ。昔弱かった呼吸器というやつが計算洩れになっていたのも不利の一つだろう。」

「一般に、ある状態に置かれたとき、個人の意志とか感情とかがものいえなくなる場合がある。その状態に置かれた各人がこれはいかんと思ったにしても、どうにもならんことがある。流行歌が巷を風靡しているときなども、そういう状態を現出するね。流行の中で、みんながつなぎ合わさっているからな。たとえば目下大流行の、あの『マルスの歌』にしても……」

この『マルスの歌』ということばが投げ出されるや、とたんに一座がわっと爆発した。十数人の眼が血走り、唾が飛びちがい、声がぶつかりあい、めいめいが同時に、もうあたりかまわず勝手なことをしゃべり出した。

「きみ、これは絶対秘密だが、歩兵の靴一足に要する釘の数は何本だか知っているか。」「大きくいうとあれは国家的損失だったねえ。かりにカルウソオをエチオピヤでうしなったと考えてみたまえ。」「カタパルトで打ち出されるときには、うしろの壁にぴったり背中を附けてるんだが、どんと来たとたんに脳味噌も臓腑も壁に貼りついて、からだの外側だけが前へ飛び出すような気がするんだ。いや、ぼくが乗ってみたわけじゃない。海軍に従兄がいるんだ。」「五百億円は五銭の何倍だかすぐいってみたまえ。」「あの石仏の調査にどうしてうちの社じゃぼくを特派しないのかな。」「地図がないかね、いい地図が。作戦が立たんよ。」「文化の擁護ということは……」

そのとき、突然名状すべからざるさけびが片隅からほとばしった。ひとびとの鳩尾がひやっとして、盛り上った一座の熱狂がざざざざと崩れしらじらしく畳に吸いこまれた。そのさけびが三治から発したものだと判るまでに四五秒かかった。

「ああ」とうめきながら三治は前に突っ伏していた。「ぼくがわるかったんだ。」そして、うろたえた不審の声が頭の上に舞い落ちるのを振り払って、むっくり起き直り、元の正しい姿勢にもどって「ぼくの愛がたりなかったんです。」「え。」「ぼくは今あなた方のおしゃべりを聞きながら、率直にいうと、あなた方を憎みはじめました。あなた方はただ冬子の死を、死因を、おもしろがっているだけなんだ。冬子の宿命とぼくの苦痛の上で、はなしの花を咲かせているだけなんだ。しかし、ぼくも……ぼくもやっぱりあのかわいそうな冬子の物真似をおもしろがっていたんだ。一分の隙もなく生活が何かでいっぱいになっていれば、だれが聾の真似なんぞするもんか。たしかにこの家のどこかに見えない隙間があって、ぼくがそれを満たすことができず、それに気がつきもしなかったんだ。ああ、かわいそうな冬子……ぼくの愛がたりなかったんです。」

　蒼白い頬に涙が一筋きらりと光って静かに流れた。しかし、三治は泣いているような表情もせず、姿勢も崩さなかった。こんな三治をたれもまだ見たことがなかったので、三治のことばよりも先に取りつく島もないその語調と態度にはたかれて、ひとびとの呼吸は蠟のようにかたまり、どんなつぶやきもそこに封じられてしまった。すると、一座の空気を裂いて「ああ」と低いためいきがするどく洩れた。そして、今帯子は席上をすべって三治の肩にからだを投げかけていた。「いけない、三治さん、それいっちゃ。そんなこといっちゃいけない。そんなことば、外に出すと壊れちゃう。もっと大事にして。帯子とてもくるしい、……ああ、かわいそうなねえさん。」正面をむいたままうごかない三治から離れて、帯子は柩の前に倒れた。そこに供えてあった盛花がかすかにゆれて、菊の花びらが二三片経机の上に落ちた。「帯子さん、まあお静かに……」とたれかの声がした。「お黙んなさい。」とたんに帯子はその声のほうへふりかえって、まったくちがった烈しい調子で、「ここで、あなた方は何をいうことがあるんです。勝手に愉しく『マルスの歌』のおしゃべりをしていらっしゃい。それがどんなものだか考えてみもしないで。そんなに好きな歌なら、本気になって歌ってごらんなさい。さあ、みんなで『マルスの歌』を合唱してごらんなさい……」

すべてこの間、わたしは柱にじっと倚りかかって、一語も発しないでいた。ざわめきは耳朶の端を掠めて消えて行った。わたしはただ先刻最後に見た冬子の顔、三治のいった通り念入に化粧した美しいその顔を宙に追っていた。わけてもあやしい光に沈んだその唇の紅の色を……

このとき、向うの襖がそっとあいて、たれかが顔を出して、眼で三治を求めた。たいへん真剣な表情がその顔にあらわれていた。三治は黙って立ち上ると、みなの前に頭をさげて、静かに席を去った。今まで何をしていたのだか判らないような茫然としたけはいが一座に残された。

すぐ、三治はもどって来て閾ぎわに立ちどまった。羽二重の紋附をきた長身の、その右手の指に小さい紙切が、ザラ紙のような薄い赤色の紙切がふるえていた。それは目下この国のわかものを駆って、たれかれの差別なく『マルスの歌』の合唱のうちに、硝煙のにおいがするはるか遠方の原野へ狩り立てるところの運命的な紙切であった。今、座中の視線はみなそれに吸いつき、この非情の紙切はたちまち感動を一つに絞り上げてしまった。ぶるっとした席上に、きわめて事務的にしか聞えない三治の声がひびいた。

「ただ今、下りました。もしやと思って、かねて用意はしておりました。冬子のいない今では心残りもありません。ねんごろに供養のできないことは悲しいですが、それもやむをえません。明日とりあえず荼毘に附して埋葬いたしましょう。もっとも五日間の猶予がありますす。五日目の朝までに宇都宮に行けばいいのです。この家のことは国の父が始末してくれるでしょう。」

ひとびとは即座に何かのことばで感動を表現しようと努めているようであった。しかし、三治が洩らした限りの感動の無色に面して、ひとびとは色ありげな文句を口の中で噛みながら、しばらくは何もいえないでいた。

四

通夜から引きつづき参列した冬子の葬儀、鶴見の総持寺でしめやかにおこなわれた葬儀がすんだ後、冬子の遺品を整理するという帯子を蒲田の家に残して、わたしひとり銀座裏のアパートにもどって来たのだが、そのあくる朝、すなわちけさ非常に早く、わたしは電話に依ってベッドから呼び出された。

「突然ですが」という声は通夜の席に居合わせた親戚の一人で、「あなた長岡の宿屋というのを知ってますか、ええ、伊豆の長岡、三治の行きつけのうちがあるそうで……そこへ、ゆうべ三治が行ったというんです。今その知らせがありましてね、ただ長岡とばかり。それがね、帯子さんがいっしょらしいんです……ええ、そりゃすぐ帰って来るんでしょう、何でもないんでしょうけど、行かなかったらなお何でもないんですからね。え、ちょっと息抜きになんていう悠暢な場合じゃありませんからねえ。途方もないことがあったすぐ後なんで、何でもなくたってどきりとしますよ。第一宇都宮の件……ええ、まさか……と思うんですけど、ひょっと間に合わなかったらそれこそたいへんなさわぎです。で、どうでしょう、もしおひまでしたらちょっと様子を見に……え、行って下さる、そうですか。何しろわれわれみんな仕事が手ばなせないんで。お願いします。みんな心配してるからって……」

そして、わたしは今午前の東海道線下り列車に乗っている。まだえたいの知れぬ事実をめぐって当推量に足踏するのはまったく無意味なので、三治と帯子につきもし考えるべきことがあるとすればそれは向うに著いてからはじめることにして、わたしはさしあたりこの強いられた旅行のおっくうさを勝手に思い立ったであろう旅行の愉しさに繰替えていた。実際、配光のわるいアパートの気流が印しつけた額の皺を汽車の窓にそよぐ風で吹き払うことはまんざらでもあるまいと思われた。しかし、こんな虫のよい考は早くも東京駅のプラットフォームから打ち壊されてしまった。そこには、カーキ色の服をつけて剣を提げていないひとたちがいずれも理髪師のようなぺろりとした顔つきをして、小旗のひらめく中をたいへんいそがしそうに馳せちがい、他の旅客のむれもそれと入りまじって、みなぱちぱち拍手のざわめきに浸っていた。汽笛が鳴ったとたんに「ばんざい」の声が湧きおこった。同時に、ああ、またしても『マルスの歌』……

いざ起て、マルス、勇ましく……

わたしの乗った車室からも、それに唱和する声がおこった。見知らぬひとたちが声を揃えて歌い、歌わないものは下をむいて照れくさそうな恰好をしていた。汽車の進行につれて歌がやみ、あちこちに雑談がはじまり、話題はあの通夜の席をさわがしたひとびとの放言とおなじ性質のものであった。どこでもいい合わせたように、よくもあきずに蒸しかえすものだ。この車内にも街頭の季節がそのまま箱詰にされ、窓から吹き入る風がうっかり中の空気をうすめた時分には、またそれを濃くするために、どの駅のプラットフォームも『マルスの歌』の合唱隊を用意して待ちかまえていた。わたしは片隅の席で窒息しかけながら、手提鞄の中に入れて来た二三冊の本を取り出した。そのあいだから、小型のうすっぺらな和綴の本が一冊膝の上に落ちた。いつか挟まっていたのであろう、それは狂詩の本であった。わたしは読むつもりでいた他の本を鞄の中にもどして、横浜で買った二合壜の相手には快適に思われたこのうすっぺらな本をひらいた。寐惚先生が銅脈先生に応酬する五言古詩ぶりの戯詠に、「暮春十日書。卯月五日届。委細拝見処。益〻御風流……」ああ、益〻御風流……この畏るべき達人のたましいはいかなる時世に生れあわせて、一番いいところは内証にしておき、二番目の才能で花を撒き散らし、地上の塵の中でぬけぬけと遊んでいられたのか。花の中に作者の正体が見えない。今は遠き花かな。益〻御風流……だんだん小説と縁が遠くなって来た。熱海で買ったつぎの二合壜はすぐからになった。たしかにこの車内の季節では『マルスの歌』に声を合わせるのが正気の沙汰なのだろう。わたしの正気とは狂気のことであったのか。窓の日ざしが急に強くなり、ひとの飛ばす唾がほこりに浮き立った。カーキ色がちらちらする。たれかが網棚の上からゲートルを落した。向うで子供がおもちゃの軍刀を抜いている。それにしても、ああ、益〻御風流……いよいよ、きちがいじみて来た。

列車がとまった。気がつくと、三島駅であった。わたしはいそいで駆けおりた。駅前からすぐ自動車で長岡へむかった。

当りをつけて行った宿屋の玄関で、三治と帯子の消息はすぐ判った。昨夜たいへん遅く著き、そのわりにけさ早く起きて、何かせわしげなまた愉しげな様子で、もう立ってしまった後だというのだが、立つときに宿屋から三津の船宿に電話をかけさせ、舟を仕立てて静浦あたりへ行く模様だったので「今時分はまだ沖でいらっしゃいましょう。舟をお上りになるとすぐどちらかへ御出発だそうで、四時に三津へ車がお迎えに出ることになっております。船宿にいらしってお待ちになれば、きっとお逢いになれましょう。」時計を見ると三時すこし前であった。わたしはつい宿屋を出て、町をつらぬいて通るバスに乗り、三津へ行った。

バスからおり立った海辺の道の、右側は堤防で、その真下の一劃に澄み透った水のちょろちょろするせまい汀が食いこみ、波のうごかぬ海面が日に輝いてひろがった向うにはひょろ長い岬が突き出て、こちらからもあざやかに映えて見える木木の葉色が眼路を限り、そのおだやかな入江の中を雲一つなく晴れた空の下に遊覧船らしい蒸汽船がぽこぽこ煙を吐いて走っていた。左側は軒の迫った家つづきで、すぐそばに一軒茶店ふうなのがもったいらしく「汽船発著所」とペンキの看板を掲げており、それが船宿と察せられた。土間になった店の中にはいると、片隅にキャラメルと駄菓子の硝子箱が二つ三つ、長方形のテイブルと縁台をならべたほかにはひとのけはいがなく、声をかけても応えがなかったが、やがてひょっくり奥から出て来た細君らしいのがわたしの質問に対してその舟ならばもうじきもどるでしょうと答えたきり、表を通りかかったひとと入口に立って何かしゃべりあい、またついと奥にはいり、アルミニウムの急須と茶碗をもって来てテイブルの上に置くと、またもやついと奥に消え、もはや出て来そうなけしきは見えなかった。わたしは縁台にかけてぼんやり煙草をすいながら、先刻から何かを感じているような気がしていたが、きわめて簡単なものが見つからぬもどかしさで、その何かの前に戸惑いしているかたちであった。そして、それが秋だとさとるのにちょっと間があった。ああ、季節。たしかに、今わたしが浸っている季節は『マルスの歌』のそれではないのだ……わたしは立ち上って、縁台の上に置いた手提鞄から望遠鏡を取り、外に出て、前の堤防をおりて、汀に立った。

おりおり吹く微風の中に、遠くで漁船が円陣を作っている。足もとの水は鉱泉のようにさらさらしている。ここでは、その水に皺を置くためではなく、それの伸びをよくするためにさざなみがわたっている。ふと北のほうの空を見上げると、どうしてもっと早く気がつかなかったのかと思われるほど大きく、高く、空いちめんを領して、非常にはっきりフジが浮き立っていた。しかし、頭脳にたたかいを挑むべき何ものももたぬこの山の形容を元来わたしは好まないたちなので、いかにそれが秀麗らしく見えようとも、なおさら感心するわけにはゆかなかった。ほとんど視野からそれを追いのけるために、わたしは望遠鏡で沖を眺めはじめた。水面に弧を描いてひろがった漁船の列、どの船の舷にもはだかの男のむれが懸命に綱を引っ張っている。何を捕っているのか、漁船の円陣がなかば欠けている水の下には太い網の目が魚を堰き止めているのだろう。このとき向うの岬の鼻から小舟が一艘進んで来た。小舟は漁船の列のうしろをぐるりとまわって、こちら側へ抜け出て来た。今ではよく見える。ああ三治と帯子だ。急に速力がにぶくなった。舟を流しているのだろう。舳で船頭が左の手に抱えた水鏡《めがね》を水面に押し当て、その上にかぶさるようにして底をのぞきこみながら、タコでも突いているのか、右の手で竿をあやつっている。三治と帯子が笑いながらそれを眺めている。二人ともたいへん健康そうにぴちぴちしている。何を心配することがあるのだ。きょうは帯子はとくに美しい。黄ろい衣裳が晴れた水の上に似合って見える……そのうちに、こうして他人の肉体を、肉体のうごきを、相手が知らぬ間に外界から切り離し、それだけを拡大して隙見していることが忌まわしく感じられて来た。不吉のようなものがそこにあった。わたしは望遠鏡をはずした。すると、空にべったりフジ。また望遠鏡。すると、大写しになった三治の顔、帯子の顔……わたしは眼のやり場にいらいらして、望遠鏡をポケットにしまった。いつか、舟がまたうごき出していた。だんだん近づいて来る。向うでも気がついたらしく、伸び上って手を振っている。たちまち舳がぐっと上って、たたたたとひびきが水にわたり、速力が早くなった。モーターをうごかしたのだろう。まっすぐにこちらへ走って来る……

「やあ」と三治が舟から汀に飛びおりて来て、「もっと早く来ればよかったのに。」「何をいってる。知らせをよこさなかったじゃないか。」「あ、そうか。どこで聞きました……そうですか。心配することなんかちっともないのになあ。」「そんなに心配してもいないさ。」「この二三日でうんと遊んでおこうと思ってるもんだから。あれもこれもと慾でいっぱいになって、とてもいそがしい。あんたをさそやよかった。」「ひとりのほうが勝手でいいだろう。」「でも、ひとりだったら、もっとこわいような気がするだろうな。いそがしくなりかけたところで、気持がひやりとしそうで、やっぱりだめだろうな。オビイがいっしょに来てくれて、よかった。」裾を挑《かか》げながら舷に掛けた板をわたって、帯子が駆け寄って来た。「全然競争なの。おたがいに抜きっこしてるみたい。息が切れそうになると、もっと息が切れそうなこと代るがわる考え出すの。海へ行こうといい出したのは帯子なの。そしたら、静浦まで行かないうちに、三治はもう山がいいっていうの。」「いや、オビイがそばから拍車をかけてくれるんだ。」「どこまで飛ばすつもりだ。」「全然予定なし。これから車で天城を越えようと思ってる。夜遅くなって著いたところで、もう一晩泊る。途方もなく贅沢なホテル、このへんにないかなあ。でも、あしたの晩までには帰らなくちゃ。社の仲間が会をしてくれるんでね。それがすんだら宇都宮だ。国の連中にはそのとき逢うつもり。どうです、いっしょに来ませんか。」「ぼくはスポーツの選手じゃないからね。オビイに任せておこう。」「帯子にも判らない。何だかとてもいい気持。でも、三治ったら、ずいぶんはらはらさせるの。沖で、いきなり泳ぐんだってつめたい水の中に飛びこみそうにするの。車に乗ったら、きっと崖っぷちをすり抜けなけりゃ承知しないわ。」「もう危険が危険でなくなって来た。ここでは、宇都宮までは、何をしたって安全でしかないという気がする。」

堤防の上で、茶店の細君がこちらを見て立っていた。いつの間にか、茶店の前にポンテイヤックが一台とまっていた。「あすこの水族館、行って見ましたか。」と三治はついかなたに突き出ている小さい島を指さしながら、「あとで行ってごらんなさい。ぼく、今その興味ないけど。」三治がさきに堤防に上った。いつも旅行のとき提げているコダックがきょうは見えなかった。「写真どうした。」「ぼくもさっきそれに気がついたところ。写真のこと、いつか忘れてたらしい。」帽子の庇の下で、かすかに長い眉毛がかげった。ポンティヤックのドアがあいて、鞄や外套の置いてあるのが見えた。帯子の後から三治が乗って、「じゃ、これで失礼。」「そう。じゃ、元気よく行って来たまえ。そして、どんな遠くへ行ってもかならず帰って来たまえ。」「ありがとう。」車はうごき出した。車の窓から、三治はもう一度首を出しておじぎをし、帯子は右の手を伸ばしてこちらのほうへ軽くちらちらと指の先をなびかせた。車は向うの角に消えて行った。

それから数分後、わたしは先刻三治が指さした小さい島の水族館に来ていた。それは島というよりも岸からつづいて海のほうへふくれ出た土の瘤で、海に浸っている部分がそっくり水族館を成しており、突端の岩鼻には見晴台があって、今わたしが立っているのはその台の上である。もう日ざしの薄くなった空に相変らずフジが押絵のように貼りついていたが、わたしはそのけしきに背を向けて、眼の下の水中に群れる魚どもを眺めていた。この水族館には屋根もなく、硝子箱もなく、秋天の下に一劃の水面が澄みわたり、水の中に設けられた仕切が魚どもの種類を分ち、そして水は絶えず打ち寄せる沖の潮と入れ替っていた。潮に淀みがないごとく、ここでは魚どもに窶《やつ》れがなかった。鋼《はがね》の光沢をもったメジマグロのむれが不敵に、強靱に、すいすいと水を切って、この大きい生簀の底にあざやかな藍を掃いていた。見物が番人を呼んで餌を投げさせた。バケツにはいっている鯖の切が高く飛んで水面に落ちると、たちまち跳ね上った数尾の肌がぴかりと光って、もう鯖の切は見えない。生簀の向う側に、白ずぼんをはいたシャツ一枚の男が見物に取り巻かれながら、先に綱を垂らした太い竹の竿を右手でぴったり腹に当てがって立っていた。綱の先に重そうな紡錘形の木片が附いていて、それがウキのように水面に浮いている。右の手と腹の呼吸ひとつで、竿をぱっと上げると、木片が宙におどって、とたんに左の腕がそれを受けとめる。メジマグロを釣る練習なのだ。数回くりかえして見せて、男はその竹の竿を見物にわたそうとするが、たれも尻ごみして受け取らない。やがて二三人出て代るがわるこころみるが、腹がふらふらして木片がいうことをきかない。見物が笑っている。その隣では、別の囲の中に、ほそい銀線のような魚が……

すべてそれらの光景を、わたしはぼんやり眺めていた。どこがおもしろくてこんなものを見ているのだ。たしかに安心に似たものがそこにあったが、心の隙間を満たすような何もなかった。からりとした空気が、膩肉《あぶらにく》でしかはち切れていない健康な魚どもが、毒気を抜かれた点景人物が仲よく折合をつけている均斉のうちで、見物は智慧のたりない自分を見うしない、平常のおかしな身振を忘れて、しばらくうっとりするのだろう。まったく三治といい、帯子といい、プラットフォームのカーキ服といい、列車の乗客といい、このわたし自身といい、おかしいと思い出すと際限なくおかしく見えて来た。しかも、たれひとりとくにこれといって風変りな、怪奇な、不可思議な真似をしているわけでもないのに、平凡でしかないめいめいの姿が異様に映し出されるということはさらに異様であった。『マルスの歌』の季節に置かれては、ひとびとの影はその在るべき位置からずれてうごくのであろうか。この幻灯では、光線がぼやけ、曇り、濁り、それが場面をゆがめてしまう。ひとびとを清澄にし、明確にし、強烈にし、美しくさせるために、今何が欠けているのか。ここでも先刻茶店で秋を探りあてたときのように、何か非常に判然としたものの前でわたしは惑い、焦《じ》れ、平静をうしなっているようであったが、やがてその何かが遅く来て、しみじみと、根強く、隙間なくわたしのうちに満ちひろがったとき、そんなにも判りすぎているもののまわりに足踏みしなければならなかった自分が迂闊に鈍物に見え、わたしはたいへん恥かしく、ひとりでに顔が赤くなった。思想、ああ、思想……はげしくのどが乾いて来た。現実のわたしののどのほかに、どこかでのどが大きく渇いているような気がした。

わたしは見晴台をおりた。魚どもを湛えた水に臨んで、二階建の日本家屋が建ち、その階下の一部が板敷になっていて、椅子テイブルをならべ、簡単な食堂のていであった。軒下で、みやげもの絵はがきなどを売っていた。その前が桟橋のような通路で、そこをわたるとイルカの水槽があった。これは人気者らしく、ひとだかりがしている。イルカが水面に頭を出している。のっぺらぼうな頭のてっぺんに小さい孔があり、孔に蓋が附いていて、ときどきその蓋が開き、ぷくりと息をする。番人が餌を投げると、たくみに水を潜ってそれを捕える。軍用犬の訓練をしているようだ。見ているうちに、いやになって来た。四足で宙にもがきながら斑点のある腹をあおむけに剝き出している野犬を見たときのごとく、愚鈍な不潔なものが感じられて来た。

わたしは後へもどって、食堂にはいり、ビールをもって来させた。そこへ、どやどやと四五人づれではいって来たのが、向うの席を占めると、すぐ大きい声でしゃべり出した。ああ、何をしゃべるのだ。ここでもまた、あのはなしか。片隅に、喇叭の附いた古物の蓄音器が据えてある。番人がレコードを掛けようとしている。ああ、何を掛けるのだ。ここでもまた、あのレコード……「やめろ。」思わず、わたしは声に出していた。声はにくくしくひびいたようであった。ひとびとはけげんな顔でわたしのほうへふりむいた。そして、たちまち叱責の眼がわたしを突き刺した。その叱責の中に威武を恃むものの得意さが露骨にあらわれていて、わたしはいらいらして来た。残りのビールを飲みほして、外に出て、門のほうへ歩き出した。うしろで、ざわめきが聞えるように思った。たれかがわたしの背中にむかって何かいったのだろう。

焼跡のイエス

炎天の下、むせかえる土ほこりの中に、雑草のはびこるように一かたまり、葭簀《よしず》がこいをひしとならべた店の、地べたになにやら雑貨をあきなうのもあり、衣料などひろげたのもあるが、おおむね食いものを売る屋台店で、これも主食をおおっぴらにもち出して、売手は照りつける日ざしで顔をまっかに、あぶら汗をたぎらせながら、「さあ、きょうっきりだよ。きょう一日だよ。あしたからはだめだよ。」と、おんなの金切声もまじって、やけにわめきたてているのは、殺気立つほどすさまじいけしきであった。きょう昭和二十一年七月の晦日、つい明くる八月一日からは市場閉鎖という官のふれが出ている瀬戸ぎわで、そうでなくとも鼻息の荒い上野のガード下、さきごろも捕吏を相手に血まぶれさわぎがあったという土地柄だけに、ここの焼跡からしぜんに湧いて出たような執念の生きものの、みなはだか同然のうすいシャツ一枚、刺青の透いているのが男、胸のところのふくらんでいるのが女と、わずかに見わけのつく風態なのが、葭簀のかげに毒気をふくんで、往来の有象無象に嚙みつく姿勢で、がちゃんと皿の音をさせると、それが店のまえに立ったやつのすきっ腹の底にひびいて、とたんにくたびれたポケットからやすっぽい札が飛び出すという仕掛だが、買手のほうもいずれ似たもの、血まなこでかけこむよりもはやく、わっと食らいつく不潔な皿の上で一口に勝負のきまるケダモノ取引、ただしいくら食っても食わせても、双方がもうこれでいいと、背をのばして空を見上げるまでに、涼しい風はどこからも吹いて来そうにもなかった。

あやしげなトタン板の上にちと目もとの赤くなった鰯をのせてじゅうじゅうと焼く、そのいやな油の、胸のわるくなるにおいがいっそ露骨に食欲をあおり立てるかと見えて、うすよごれのした人間が蠅のようにたかっている屋台には、ほんものの蠅はかえって火のあつさをおそれてか、遠巻にうなるだけでじかには寄って来ず、魚の油と人間の汗との悪臭が流れて行く風下の、となりの屋台のほうへ飛んで行き、そこにむき出しに置いてある黒い丸いものの上に、むらむらと、まっくろにかたまって止まっていた。

その屋台にはちょっと客がとぎれたていで、売手のほかにはたれもいなかった。蠅がたかっている黒い丸いものはなにか、外からちらと見たのでは何とも知れぬ恰好のものであったが、「さあ、焚きたての、あったかいおむすびだよ。白米のおむすびが一箇十円。光ったごはんだよ。」とどなっているのを聞けば、それはにぎりめしにちがいないのだろう。上皮が黒っぽくなっているのは、なるほど海苔で包んであるものと見てとれた。しかし、その海苔はぱりぱりする頼もしい色艶ではなく、紫蘇の枯葉のようにしおれた貧相なやつで、それのあちこち裂けた隙間から白い粒がのぞいているのは懸声どおり正真の白米らしいが、このめし粒もまたひからびて、こびりついて、とてもあたたかい湯気の立ちそうなけはいはなかった。

焚きたての白米という沸きあがる豊饒な感触は、むしろ売手の女のうえにあった。年ごろはいくつぐらいか、いや、ただ若いとだけいうほかない、若さのみなぎった肉づきの、ほてるほど日に焼けた肌のうぶ毛のうえに、ゆたかにめぐる血の色がにおい出て、精根をもてあました肢体の、ぐっと反身になったのが、白いシュミーズを透かして乳房を匕首のようにひらめかせ、おなじ白のスカートのみじかい裾をおもいきり刎ねあげて、腰掛にかけたままあらわな片足を恥らいもなく膝の上に載せた姿勢は、いわば自分で自分の情慾を挑発している恰好ではありながら、こうするよりほかに無理のないからだの置き方は無いというようすで、そこに醜悪と見るまでに自然の表現をとって、強烈な精力がほとばしっていた。人間の生理があたりをおそれず、こう野蛮な形式で押し出て来ると、健全な道徳とは淫蕩よりほかのものでなく、肉体もまた一つの光源で、まぶしく目を打ってかがやき、白昼の天日の光のほうこそ、いっそ人工的に、おっとりした色合に眺められた。女はときどき声を張り上げて、しかしテキヤの商業的なタンカとはちがって、地声の、どこかあどけない調子で、「さあ、焚きたてのおむすびが一箇十円だよ……」

　そのとき、イワシ屋の店の中が急にざわざわとさわがしく「あ、きたねえ、こいつ。」「さわるな、そばに寄るな。さわっちゃいけねえ。」「あっちへ行け。はやく出て行け。」と狼狽した声声で、そこへ駆けつけて来た半ずぼんに兵隊靴をはいた男の、どうやらこの市場の見まわりらしいのが「こいつ、また来やがったな。始末のわるいやつだ。きたなくって手がつけられねえ。さあ出て行け。今度来たらぶち殺すぞ。はやく行け。」と、あらあらしく、しっしっと犬でも追う調子で、鞭のように打ちつける罵詈の下に、ぱっと店の中から、いや、ほとんどひとびとの股のあいだから、外に飛び出して来たのは、一箇の少年……そう、たしかに生きている人間とはみとめられるのだから、男女老幼の別をもって呼ぶとすれば、ただ男のこどもというほかないが、それを呼ぶに適切十分なる名をたれも知らないような生きものであった。

　道ばたに捨てられたボロの土まみれに腐ったのが、ふっとなにかの精に魅入られて、すっくり立ち上ったけしきで、風にあおられながら、おのずとあるく人間のかたちの、ただ見る、溝泥の色どすぐろく、垂れさがったボロと肌とのけじめがなく、肌のうえにはさらに芥と垢とが鱗形の隈をとり、あたまから顔にかけてはえたいの知れぬデキモノにおおわれ、そのウミの流れたのが烈日に乾きかたまって、つんと目鼻を突き刺すまでの悪臭を放っていて、臭いもの身知らずの市場のともがら、ものおじしそうもない兵隊靴の男でさえそばに寄りつきえず、どら声ばかりはたけだけしいが、あとずさりに手を振って、および腰で控えるていであったのは、むしろ兵隊靴のほうこそ通り魔の影におびえて遠吠えする臆病な犬のように見てとれた。

まったく、その少年が突然道のまんなかにあらわれたときには、あたりの店のものも、ちかくを行きずりのものも、みな一様にどきりとして、兵隊靴の男とおなじく身をかがめるふうにして、足のすくんだ恰好であった。そして、めいめいにおもいがけないこの一様の姿勢をとらせたものは、ここにいきなり襲って来たある強い感情のせいだということ、その感情とは恐怖にほかならないということを、さしも狂暴なかれらの身にしても、ひたとさとらざるをえないけはいであった。けだし、ひとがなにかを怖れるということをけろりと忘れはててからもうずいぶん久しい。日附のうえではつい最近の昭和十六年ごろからかぞえてみただけでも、その歴史的意味ではたっぷり五千年にはなる。ことに猛火に焼かれた土地の、その跡にはえ出た市場の中にまぎれこむと、前世紀から生き残りの、例の君子国の民というつらつきは一人も見あたらず、たれもひょっくりこの土地に芽をふいてとたんに一人前に成り上ったいきおいで、新規発明の人間世界は今日ただいま当地の名産と観ぜられた。このへんをうろうろするやからはみなモラル上の瘋癲、生活上の兇徒と見えて、すでに昨日がなくまた明日もない。天はもとより怖れることを知らず、ひとを食うことは目下金もうけの商売である。正朔の奉ずべきものがあたえられていないのだからきょうはいつの幾日でもかまわず、律法の守るべきものをみとめないのだから取締規制は其筋でもあの筋でもくそを食らえの鼻息だが、そのくせほこりといっしょにたたき立てる商品は今日禁制の、すなわち巷間横行中の食うもの著るもの其他、流通貨幣はやはり官の濫造に係る札束で、したがってせっかくの新興民族の生態も意識も今日的規定の埒外には一歩も踏み出していない。劣情旺盛取引多端の一事は旧に依って前世紀からの引継ぎらしく、旧にもまして今いそがしいさいちゅうに、それほど大切な今日というものがじつはつい亡ぶべき此世の時間であったと、うっかり気がつくような間抜けな破れ穴はどこにもあいていないのだろう。その虚を突いてふっと出現した少年の、きたなさ、臭さ、此世ならぬまで黒光りして、不潔と悪臭とにみちたこの市場の中でもいっそみごとに目をうばって立ったのに、当地はえ抜きのこわいもの知らずの賤民仲間も、おもわずわが身をかえりみておのれの醜陋にぎょっとしたような、悲鳴に似た戦慄の波を打った。

少年はふた目と見られぬボロとデキモノにも係らず、その物腰恰好は乞食のようでもなく搔払いのようでもなく、また病人とも気ちがいともおもわれず、他のなにものとも受けとれなかったが、次第に依ってはずいぶん強盗にもひと殺しにも、他のなにものにでもなりかねない風態であった。しかし、ウミのあいだにうかがわれる目鼻だちはまあ尋常のほうで、ぴんと伸びた背骨の、肩のあたりの肉づきも存外健康らしく、もし年齢をあたえるとすれば十歳と十五歳の中ほどだが、いわゆる育つさかりの、四肢の発育がいじけずに約束されていて、まだこどもっぽい柔軟なからだつきで、それが高慢なくらいに胸を張りながら、まわりの雑閙にはふりむこうともせず、いったい何の騒動がおこったのかと、ひとり涼しそうに遠くを見つめて、役者が花道に出たようにすうとあるいて行くのは、どうしておちつきはらったもので、よほどみずから恃むところがないと、こうしぜんには足がはこぶまいとおもわれた。少年はどこから来てどこへ行こうとするのか。たれも知らない。この新開地では、種族を判別しがたい人間どもがどこからともなくわらわらとあつまって来て、どこへ行くともなく右往左往している中に、ひとり権威をもって行くべき道をこころえたような少年の足どりの軽さはすでに十分ひとをおどろかすに堪えた。もし一瞬の白昼のまぼろしとして、ひょっと少年のすがたがまのあたりに掻き消えたとしても、たれもこのうえにおどろく余地はなかったろう。

ところで、ここに意外の事件がおこった。少年がイワシ屋の店を出てすうとあるきはじめたときには、たれの眼にもつい消えうせるかと見えたのに、それがとたんに身をひるがえして、となりのムスビ屋の店に飛びこみ、どこに入れてあったのか折目のつかないまあたらしい札を一枚出して台の上におくと、まっくろに蝿のたかったムスビを一つとって、蝿もろともにわぐりと嚙みついた。はたからさえぎる隙もない速い動作で、店番の若い女がなにかさけびながら立ちあがろうとしたひまに、ムスビはすでに食われていた。そして、おなじくすばやい身のうごきで、少年は今度はムスビではなく、立ち上ろうとした女のほうにおどりかかって腰掛の上に押しつけるぐあいに、肉の盛りあがったそのはだかの足のうえに、ムスビに嚙みつくようにぎゅうっと抱きついた。女の足の肉と少年の顔とのぶつかる音が外にまで聞えたほど烈しい力であった。女は悲鳴とともに飛び立って、「なにしやがんだい、畜生、ガキのくせに。」これも懸命の力で振りもぎろうとするが、少年はなかなか離れない。そこへ、兵隊靴の男がまた駆けつけて来て、ほそい竹の棒を振りまわしながら、しかしただ「畜生、畜生」とさけぶだけで、やはりボロとデキモノに怖れをなしているのか、揉みあう二人のからだのまわりを飛びまわって、ぴゅっぴゅっと竹を鳴らすにとどまって、よく手を出して引分けることをしかねた。女と少年とは一体になって、搦んだまま店の外に出て来て、よろよろと倒れそうになったのが、もろにこちらへ、ちょうどそこに立っていたわたしのほうにぶつかって来た。そのとき、わたしはムスビ屋のとなりの飴屋のまえに立っていて、飴屋が石油鑵の中にかくしてあるたばこを買い、その一本に火をつけかけたところであった。

わたしはとっさによろけて来る一かたまりの肉塊を抱きとめようとする姿勢をとった。そうしなかったとすれば、わたしは倒れかかるもののいきおいに圧されて、ともに地べたにころがったにちがいないだろう。その一かたまりの肉塊は女のからだと少年のからだとの合体から成り立っている。わたしはやはりとっさに判断をはたらかして、ボロとデキモノとウミとおそらくシラミとにみちた部分よりも、ふれるにこころよい柔かな肌の部分のほうに抱きつくことを撰んだ。というのは、はずかしいことだが、わたしは先刻から女のはだかの足のみごとな肉づきに見とれていて、公然とそれに抱きつくことをあえてしなかったのは単に少年の示したごとき勇猛心に欠けていたためにほかならず、揣らずも今あたえられた機会に、いわば少年の勇猛心の余徳を利用して幸便に陋劣なおもいをとげようとしながら、しかも少年のからだのほうは邪慳に突き放して、もっぱら女の背中をねらって組みとめるに努めた。しかし、わたしはてきめんに罰をこうむったかたちで、非力をもって支えるによしなく、実際には女の張りきった腰のあおりを食って跳ねとばされ、したたか地べたにたたきつけられてしまった。

肱と膝とをすりむき、痛さをこらえて、わたしがやっとおきあがったときには、少年はどこに消えたのか、もうその影も見えなかった。そして、女はなにやらわめきながらひどい権幕でわたしを睨んでいる。そのそばに、例の兵隊靴の男がまたもほそい竹の棒をぴゅっぴゅっと鳴らしながら、わたしを威嚇するように立ちはだかっている。どうやらはずみにわたしのたばこの火が女の背中に飛んで、シュミーズに大きい焼穴ができたということらしい。まわりには、すでにいっぱいひとだかりがしていて、みなわたしに対して敵意をもっている形相と見えた。わたしは先刻女の足に抱きついた当の犯人がわたし自身であったかのように（じつはわたしもまたその恥ずべき行為の荷担者にはちがいないのだが）、顔をまっかにして、一つには白昼ひとだかりのまんなかでこのうえいかなる恥辱をうけるのかという危惧におののきながら、はやくこの場をのがれたいとおもい、人垣の隙をうかがって、いちばん弱そうなぼんやりしたやつを突きとばし、みだれた列のあいだを縫って、市場の外へと、夢中で駆け出した。

せまい市場の、すぐ外側が電車通で、そこまで駆け抜けてほっと息をつき、ふりかえって見るとさいわい追いかけて来るものもなかった。気がつくと道を行くひとがみな咎めるような眼つきでこちらを見ている。なるほどあたまから泥まみれ、手足のすりむきで血に染んでいて、おまけにつらつきの市場じみたところがまだ改まっていないようだから、さだめて異様な風態だろう。わたしは生れつき虚栄心満満としてもっぱら体裁をつくることに苦心し、恥知らずの市場の雑閙に入りまじってさえ、たとえばムスビ屋の店番の女にちょっと岡惚してみたにしろ決して劣情は色に出さず、なるべくきどって、品のよさそうな恰好をこしらえあげることに努めていたのに、それがこういう惨澹たる結果になって来ると、市場の中のいちばん恥知らずよりもなお恥知らずで、まことに賤民中の賤民とは自分のことであったと、照る日の光とか他人の見る目などへの気がねはさておき、なによりもわが虚栄心のてまえいいわけ立ちがたく煩悶ひとかたでなかった。わたしは泥をはらい血をふいて、ほどけた靴の紐をむすび直し、さりげないふうをよそおってあるき出したが、どうも足どりがまだすらすらと行かなかった。それにつけても先刻の少年はどうすればあのように沈著に、かつ機敏に、むしろ堂堂たる態度をもって市場の悪党どものまんなかを押しあるいていられるのだろう。どこの天の涯からか、またはどこの地の底からか、この新規にひらかれた市場の土地に遣わされて来て、ここの曠野に芽ばえる種族の先祖はおれだといっているような押し出しである。かくのごとく律法の無い、汚辱のほかにはなにも著ていない、下賤のはだかの徒に、たれが味方するのか。しかし、メシヤはいつも下賤のものの上にあるのだそうだから、また律法の無いものにこそ神は味方するのだそうだから、かの少年は存外神と縁故のふかいもので、これから焼跡の新開地にはびころうとする人間のはじまり、すなわち「人の子」の役割を振りあてられているものかも知れない。少年がクリストであるかどうか判明しないが、イエスだということはまずうごかない目星だろう。市場のものどもはいったいにあまりおしゃべりをしないようだが、少年はとくに一言も口をきかなかった。按ずるに、行為がことばだというわけだろう。そしてその行為は一つ一つ、たとえばイワシをよこせとか、ムスビを食わせろとか、女の股に抱きつかせろとかいうように、命令のかたちをとっている。それが命令である以上かならずやなにか神学的意味がふくまれていて、俗物がまださとりえないでいるところの、ものの譬になっているにちがいない。けだしナザレのイエスの言行に相比すべきものである。もしたれかが少年の日常の行動を仔細に観察し、これを記録にとどめて集成したとすれば、「山上の垂訓」にくらべられるようなあたらしい約束の地の説教集が編まれるだろう。おもえば、あの風采とてもどうして大した貫禄のものであった。ボロとデキモノとウミとおそらくシラミとをもって鏤めた盛装は、威儀を正した王者でなくては、とても身につけられるものではない。わたしも平常おしゃれに憂身をやつしたいというひそかな念願があって、例の虚栄心で物資不足のおりずいぶん苦労しているが、まだまだ王者の盛装までには手がとどきそうもない。すでにして、敵はイエスである。わたしがムスビ屋の女を引張り合って手足をすりむいたぐらいのことは、まあ災難がかるかったと、あきらめるほかないだろう。わたしはすこし気がしずまって来た。

わたしは気をしずめて広小路の四辻に立った。そして、谷中のほうへ行く電車をしばらく待っていたが、どうも来そうなけしきがなかった。わたしはまたあるき出して上野の山にのぼった。これから東照宮の境内を抜けて、山の下の道におりて、谷中まであるいて行こうというつもりである。その谷中に行くということは、わたしがきょうわざわざここまで出て来た目的であった。

先日、わたしはさる用件で谷中まで行くことがあって、そのかえりみちに、太宰春台の墓のある寺のまえを通りかかった。そのへん一帯の地はさいわいに猛火の厄をまぬがれていて、家並はおおむね元どおり残っている。わたしは寺の門をくぐって、墓地にまわってみた。しかし、わたしがふと掃苔の念を発したのは、春台を弔うためではない。わたしは経学の門外漢だから、太宰氏の学風とは縁がなく、またその伝えられる人柄も好まない。わたしの目当とするところは春台の墓の石である。その石に刻してある数行の文字、すなわち墓碣銘である。銘文は服元喬の撰に係る。服部南郭ならば江戸詩文の大宗として、わたしとはまんざら縁のないこともない。明和安永天明の間江戸の文苑に風雅が栄えたのは、南郭先生がさきだって世にひろめた瀟洒たる唐山の詩の余韻に負うところすくなしとしない。けだし、しゃれた学問の根柢である。太宰氏の墓石は今につつがなく、南郭の墓碣銘も欠けていない。それでも、これは焼け残ったとはいうものの、世間のひとの忘却の中では存否不明同様の取扱いだろう。わたしは今のうちにこの墓碣銘を拓本にとっておきたいとおもった。そして、改めて、拓本をとるための用意をしてまたこの寺をたずねることにした。その日を改めてというのが、つまりきょうである。げんに、わたしは小さい風呂敷包をさげている。包の中には、拓本用の紙墨とともに弁当用のコぺが二きれはいっている。拓本がとれたときには、それは亡びた世の、詩文の歴史の残欠となるだろう。仮寓の壁の破れをつくろうにはちょうどよい。

さて、わたしは上野の山にのぼって清水堂の下あたりまで来たとき、なにげなくうしろをふりむくと、二町ほどあとからボロとデキモノの少年のこちらへむかってあるいて来るのが見えた。まがう方なく、先刻の少年である。わたしはすでに市場で道草を食うことをやめて、拓本への方向をとりもどしていたので、少年についてはもう大して関心がもてなくなっていた。それに、不思議なことには、この山の上の広い場所で眺めると、少年の姿は市場の中に於けるがごときイエスらしい生彩をうしなって、ただ野獣などの食をあさってうろつくよう、聖書に記されている悪鬼が乗り移った豚の裔の、いまだに山のほとり水のふちをさまよっているかのようであった。わたしは興ざめて、少年をうしろに見捨てたまま、さきにすすんだ。このへんまで来ると、もはやものを売る店もなく、ひと通りもすくないので、わたしがどれほど浮気の性であったにしろ、女の足の肉づきに見とれて道をまちがえる危険はない。

東照宮の鳥居のまえに来て、またなにげなくふりかえると、やはり少年がうしろに、今度はぐっと距離をちぢめて、つい十間ほどあとに迫っていた。わたしはぎょっとして息を呑んだ。明かに敵はわたしをつけて来ている。その形相がただごとでない。これはもうあわれな豚の裔ではなくて、血に飢えた狼にほかならなかった。眼に殺気がほとばしって、剝き出した歯が白く光り、顔のウミは生餌などを食ったあとの返り血を浴びたようにあかぐろく、肌にぴったり貼りついたボロはほんものの狼の毛皮そっくりに荒く逆立って、猛烈な闘志を示している。いったい敵は何のためにわたしを狙っているのだろう。怨恨か。こちらの身にはおぼえがない。物取りか。ずぼんのポケットに財布が押しこんではあるが、中みはしごく軽い。わたしの生血か。それならば財布の中みよりも一そう貧弱なはずである。しかし、すべて人間側の論理は狼側に通用するわけがないだろう。何のためにしろ、敵がわたしを狙って飛びかかろうとしていることは眼前のおそるべき事実であった。

わたしはなるべくあわてないように、しいてゆっくりした足どりで、東照宮の境内にはいって行った。もうふりかえって見るまでもなく、敵の次第にまぢかに肉薄して来るのが判る。襲撃の気勢がわたしの背骨にひびいて来る。あたりにはひとの影もない。木立はまばらで、楯として頼むにたりない。日ざしはあいかわらず強く、じりじり照りつけて来て、わたしはあぶら汗で浮くように濡れた。

ようやく拝殿の裏手まで来た。崖の道をおりれば、家並のつづいている町である。しかし、もはやその道をおりて行く余裕はない。敵の吐く息、鳴らす歯の音がするどく耳を打って聞える。つい一飛びで、敵はわたしの背中に嚙みつきうるほど近くに迫っている。わたしははやく人家のあるところに出ようとあせっていたが、それがかえって敵の術中に落ちて、ここの草むらと赤土の上、もっとも流血に適した場所にまで追いつめられたぐあいであった。うっかり声をあげたり駆け出したりすれば、それこそ百年目である。またそうしなくても、おなじことだろう。どのみち、敵はわたしののど笛を狙って飛びかかって来るにちがいない。もうふりむいて敵をむかえ打つ体勢をととのえるようなひまもない。このとき、わたしの手にあるものは、小さい風呂敷包、包の中の一枚の紙だけであった。それはやがて亡びた世の、詩文の歴史の残欠になるであろうところの、しかし今はただの白い紙でしかないところの、うすいぺらぺらしたものである。わたしはこのうすい白紙をとって狼の爪牙とたたかわなくてはならない。絶体絶命である。

前面のいちばん大きい木のそばまで来たとき、わたしは決心してくるりとふりむいた。

とたんに敵はぱっと飛びかかって来た。土を蹴ってぶつかって来たものは、悪臭にむっとするような、ボロとデキモノとウミとおそらくシラミとのかたまりである。それを受けとめようとして揚げたわたしの手に、敵の爪が歯が噛みついて来て、ホワイトシャツがびりりと裂け、前腕にぐいと爪が突き立つのを感じた。そのあとは夢中であった。わたしはボロとデキモノとウミとおそらくシラミとのかたまりと一体になって地べたにころがった。その無言の格闘の中で、わたしはかろうじて敵の手首を押さえつけることができた。ひどい力で、すばやくうごく手首である。しかし、それはおもいのほか肌理《きめ》がこまかで、十歳と十五歳の中ほどにある少年の、なめらかな皮膚の感触であった。わたしは死力をつくして、どうやら敵を組み伏せた。今、ウミと泥と汗と垢とによごれゆがんで、くるしげな息づかいであえいでいる敵の顔がついわたしの眼の下にある。そのとき、わたしは一瞬にして恍惚となるまでに戦慄した。わたしがまのあたりに見たものは、少年の顔でもなく、狼の顔でもなく、ただの人間の顔でもない。それはいたましくもヴェロニックに写り出たところの、苦患にみちたナザレのイエスの、生きた顔にほかならなかった。わたしは少年がやはりイエスであって、そしてまたクリストであったことを痛烈にさとった。それならば、これはわたしのために救いのメッセージをもたらして来たものにちがいない。わたしはなに一つ取柄のない卑賤の身だが、それでもなお行きずりに露店の女の足に見とれることができるという俗悪劣等な性根をわずかに存していたおかげには、さいわい神の御旨にかなって、ここに福音の使者を差遣されたのであろうか。わたしは畏れのために手足がふるえた。そのすきに、敵の手首はつるりとわたしの手の下から抜けて、逆にわたしのあごをはげしく突きあげて来た。わたしはあおむけに倒れた。ちょうど、倒れたあたまのところに、わたしの風呂敷包が破れて落ちていて、白紙が皺だらけになって散り、二きれのコペが泥の中にころがっていた。敵はすばやくそのころがったパンを拾いとると、白紙をつかんで泥といっしょにわたしの顔に投げつけて、さっと向うへ駆け出して行った。

あとで、わたしがおきあがってみると、手足のあちこちに歯の傷、爪の傷を受けていた。そして、ずぼんの泥をはたいたとき、ポケットがからになっていることに気がついた。財布は無かった。

あくる日、朝のうちに、わたしはまた上野の市場まで出て来た。きのうの格闘であぶら汗をながしつくしたせいか、わたしもすこしは料簡が小ざっぱりとして、きょうは谷中の墓石のことはかんがえなかった。ここに来たのは、きのうのイエスの顔をもう一度まぢかに見たいとおもったからである。そして、ついでに、やはりもう一度ぐらいは、あのムスビ屋の女の足を行きずりに見物してもよいというふとどきな料簡はまだあった。しかし、市場のけしきは一夜にしてがらりと変っていた。

八月一日から市場閉鎖というあてにならないはずの官のふれが今度はめずらしく実行に

うつされたのだろう。電車道から市場の中に通ずるいくつかの横町の角には、それぞれ縄が張ってあって、そこに白服をきた邏卒が二三人ずつ、杭のようにぼんやり立っていた。めったに通行をゆるさないけはいである。縄の外側に、すこし離れたところに、ひとのむれが横町の中を透かして見るようにのぞいている。わたしもそのむれに立ちまじって、白服の杭の隙間から中のほうをのぞくと、しらじらとして人間の影もささなかった。きのうまでの有象無象はみな地の底に吸いこまれてしまったのだろう。イエスのすがたも、女の足も、今は見るよしがない。もしわたしの手足にまだなまなましく残っている歯の傷爪の傷がなかったとしたならば、わたしはきのうの出来事を夢の中の異象としてよりほかにおもい出すすべがないだろう。

横町の内部、きのうまで露店がずらりとならんでいたあとには、ただ両側にあやしげな葭簀張の、からの小屋が立ち残っているだけで、それが馬のいない厩舎の列のようであった。横町のずっと奥のほうまで、地べたがきれいに掃きならしてあって、その土のうえにぽつぽつとなにやら物の痕の印されているのが、あたかも沙漠の砂のうえに踏みのこされたけものの足跡、蹄のかたちのように見えた。

かよい小町

一

月の無い夜道の、星は出ていてもたよりにならず、片側は小さい牧場、片側は田圃、もとより当節は街灯の設備などあるはずもないくらやみの中を、ついさっき夕方までふっていた雨のあとで、あちこち道のくぼみにできた水たまりに、ともすればぼちゃんと足をさらわれながら、それでもふだん通りつけているだけの心あたりで、靴のさきで探るようにして、しぜんうつむきがちの姿勢であるいて行くうちに、いきなりうしろからぱっと光がさした。それが懐中電灯の光だとはすぐ知れたが、あからさまに照らし出されたこちらの姿とは逆に、先方は闇にかくれてなにものとも判らず、ただ「ごめんなさい。」と女の声で、ふたりと見えたのが、かすかに脂粉のにおいをのこして、さきに通り越しながら、も

う二三間むこうを照らしている電灯の光の中に、わかわかしい、はしゃいだ調子で、

「あ、そこ水がたまってるわよ。染香さん。」

「わかってるわよ。」

「あら、せっかくおしえてやるのに。」

「よしてよ、押さないでよ。」

チチチチと、田圃の中で、虫の音がしきりであった。

おなじ道を行くので、さきに立った明りを今は目あてに、あやうくぬかるみを飛び越えつつ、悪癖の、きちがい歌のでたらめに、

　なにを田の面にしのび鳴くらむ

寄虫恋というつもりだが、七歩の才おぼつかなく、上の句がすぐに出ない。行く道の突きあたりは省線駅前の通で、そこの両側にならぶあきない店の灯影が遠くからも茫と浮いて見える。近づくにつれて、暗い道が次第にうす明るくなり女ふたりのうしろ姿がはっきりして来て、そのとき懐中電灯がふっと消えた。とたんに、くるしまぎれのこじつけで、

　闇雲に焦がれ寄る火の立消えて

通の明るいところに出ると、ふたりの女はすぐ右左にわかれて、そのひとりが「バーイ」と、懐中電灯をもった手をちょっとふり上げて、左のほうにまがって行った。十九歳ぐらいの大柄なからだつきで、あたまにタオルを巻きつけ、白の割烹著の上からモンペを

はき、泥だらけのゴムの長靴、なりふりかまわずはたらくという恰好だが、年ごろの色気がしぜんにあふれて、身ぶりしなやかに、通を向う側にわたって、ずらりと仮小屋ふうの軒をならべた店の中の一つ、何屋というか、おでんもあり、代用そばもあり、林檎も積んであるし、酒ビール牛乳の貼紙も出ているし、生魚まで売っていようという店の、横手からつとはいって、奥にまわって行くようすで、どうも店の客ではなく、たぶんそこの娘かなにかだろう。もうひとりのほうは、これが染香と呼ばれたやつらしく、そう聞けばまず芸者にちがいあるまいが、しかし、見たところはわざとしろうと作りの、髪はパーマネント、それに今日たれでもする網のはちまきをして、藍がかった小紋のお召、二十三か四かとおもわれる年ごろにはじみな著附で、持物はとかげの革のハンドバッグ一つ、自分のものか、ひとのものか、すべて疎開しておいた品物をちかごろ取り出して来たというこしらえながら、草履ばきの、せっかくの白足袋に泥のはねが附いた、その足をはやめて、すっすと通を右に、ついそばの駅にむかって行った。

さて、どちらへ行こう。どこへ行くという宛もなく、牧場の裏の仮寓から、それもよその軒下を借りたひとりぐらしの狭いところから、毎晩さまよい出る癖でここまで出て来たのだから、このさき電車に乗って遠くへ行ってもよく、まぢかの酒ビール牛乳と附合ってもよいのだが、漫然と電車に乗ることにして、駅にまぎれこんで切符売場に立つと、すぐまえに例の女が上り三つ目の駅までの切符を買ったのにつれて、やはりおなじ切符を買い、やがて来た電車に、どやどやとひとに押されながら、女とおなじ箱に乗った。

両国から川をわたって東南の方、四十分ばかりのところにこの駅がある。四十分。およそ四十分という時間が人生に於ていかに退屈な、いかに長たらしいものかということは、朝夕のこみあう時刻に、この電車に乗ってみれば、痛烈に実感されるだろう。ここでは、電車は人間を乗せて走るものではなくて、単にイモの袋とイワシの鑵とを運搬する箱でしかない。人間は丸い袋と四角な鑵とのあいだを埋めるためのモミガラのようなもので、しかも小気味のよいことには、イモとイワシとの悪臭に輪をかけて、世の中でいちばん鼻持ならぬ臭いものは人間のからだのにおいだということを存分に思い知らされる。しかし、さすがに夜になると、イモとイワシとはまた明日をたのしみに引揚げてしまうので、人間は性懲りもなく高慢なつらつきをとりもどして、やっと座席に腰かけることができる。今、女は真向いにかけている。なにもまともに見るわけではないが、しぜん眼にうつって来るので、向うのようすを眺める仕儀になった。女は剣のようにぴんとした姿勢で、肉体が幻影のように見える。けだし、これから取引の場にのぞもうとする売物の意気ごみである。いくさがおわって満一年目、その秋口から、この電車には夜おそくなるにしたがって、こういう売物の風俗がちらほらしはじめて来た。もっとも、衣裳もまちまち、姿勢のくずれたやつがおおく、芸者とも女給ともダンサーともなにものとも人別の判然としない混雑を呈してはいるが、この女はともかく芸者という形式の中に一応生活力を集中しているらしく、ちょっと気位の高そうなところがいっそ旧弊で、笑止なけしきでもあった。

このとき、女は身をしなわせるようなぐあいに、つと前かがみになって、ほそい指さきが足袋にふれたかとおもうと、その泥のはねが附いた足袋をすばやく脱いで、とっさに、どこに用意してあったのか、袂のはしからきれいな白足袋を取り出して、器用にそれをはき替えた。そのすきに素足がちらと見えたといえば、ウソに近い。実際には、素足の見えるすきもなく、小鳥の羽づくろいに似た速い操作であった。こういうこまかい芸当は生活上の修練がさせるわざにちがいない。こいつ、いくさのまえは、おおかた浅草辺の水商売の下地っ子ででもあったろうか。東京がいちめんに焼き払われてのち、下町の妓院のものどもがちりぢりになって、そのいくぶんかがこの界隈に落ちこぼれて来ている。げんに仮寓の在る名産イワシの町などでもやはりそうで、やつら、分か看板借か内情は知らず、土地の泥くさい芸者屋に籍を置いて、しばらくは鳴りをひそめていたようだが、ちかごろまたぽつぽつ、泰平のきざしというか、もとの商売をはじめているらしい。出先は土地に料理屋もあるが、すこし目ぼしいやつはそこには行かず、電車に乗って、ここから上り三つ目の駅まで出むくようすである。この三つ目の駅というのは、東京と千葉とのあいだではどうやら恰好のついた町で、古く御料理旅館、すなわち温泉の鉱泉のと称するつれこみ宿があって、むかしは東京から化性のものが遠出をつけたかせぎ場所の一つであった。それらの御料理旅館は、いくさのあいだは世のためしに洩れず、なんとか寮の看板をぶらさげて、附近の聯隊と工場という札つきの定連の占拠するところで、建物はうすぎたなくなり、持主の代のかわったのもあるだろうが、火に焼けなかった土地の、屋台骨がのこっているだけに、いざ復興となると、さっそく塀のくずれを紅殻色に塗り直して、竹を植えたり砂利を敷いたり、万事安あがりにつくろって、以前の稼業にかえるにはさして手間のかからぬはずである。今、真向いの女の行くさきも、まずそのあたりだろう。桑間濮上の声おこって、軍ほろびたあとに、客だねは一いろの、今日での立てもの、ルートのちがいこそあれ、いずこもヤミ屋の座敷とは、たれにでも見当がつく。

電車がやがて三つ目の駅に著くと、女がおりたのに、つづいて改札口を出て、とくにあとをつけてみようというほど乗気にもならなかったが、やはりおなじ道を行くかたちになって、ここも駅前はあきない店がならんで灯のあかるい中を、行くこと五六分で、女は横町にまがった。道は乾いていて、ぬかるみの危険はなさそうだが、横町にはいると急に暗く、両側は屋敷ふうのかまえで、土塀竹垣がつづき植込がひっそりしている。そこをまた五分ばかり行くと、女は一軒の家の大きくあけてある門のうちにはいった。軒灯こころぼそく、門には標札も看板もかけてなく、ただなにやら横文字の貼紙がしてあるだけだが、けはいが料理屋のようであった。

ここまで来てしまったうえは、もちまえのむちゃくちゃな性分で、決してあとには引かず、ちょっとあいだを置いて、その門のうちにつかつかとはいって行った。植込をめぐって、玄関のほうに近づいて行くと、ちょうどそこの式台の上に居合わせた女中ふうの、すこし年をとったやつが、あやしむようにこちらを透かして見ながら、

「どちらさま。」

遠慮なく玄関に踏みこんで、

「あ、おつれさまで。」

「染香といっしょに来た。」

「そうだ。」

さっと靴をぬいで、式台から衝立のある奥のほうにあがりかけると、女中が追いすがるようにして、

「あの、御宴会でいらっしゃいます。」

「ちがう。」

「おひとりさま。」

「うむ。」

「あの、てまえどもでは、おなじみのお客様でございませんと……」

「だから、染香となじみだといったじゃないか。」

「は。」

「小座敷があいてるだろう。どこでもいい。」

女中はいささかめんくらったていで、それでも「じゃ、こちらへ」と、廊下を横にきれて、案内された一間にはいると、座蒲団にすわって、女中がそばで中腰になりながらなにかいいかけようとするのを、ふりむきもせず、ポケットに入れておいたハトロンの厚い封筒を抜き出して、それを向うの膝もとにどさりと投げた。

「それだけ預けておく。しかるべく頼む。」

女中は封筒をひろいあげて、無意識に中みの目方を引いているような手つきである。名うての貧棒書生の、もとより金銭に縁のあるはずがないとはいえ、めずらしくまわらぬ筆で無用の本を一冊書きとばして、ついきょうの昼、本屋からうばい取ったばかりの金一封、なんとか社と印刷してある封筒入のまま、すなわちこれっきりの全財産で、ヤミ屋の財布にくらべてはひどく軽いだろうが、今夜のところはどうやらそれで間に合うだろう。

遠くから、あやしげな三味線の音が聞える。芸者などの踊っているようすである。

「向うの座敷は宴会か。あとでしおどきを見て、染香をもらってくれ。」

女中はさがって行った。障子のそとの庭は暗くて見えないが、内の電灯はまずあかるく、座敷は小ぢんまりして、古びた普請で、木口はわるくない。しかし、床の飾とか調度などはすべて当世むきのあざといたくらみである。まもなく、酒がはこばれて来た。それをたてつづけに三四本のみながら、これからなにがどういうことになるのか、こころまちに待った。

二

襖がほそめにあいて、それを音もなく押しすべらしながら、すっとはいって来たのが、「こんばんは」と膝をついて、伏目でこちらをうかがうように見た。染香である。

「しばらく。」

「あら……」と、わざと笑いながら、「失礼しちゃったわね、どちらだったかしら。」

「ばか正直、かんしんだ。」

「え。」

「さっき電車の中でお見かけしたばかりだから、思い出すのにひまがかかるだろう。」

「あ、そう、そう。」と、そばに寄って来て、銚子を取りあげて、

「お酌。」

こいつ、すでに酔っている。

「鳴るいかずちに打たれてね、ふらふらと……」

「なに。」

「一目で惚れたってことだ。」

「あら、そう、御親切ね。へ見そめて、そめて、はずかしの……てね。」

「地は常盤津か。」

「いいえ、地はすれっからし、無芸でございます。」

向うの座敷のさわぎも、だいぶ下火になって来た。宴会はそろそろ引けぎわなのだろう。そこへ、女中が銚子の代りをもってはいって来た。そして、ちょっと染香としゃべって、すぐに出て行った。染香は猪口を受けて、ぐっと一息にのみほして、それをこちらに返しながら、

「ねえ、あなたどうしてあたしの名知ってた。」

「知ってるはずさ。あの子に聞いた。」

「あの子って。」

「なんとかいったね。あの駅前のなんでも屋の娘。さっき懐中電灯をもって、きみを送って来た子さ。」

「ああ、よっちゃん。」

「うむ、そのよっちゃんだ。」

「あなたも、よっちゃんの牛乳のみにかよってるんじゃない。」

「いずれお附合したいとおもってる。近所のことだから。」

「お宅、どこ。」

「牧場の裏だ。」

「焼け出されのお仲間ね。」

「御同様。このあいだ、罹災者特配で靴下が当った組だ。」

「うちじゃアルマイトのお鍋が当ったのよ。」

「それじゃ、その手鍋をさげて、おれのところに来るか。」

「あら、ずいぶんテンポが速いわねえ。」

ちょっと姿勢をくずしてみせたが、かえって膝をずらして、ななめに位置をかえた。こちらもはやまって手をにぎろうとはしなかった。それよりも「よっちゃんの牛乳」ということばを聞いたとき、ふっと眼さきにうかびあがった風景があって、そのよし子とかいう娘の、かねてどこやらで見かけたような気がしていた姿を、今はっきりつかまえたとおもった。

朝はやくおきて、そとをあるきに出るおりに、牧場のほとりを通りかかると、それが晴れた朝ならば、きまって見る風景がある。小さい牧場の、あらい柵の中に、牛が二頭、二つとも白と黒とのまだらなのが繋いであって、その牛の、乳房がゆたかに垂れさがった腹の下に、若い娘がひとりうずくまっている。娘は乳をしぼっている。バケツにしたたる乳のにおいがやわらかい草の上にながれて、大気が爰元にかおり高くあざやかに透きとおって来る。娘の顔は見えない。いつもあたまにタオルを巻きつけ、白の割烹著の上からモンペをはいて、ゴムの長靴といういでたちは、おもえば、こよい駅前で見た娘の、そのうしろ姿にちがいなかった。しかし、それはかならずしもこのおなじ娘でなくてもよい。まして、この牛乳が駅前で売りに出されて、それをのみにかよう町内の若いものがいようといまいと、どうでもよい。こころにしみたのは、この風景そのものである。

どうして風景がこころにしみたのか。けだし、それはむかしも今も地上どこにでもざらにあるはずの風景だからである。世界じゅうどこに行っても、かならずや牧場があり、牛がいて、そこに乳をしぼる娘がいるはずだろう。そして、空が晴れて、朝の大気が澄みわたって、向うにカトリックの礼拝堂が建っていて、十字架が金色にかがやき、鐘の音がゆるやかに聞えて来るはずだろう。実際には、ここには礼拝堂も無く、十字架も無く、鐘の音も無い。しかし、それでもなおそこに礼拝堂があり、十字架があり、鐘の音があるとおもうことを、そのまぼろしをまのあたりの空に見、まぼろしが実在でしかないまでにそれを見とどけ聴きとることをさまたげはしない。この地はスカンディナヴィヤでもなく、フランドルでもなく、ミディでもなく、ギリシャでもないが、それがそういう国国のどこであってもよく、現在あるがままに日本の片隅のイワシ町であってもよく、また歴史的時間は昨日でも明日でもよい。すなわち、一般に人間の住む世界の朝というものは、つねにかならずこういう恰好の風景からはじまるべきである。この夢幻の、同時に現実の朝の風景は、牧場の裏に巣くう無頼の身にとって、いつか必至に毎日の生活の最初の一齣を割りつけた。この風景をただ一目見るためだけに、いつもの朝寝坊が、晴れた日には、しぜんにはやく目のさめるような習性を身に附けるに至っている。

もしこの風景になにか仮の名をあたえて呼ぶとすれば、何と呼ぼう。「よっちゃん」の愛称でもよく「染香」の源氏名でもよいかも知れない。いや、それよりも、第二の世界に於ける人間開闢の、あけぼのの女人の名「マリヤ」をもって呼ぶに如くはあるまい。按ずるに、末世の今日あるいは明日に至るまで、世界じゅうの女人の名はことごとくマリヤ、しばらく本朝の便法にしたがえば、みな小町である。小町の名は、一般に本朝上古の黎明に於ける女人の名は、すべてまぢかく神に仕えるものの象徴であった。小町の肉体に手をふれるためには、歌の道に依るほかなく、これを歌い負かすほかなかった。しかるに、世の下るにつれて、小町もだんだん低いところに落ちて来て、つまり事態がいやにはっきりして来て、もはや歌のヌタのという上品ぶりの手続にはおよばず、その名はいきなり抱きつくのにあつらえむきの、柔媚なる女人の肉体にしか結びつかない。俗化のはて、しごく便利で、いいあんばいである。なにぶんにもこちらの身が俗物の骨頂なのだから俗化結構、ありがたく、よき敵と見て組みつくさきは肉体の一本立、しかもそれに売物の札がぶらさがっているとすれば、手続はなお簡単、あとくされもなくて、便利の極上、大丈夫の今日に生活するものの、ときどきあそぶにはこれにかぎる。

「よっちゃん、毎朝牛と仲よくしてるね。」

「ええ、あの子、そりゃはたらきものよ。イワシの鑵でもなんでも、かついじゃうの。」

「とんだいい娘だ。」

「今時分惚れても手おくれよ。もうちゃんと恋人があるのよ。」

「あっても、さしつかえない。」

「しかも共産党なのよ。」

「その恋人がか。」

「そうなの。特攻隊でかえって来たひと。」

「それなら、てっきり今日の商売はヤミのほうだろう。」

「そうらしいわ。」

「そう三拍子そろっちゃ、れっきとした一九四六年型だ。いろおとこの資格、十分にある。よっちゃんも目が高い。」

「よっちゃんだって、共産党よ。」

「亭主にしたがうのが女の道だ。」

「あら、旧体制ねえ。」

「きみはなんだ。」

「自由主義よ。」

「そう聞いて、安心した。」

「なぜ。」

「なにをしても、おこられる気づかいは無いわけだ。」

「おこる自由をもってるわよ。」

「なお張合がある。つるぎを抱いて寝るも一興。」

「おきのどくさま。刀剣類は全部申告済でございます。」

「いや、まだなにかかくしてるにちがいあるまい。」

「キモノにかくしは附いてないわよ。」

「こいつ。」

手をのばして、ぎゅっと肩をつかまえると、「あれえ」とはいったが、なに、セリフほどの抵抗もなく、ずるずるとこちらの膝の上にもたれかかって来たとき、襖のそとで「ごめん下さいまし」と聞えたのに、ぱっと飛びはなれた。

はいって来た女中が、

「火をおとしますが、おあつらえは。」

「もう一本。」

とたんに、染香がついと立って、女中といっしょに出て行った。だいぶ夜がふけたらしい。ちょっとたって、染香がひとりもどって来た。そして、そばに寄って来て、手にもった銚子の、あつそうなやつをとんと置いて、

「頂戴。」

自分でついで、猪口をさかしまに、大時代なみえで、あおむいてのみながら、こちらをながし目にちらと見た。

すると、また襖のそとから声がかかって、のぞきこんだ女中の顔が染香に目くばせしながら、

「あちらにお支度が……」

きまり文句である。しかし、このとき、このきまり文句ほど意外なものはなかった。迂闊なことには、泊るという実際の膳立まではかんがえていなかったし、また泊るにしても、ここのうちで即座にということはおもっていなかった。事がこうすらすらはこんだのは、滅法便利な仕掛である。染香は横をむいて、襟あし白く、つんとすました顔つきをしている。すなわち、これから閨房に入ろうとするときの、ひとに気をもたせた表情にほかならない。まさしく、たたかいを挑むものの気勢である。女というやつ、相場はさがっても、さすがにみな小町の裔だけあって、やはりこれを歌い負かさなくては、手の下にその肉体をつかみとどめることはできそうもない。

三

閨房では、女人は窮極のところ乳房でしかない。なぜ、とくに乳房というか。それが肉

体全体であっても、いいではないか。また乳房よりほかの、肉体の部分、他の器官であっても、いいではないか。いや、どうもそれではよくない。乳房にかぎる。たとえば豚について、豚の肉体全体というとき、ひとはなにをかんがえるか。それはかならずや豚プロパーというかんがえに突きあたるだろう。女人についても同様に、女人プロパーから分離的に女人の肉体全体を取り上げることはできないだろう。女人プロパーとは、一般には人間プロパーの謂にほかならない。すなわち当世流行の人間論である。新聞雑誌の文芸欄などならば、それも商売のたねの、演舌の材料になるかも知れない。しかし、これから閨のむつごとで、じれったいとか、にくらしいとか、せっかく濡場になろうというときに、まかり出たものは人間論で候では、野暮天にもほどがある。そういう無粋な真似はこのところ願い下げにしたい。

ふだんはキモノをかぶっているから判らないが、その下の中みをまぢかに展望すると、女人の肉体には女人相応にこまかい部分、小癪な器官が備わっていて、どれも重宝のようで、見た目がにぎやかで、この世のものともおもわれない。つまり、キモノこそ地上の皮膚で、中みは幻影でしかないということを、たれでも痛感するだろう。幻影というならば、とりわけ乳房こそ一番形態がととのい、丸くて、やわらかくて、なめらかで……ええ、まわりくどい、こういう愚劣ないい方をする手はない。もっと俗っぽく、もっとべらぼうに、ぬけぬけと一事を主張するつもりであった。すなわち、女人の肉体の中で、もっとも上等なものは乳房だといえばよい。笑うべし、他にれっきとした豊饒な器官もあるのに、それをさし措いて、乳房を高いところに祭り上げるとは何事か。そもそも肉体のある器官が他の器官にくらべて上等とか下等とかいうのは、何たる無意味な、ばかげた心配だろう。しかし、一般に俗物というものは、達人の大観とはちがって、そのようなばかげた心配に意味をなすりつけて、人生観の体裁を作りたがる。こちらも極めつきの俗物だから、体裁を作ることは大好物で、せいぜいきどって、じつはワイセツなことがいいたいのを我慢して、偽善とすれすれに見えるまでの危険をおかしても、おくめんもなく乳房が一番上等だときめこんで、涼しい顔をしていたい。この涼しい顔は心臓をもって人体の一番高尚な微妙な器官だと信じこむところの思想に関係している。事が心臓となっては、さしあたり女人にもやはり心臓の設備があると仮定しても、それを取り出してみせるためには、刀をふるって胸を割り裂き、手を体内に突っこんで、血だらけにならなくてはすまない。それでは野蛮であるうえに、手数がかかる。所詮、位置的に心臓に一番近いらしい乳房をもてあそぶことの、小ぎれいで便利なのに如かない。何といっても、これは撫でるにたのしくて、たれでもわるいきもちはしないだろう。けだし、俗間に聖心の信仰のおこる所以である。

聖心の信仰というやつは、よっぽどの俗物でなくては編み出せるものではない。おもえば、肉体を取るというはなはだ形式的な実証をもって地上にゆるぎのない信仰の楔を打ちこんだのは、はるかに遠く、クリストの復活であった。死んでから三日たって墓場に行ってうかがうと、地上の俗眼にもよく見えるようなぐあいに、あやまたず、あたらしい肉体を取ってみせたのは、神の子かダヴィデの裔か知らないが、ナザレのイエスの智慧才覚あっぱれであった。俗物は一目でころりとまいってしまう。後世、神の子への崇敬きわまって、おん子一人だけではたんのうせず、おん母マリヤへの遠い思慕、ぞっと身にしみて戦慄しながら、ついに女神の構造の内部に、すなわち肉体の皮の下にしのび入って心臓に達した。なぜ心臓よりほかの器官ではなかったのか。憧憬がこの方向に殺到したのはローマ教会の政治学の仮説に依るのでもなく、また神学が解剖学と相談したうえで発明した成果でもない。まさしく、カトリック坊主とそのあいずりの貴婦人どもが古今一人の例外もなくみなワイセツで、しかもワイセツのくせに、口をぬぐって、体裁を作ることが好きであったからである。カトリック坊主がいかにものすごい痴漢かという証拠には、修道院のお客ほど女泣かせはございませんと、フランスの淫らな本に、つまり信憑すべき野乗にちゃんと書いてある。こういう善男善女がやつらの有名なワイセツを心臓にまで象徴化した筋道は、宗門の教理信条とは微塵の関係もなく、かならずや乳房を撫でたり撫でられたりという体験上愉快な、いつも興奮するに十分な操作からはじまったにちがいない。心臓以外の、いや、乳房以外の他の器官にも依ったかも知れない筋道をみごとに拭き消しているのは、さすがにやつらの得意とする権謀術数のしわざ、礼儀作法の精妙である。信仰の的は心臓一本、きれいごとで、いよいよマリヤ様がありがたくなって、男も女もうっとりして、自他ともにあざむくのに申し分ない。心臓は、したがってまた乳房は、いやでも高尚上等にならざることをえない。末世の閑人のぐうたらでみえぼうで、死んだも同然の無能なやつが、それでも結構一人前らしいつらつきで今日に生きているふりをしてみせるためには、ぜひともこの俗悪な信仰に飛びつくことの便利なる所以をおもわなくてはならない。堅信ここに至ると、いっそ気がらくで、世の中が広くなって、地上に優游すべき場所はごく低いところに、世間のどこにでもざらにころがっている売女の乳房で間に合う。劣等たぐいなき身分には落ちたものの、その代りには、いつでも任意に、つい手の下の、皮一重の下に、したたしく聖なる心臓と交渉するという権利をえている。

染香は眠っている。売女のねむりはつねに浅い。手の下に心臓がぴくぴくして、つい跳ねおきる体勢をとっている。そして、長襦袢の襟が堅く合わさって、押絵の人形のキモノのように、肉体に食いこむまでに著附をくずさない。およそ売女ほど安っぽくはだかになろうとしないものはないだろう。衣裳がその裏に幻影を秘めつつ、武装の悲しい強さに生きている。はなやかな駘蕩たるよそおいというべきものは、かえって地女の服飾のことに係わる。地女の小娘の青くさいやつなどにとってこそ、衣裳は淡い花びらである。それはただ肉体を彩色しているもので、中みの肉体がそこに露骨ににおい出ていて、盛装しているときほど、やつらははだかのままに近い。これをほんとうのはだかにしてしまうには、指さきで軽く花びらを払えばいいだろう。しかし、売女の衣裳は鱗のようで、それを引き剝がそうとすれば、爪を立てて血をにじませなくてはならない。やつらの売るものは肉体全体ではなくて、ただ要求される器官だけである。その器官から分離的に、肉体全体はどこに在るのか、遠く見さだめがたく、床の上ではそれは無きにひとしい。ここに無いとすれば、どこに行っているのだろう。

仏法では、菩薩というものはあの世とこの世とのあいだを流通自在に往ったり来たりする。この運動が遊戯《ゆうげ》である。染香はまさかあの世の座敷に行ってしまったのではないだろう。げんに、眠ってはいるが、心臓はたしかで、こと切れてはいない。染香の籍はイワシ町の泥くさい芸者屋の二階にある。その二階から、夜になると身支度をして出て来て、牧場の裏の、田圃に沿った道のくらやみを通って、出さきはどこか、あちこちの座敷に行く。これをも運動というならば、染香の運動は芸者屋の二階と座敷との二つの極に限られていて、そのあいだを往ったり来たりしている。牧場裏のぬかるみの道も、可憐なる生身の遊戯菩薩の人目をしのぶ通い路かも知れない。染香の肉体の値をせめては近似的にもつかみ出すためには、この運動の場に於て、およそこのへんとおもうところに突きとめるほかないだろう。もっとも、遊女がなんとかの化身という俗説は別として、仏法では菩薩が肉体を取って復活したということを聞きおよばない。すなわち、取扱上これを観念の部に編入して、さしあたり洟もひっかけないでおくことができる。しかし、この床の上によこたわっている染香は観念であるわけがない。幻影というか。幻影は肉体よりも遣瀬ない。この遣瀬なさはやはり肉体の作用だろう。染香は依然として肉体、すくなくとも肉体とは縁の切れないものにちがいない。こちらは今夜はじめての附合のことで、ずいぶんせっかちのほうだから、たかが売女の肉体、たんねんに時機を待っているわけにゆかず、たぶんこのへんでよかろうと、手さぐりにさぐりあてたのは乳房のあたり、ふわふわとした部分で、ちょっと頼りないが、せっかくつかんだ手中の白玉の、露に散らすのも惜しく、これは聖心の信仰のほうに一時預けにしておくほかない。

ところで、ここに意外なことがおこった。まのあたりに、ふっと、この世に見るべからざるものを見た。

眠っている染香の、さすがに深夜にはいつかねむりふかく、汗ばんだ襟のあたりから著附がすこしくずれて来て、はだかった胸もとの、あらわの乳房の横に、腋の下にかけて、物のしみのようなものが見えた。なにか。よく見ると、牡丹花の雨に打たれて色のにじみ出たような赤い斑点である。それを一目見るや、あっと息をのんで、たちどころに息絶えるほどに、総身冰って戦慄した。畏るべき記号である。疑いようもなく、これは癩の兆候よりほかのものではない。かつて熊本の、また富士の裾野の癩病院をおとずれたとき、そこで見た人間の肉体の、生きながらくさりはじめている部分の赤い斑点と、これはそっくり、寸分のちがいもない。癩であった。

染香はみずからそれと知っているだろうか。いや、知ってはいないだろう。もしみずから知っているとすれば、この斑点があらわになるまでに、著附がしぜんにくずれるわけがない。この内証の記号を他人の目にさらしながら、即座に飛びおきないという法がない。染香は眠っている。みずから目をひらいてこの記号の意味を読みとるすべを知らないのだろう。瞳に痛く焼きついて来るところの、見ちがえようもない、この赤い斑点は断じて幻影ではない。明かに、ここに染香の肉体がある。ただし、それは生きながらにくさり、くずれて行こうとする肉体である。この地上にこれほどの絶望、これほどの破滅がまたとあるだろうか。病気などというなまやさしい、いっそ親切なものではない。神とは、かならず生きている人間の神である。いずこの邪神のしわざか、人間の肉に生きながら腐敗壊滅の刻印を打ちつけるとは、およそ人間にあたえうるかぎりの途方もなくふとどきな、許すべからざる恥辱である。悪鬼といえども、かくのごとき暴虐をはたらく権利をもちえないだろう。人間の偽善よりもにくむべきこの宿命は力をつくしてこれを覆えし、これを亡ぼさなくてはならない。まのあたりにこの赤い斑点を見たということは、すでにその肉体にふれている身にとっては、もはやそこから目をそらしえない、手を引きえない宿命である。事態をまともに受取って、染香とともにおなじ宿命に身を投げ入れて、そこでたたかわなくてはならない。染香との切っても切れない結縁のしるしが突然ここにあらわれ出ていて、それは告知のように身心にしみ徹って来る。しからば、実際には何とするか。

方法は単純である。道は明白に確実にたった一つしかない。ただちに染香と結婚してカトリックに帰依するの一事あるのみである。回心の機、今このときを措いて他にない。一瞬もぐずぐずしてはいられない。夜があけて染香が目をさましたらば、さっそく結婚を申しこむ。そして、すぐ二人そろってどこかカトリックの御堂に行く。たしかイワシ町の町はずれに、ひどく気のきかない、こわれかかったぼろ家が一軒あって、そのゆがんだ門の柱に、へたくそな字で「天主公教会」と古ぼけた看板がぶらさがっているのを見かけたようにおもう。そこでもよい。いかなるちゃちなインチキ細工の御像にしろ、こどものイエスを抱いた聖母像のまえにひれ伏して、祭儀おごそかに、婚姻の式をあげなくてはならない。またいかなる偽善者のワイセツきわまる司祭にしろ、主のみこころならば、そいつのうすぎたない手からありがたく洗礼を受け、そいつの愚劣退屈な説教をつつしんで聴聞しなくてはならない。カトリックに帰依してどうするか。いうまでもなく、パンを食うということをする。クリストの肉であるところのパンを、たとえ配給のどす黒い粉でつくった蒸パンであろうと、その祝福されたパンを毎日ふたりで仲よくいっしょに食う。それにクリストの血であるところの、フランス産の上等な葡萄酒がつけばなお結構だが、これは今日では無いものねだりのようだから、まあ配給の水っぽい焼酎で代用しておく。クリストの肉であるところのパンを食って生きている人間の肉体が生きながらくさりくずれて行くということをおもってもみることができるだろうか。かりに地上の命運つたなくしてこの世に息のあるあいだは赤い斑点の呪詛からまぬがれることができないとしても、死んで墓場の中に行って三日たったときには、染香はかならずやあたらしい肉を取っているだろう。いや、だろうといういいぐさはない。かならずあたらしい肉を取る。そのけしきが目に見えるようである。いや、ようであるといういいぐさはない。たしかに見える。ちゃんと見える。疑うべからざる事実である。

それにしても、カトリックに帰依したとなると、生活上いろいろ不便なこともおこって来そうである。毎月一度ずつ結婚したり離婚したりというようなおもしろい生活はもうできない。女房は死ぬまで一つ女房であとのたのしみが無い。町をあるいていて、ちょっといいなとおもうような女人に出逢っても、断じてちょっといいなとおもってはならない。姦淫の心は禁句である。ワイセツな本を書きとばして、大酒をのんで、乱暴狼藉をはたらくことも、やっぱりいけない。それからまた、自殺もみとめられないのだから、ある日突然世をはかなんで、窮巷に首をくくってみせるという取っておきの切札もつかえない。そのほかにも、実際にぶつかってみると、なおさまざまの困難が生じて来るだろう。ずいぶん窮屈である。しかし、すでにカトリックに帰依するときめたうえは、すこしぐらいの不便は我慢しなくてはならない。いや、我慢の困難のというのではなくて、窮屈が自由でしかないようなぐあいに、不便が便利でしかないようなぐあいに、生活をあたらしく組み上げなくてはならない。

信仰ここに定まった。もうびくともしない。染香はまだ眠っている。しかし、これはもはや売女ではない。この赤い斑点のある肉体は今や聖霊の宮である。ここに眠る女人は、ぜひとも墓場の中のあたらしい肉にまで送りつけてやらなくてはならないところの、終生渝るべからざるわが最愛の妻である。

四

あけがた近く、いつかとろとろと眠ったようで、ふと目をさまして見ると、染香がそばにいない。朝の光が障子に明るくさしこんでいて、あたりはしんとしている。染香はどこに行ってしまったのだろう。

聖書の記述に依ると、ナザレのイエスの行状にはときに突然人間の目のとどく限りから遠く姿をかき消してしまうような瞬間があって、イエスはひとびとから離れて祈るとか、ひとり寂しいところに行くとか、ずいぶんおくゆかしい仕打で、その孤独の中にまではよくついて行けるものが無い。きぬぎぬの売女の、ことに一夜きりの附合のやつ、たとえばいくさのまえ、大むかしのことでいえば、場末の安っぽい待合などで土地がら相応にこれも安っぽいやつが一夜すごして朝になると、そっと床からすべり抜けて、ものもいわずにこそこそ出て行くうしろ姿はたぐいなくかなしく、いたいたしく、どこに行くのか、ふっと姿を消して、ひとりしみじみ祈るために寂しいところに行ってしまうかのような、いわばナザレのイエスの仕打を女で行ったような、遣瀬ないふぜいである。聞くところに依ると、そのとき男は大概しらばっくれて、寝たふりをして、声もかけずに女の出て行くままにしておくという。それはそのような女のふぜいをまともに見るにしのびないとか、とても遠い寂しいところまではいっしょについて行けないとかいう殊勝なきもちではなくて、察するに、たかがその場きりの、もう用ずみのやつなどに、また座敷をつけ直して朝めしを食わせるのはむだだという卑怯な計算にちがいない。その心術の陋劣なること、その態度の酷薄なること、買手にまわった男のいやしさ、にくむべきものである。ふところ都合がわるかったとしても、待合の勘定のごときどうせ半分は踏み倒しときまっているではないか。女が気に入らなかったとしても、せめて最後の色をつけた附合をしたうえでかえすべきではないか。このときだけは例外で、いたいたしいみじめな女人のほうがいかなる大丈夫にもまさって、どれほど上等か知れない。男子の恥辱である。男子の名誉にかけて、たとえ一夜の契りにしろ、待ちたまえ、悲しみがあるならばともにその悲しみをわかとう、祈るならばともに祈ろうと、鬼の目に涙で、ちょっとあわれっぽいきもちになって、かならず出て行こうとする女を呼びとめ、ために朝の一席をもうけて、オミオツケぐらいはのませてやらなくてはならない。まして、これは神かけて女房と定まった染香のことなのに、それがいつのまにか抜け出して、どこへ行ってしまったのか、ひとり寂しいところに取り残されたのはこちらの身で、朝の光もはかなく、かなしみ堪えがたいおもいであった。

するとがあいて、はいって来た染香の、著附がゆうべとちがって、いつ取り寄せたのか、こしらえけばけばしく、はいたばかりのおしろいが飛ぶように、化粧した顔がそこにあった。乳房の下に赤い斑点を秘めた肉体の、その牡丹花の薄くれないが映り出たようなよそおいで、夜来のせつない心づかいとは食いちがった姿ではあるものの、しかし顔を見るとほっとした。

「お起きにならない。」

「うむ。」

「あちらにお支度たのんどいた。」

「何の支度。」

「ビールがありますって。」

「そいつは奇妙だ。」

さっそくおきて、席をかえて、ゆうべのはじめの座敷に行くと、とんだ気のきいた仕掛で、すぐに膳立ができて、どうやら真人間の附合の、まず息つぎに、ビールを一杯ぐっとのんで、

「いよいよ配給の手鍋にものをいわせる時節到来した。」

「なにさ、だしぬけに。」

「おまえ、おれと結婚しろ。」

「え。」

「文句ぬきだ。もうはなしはきまってる。」

「だれがきめたのさ。」

「天がきめた。定まる妻はおまえということになった。」

「てんさい。」

「ふざけるな。洒落だったら、こんなまのぬけたはなしはもち出さない。ずんと本性だ。」

「そうねえ。」

「かんがえてやがる。そんな悠暢な場合じゃない。ただちに実行だ。」

「あたし、借金があるわよ。」

「檀那もいろおとこもあるだろうが、そんなもの、追ってきれいにかたづける。一切引受けた。まず女房になれ。」

「なっちゃおうかしら。」

「なっちまえ。」

「いいわよ、なるわよ。」

「よし。きょう、すぐに式をあげる。」

「どこで。」

「カトリックの教会だ。」

「カトリックって、なに。やっぱりヤソ。」

「それだけ知ってればいい。」

「いっしょにヤソになってくらすの。」

「いっしょにパンを食う。」

「パン、洋食。」

「何食だか知らないが、真人間の食いものだ。パンを食って、墓の中に行く。」

「あら、もう死ぬはなし。」

「おれはせっかちだから、無理なたのみかも知れないが、おまえ、おれよりさきに、なるべく早く死んでくれ。」

「なぜ。」

「死んで、墓の中にはいって、三日たったとき、おまえの死顔を見に行く。」

「死顔を見れば、どうするのよ。」

「おれも安心する。その場で、宗旨の禁制をやぶっても、自殺して、おまえといっしょに墓の中にはいりたい。」

「比翼塚。」

「さっそく、そういうことにしよう。」

「まだすこし早すぎるわよ。せめて三日ぐらいは猶予してよ。」

「三年ぐらいは、まあこの世に生きて、ふたり仲よく、たのしくくらそう。」

「いいわねえ。」

「そうきまったら、お祝いに一杯……ビールがもう無い。代り。」

「およしなさい。」

「どうして。」

「むだよ。」

「あ、とたんに世帯じみやがった。」

「そうよ。女房となると、やかましいわよ。」

「いけねえ。」

「こういう場所に足ぶみなんかすると、承知しないわよ。」

「今からそうやかましくちゃ、請合って、おれのほうがさきに死ぬ。きょう、結婚式と同時に死ぬかも知れない。」

「それじゃ、死ぬまえにもう一本おのみなさいよ。」

「いいね。ビールも一本きり、結婚式も一度きり、女房も一人きりか。一生に一回しかない生活だから、なにもかも掛替なくみんな一本だ。この一本が無限につづくんだね。ビールがぞくぞくと湧いて出て来そうだ。なんだか永遠と附合ってるような気がして来た。カトリックも、存外便利なところがあるようだ。」

早くかえることにして、そこを切りあげて、染香といっしょに外に出た。電車に乗って、もとのイワシ町にかえるつもりである。その町はずれの、くさりかかったぼろ家の、中の仕掛もあやしげな「天主公教会」こそ、今はただ一つの頼むべき入口である。

日は晴れて、空は高く、町はにぎやかで、ひとの出さかる中を、おおっぴらにならんであるきながら、

「ひとがじろじろ見るわよ。」

「こうなったら、なるべく派手な道行にしたい。」

「心中みたいね。」

「行くさきは墓の下へ。」

「墓より上には行かないの。」

「天国ということにしておいてもいい。」

「讃美歌の出語りでね。」

「おまえもどうやらイキが合って来たな。」

駅に来て、あいかわらずイモの袋とイワシの鑵に揉まれながら、電車に乗った。

五

イワシ町について、電車をおりて、改札口を出ると、その出たところに、ずらりと一列、若いものばかり七八人、いずれも復員仲間と見えて、何色というか、カーキ色まがいのよごれた服をきて、いまだに戦闘帽をかぶったやつもまじって、土地名産の石油鑵をかついでいても似合いそうなのが、なにももたずに、肩をそびやかしながら、気負った姿勢でならんでいて、列のまんなかに赤旗が一本、その旗竿をぎゅっとにぎって立ったのは、これがただ一人の若い女で、あたまにタオルを巻きつけ、白の割烹著の上からモンペをはき、ゴムの長靴といういでたちの、すなわち、いつもの恰好の、牛乳をしぼる娘がそこにいた。

「よっちゃん。」

染香がそばを行きずりに声をかけたが、娘は返事をしない。染香の声が、いや、いかなる声も耳に入り場のないようなふうであった。娘は頰をぽっとほてらして口を堅くむすび、目をかがやかして、その目は改札口の向う、プラットフォームの向う、いや、ひとびとのあたまを越えて、空のかなたにむけられていて、まぢかのなにものをも見ようとしない。ぎゅっとにぎった旗竿に身をほそくして、心をこめて、とりすがったというみえで、その竿の上に、たった今するすると引き揚げられたかのように、赤旗のなびくのがいきおいよく眺められた。

列からすこし離れたところに、おなじ仲間らしいわかものがまた二三人、道のはたに台を据えて、その上にアカハタとか人民新聞などの束を積みあげて、往来のひとに売っている。うしろの電信柱に、墨で書いたポスターが掲げてあって、土地のなんとか劇場で共産党の演舌会をひらくということが記している。弁士には有名な某代議士の名が出ていて、開会の時刻は本日午後一時としてあった。まだ一時間二十分ほどあいだがある。突然わかもののひとりがなにやら演舌のようにどなりはじめて、通行人の耳に大きい声で某代議士の名を投げつけるのが聞えた。たしかに赤旗をかこむこの一群は代議士の到著を待っているものと察せられた。

そこを通りすぎて、五六間あるいて来たとき、染香がふりかえって、

「あの、よっちゃんのとなりに立ってるひと、あれが恋人なのよ。」

ここから眺めると、一そうはっきり、目を射って来るものは娘と赤旗のほかになにもない。まわりを取巻くわかもののむれはすべて灰色にぼけて、他のひとだかりと一様にざわざわと駅前の雑閙に溶け入り、日の光に浮くほこりの中に流れこむように見えた。

「よっちゃんの恋人はあの仲間にはいそうもない。」

「どうして。」

「よっちゃんがあの中のだれかに惚れこんでいるようには見えない。また有名な代議士を、長年のあいだ牢屋にはいっていたという人物を、内証であこがれて、カツドー役者の楽屋入を見物する娘っ子みたいに、胸をおどらしながら待ち受けているわけでもないだろう。よっちゃんの恋人はあの赤旗だよ。一心不乱だね。いや、一心同体だよ。女の子がぽっと頬を染めたところはわるくないけしきだ。」

娘は赤旗とともに立ったまま、うごこうとしない。おもい余って、ちょっと愁いをふくんで、旗竿にとりすがっているふぜいは、もし旗竿が十字架であったとしても、おかしくない図柄になるだろう。古く一説をなすものがあって、イエスが十字架に釘《つ》けられたとき、それはニセモノのイエスで、別にホンモノのクリストがいて、こいつはひとごみの中にまぎれながら、にやにや笑って、ニセモノの仕置を見物していたという。事実とすれば、このホンモノというやつ、よっぽどきざで、いけすかない。ローマ教会はこの説を異端としてしりぞけたというが、それが政治的意味をもった判決にもしろ、なお正当な処置たることをうしなわない。ニセモノと一対にしなくてはかんがえられないような、ホンモノというのがあるだろうか。今、まのあたりの娘は一本の旗竿にエネルギーを集中しているありさまなのだから、駅前のひとごみの中にもう一人の娘がかくれていて、赤旗のひらめきを笑って見物しているような余裕はない。わかものの列に挟まれながら、たった一人の女の、いっそ孤独に打ち出されたかたちで、娘はふだんよりも女ぷりが上って見える。

毎朝しぼる牛の乳が肉体に深くしみこんでいて、その新鮮な乳の色が今は肉体の内部から著附の上にまでみなぎり出ているようであった。あたまに巻きつけたタオルが風にひらひらして、赤旗とともに光った。

そのとき、駅前にどよめきがおこって、赤旗の列がうごいた。また電車がついて、改札口から出て来た一かたまりがある。代議士が来たのだろう。赤旗の列も、新聞を売っていた仲間もすぐいっしょに行進をはじめて、道のまんなかをこちらにむかって来た。先頭に赤旗が立って、旗とともにすすんで来るのはうごく娘である。運動するものがニセモノであっていいという法は無い。実際に、道幅いっぱいを領したこの行進の中でも、一きわあざやかに、見る目にしるく映ったのは、肝腎の代議士の姿ではなくて、赤旗と娘とにほかならなかった。

道のはたに避けて、行列をやりすごしながら、

「よっちゃん、どうして大したコムミュニストだ。」

「コムミュニストって、なに。」

「大むかしにそういうものがあった。後世の、にわか共産党の復員ヤミ屋にくらべると、ほんのすこしだが浮世ばなれがして、ちょっと逆上ぎみで、小鼻の筋が光っていて、若い娘が惚れてもいいものだった。ちかごろはとんと姿を見かけないとおもったら、突然よっちゃんが出現した。むらむらとする。」

「なにが。」

「おまえを墓の下に、いや、天国に送りつけてから、もし三秒ぐらいのひまがあったとしたら、いそいでもう一度引っかえして来て、二度の駈《かけ》の、地上の合戦、野心満満として、共産党と附合って……いや、よっちゃんと附合ってみたい。」

「ずいぶん気がおおいのねえ。」

「気がちいさいんだよ。そそっかしくて、すぐ惚れちゃうんだ。」

「行列がもう行っちゃったわよ。あとを追いかけたら、どう。」

「女の尻は追いかけない。」

「ゆうべ、あたしのあとを追いかけて来たのは。」

「ぐるりと向き直れば、今度はこっちが道しるべの先達だ。」

「もう曲り角を通り越したわよ。」

「そう、そう。ちょっと方角がずれたようだ。」

「浮気の証拠。」

「いや、本気のせいだ。」

行列は遠く去った。赤旗はすでに見えない。すこしあともどりして、横町をまがると、ゆうべ来た道である。道は乾いていて、もう水たまりに踏みこむ危険は無い。田圃に沿って行く。田圃は青く晴れて、風がそよいでいて、虫がしのび鳴きそうなけしきもない。

「やっと花道の引込みになったわね。」

「いや、これからが本舞台のつもりだ。」

「天国まではずいぶん遠そうねえ。」

「せっかくここまで漕ぎつけたものだから、せめてローマぐらいにはおまえをつれて行ってやりたい。」

「ローマだなんて、古いわよ。太平洋の向う側でなくちゃ、だめよ。」

「それじゃ映画の筋書だ。」

牧場の裏まで来た。あらい柵の中に、白と黒とのまだらな牛が二頭つないであるが、乳をしぼる娘の姿はここに無い。しかし、しぼりたての乳の香がやわらかい草の上をつたって、爰元にながれ寄せて来る。一日のはじまりの、さわやかな朝のにおいである。時計の針が真昼の十二時をさしているのは、人間が作った機械のまちがえだろう。

「あ、鐘の音が聞えて来る。」

「え。」

「結婚式だか、葬式だか。」

「そうかしら。」

「弥撒がはじまっている。」

「そうねえ。」

「礼拝堂が見える。十字架が金色に光っている。」

「どこに。」

「見えるだろう、あそこに。」

「見えるような気がするわ。」

「かならず見えなくちゃならない。」

「ほんとに見えるわ。」

「そういうウソはついたほうがいい。」

「だんだんウソみたいでなくなって来たわ。鐘の音が聞えて来たわ。」

立ちどまって、牧場の柵に倚って、まぢかに染香を見た。染香はつま立つようにして、胸のときめきが聞えるまでに、ぴったり寄り添って来た。そこに、遠い鐘のひびきにゆれて、紅の濃いくちびるがおののいている。

目のさきに、染香の肉体、おののく肉体の、乳房の下にふかくしみついた赤い斑点のほかには今や地上に見さだめうるなにも無かった。その肉体を抱きよせて、秘めたる赤い斑点の、牡丹花の薄くれないの上に、こちらのくちびるを押しあてるようなぐあいに、染香のくちびるの上に強く接吻した。

処女懐胎

一

古九谷の猪口に何杯目か、ほんのすこしすごした酒の、これがあいにく今日の酒のことで、出所不明の名も無きやつだが、おりよくくちびるの紅にうつって、せめてもの見立はまず伊丹の蘭菊、また八重桜、初紅葉、ぽっと色に出て、そうでなくても年ごろのいろっぽいのが、しぜん肩のあたりからくずれた姿勢の、西川の名取、藤娘という型で、ふらふらと立って、左の足から二あし三あし、二階のざしきから廊下へ、とたんに拭きこんだ板にすべって、片手を突いてたおれながら、

「ああ、くるしい。」

著附は紅紋綸子の、小菊を置いた地文に、ぱっと白く雪持の松を浮かせたのは光琳画式

というふぜいで、ちょっといかついが笹竜胆の紋どころ、帯は黒繻子になにがしの画伯の下絵、牡丹の大輪みごとに咲いたやつを、やけにきゅっと〆めたせなかに、みじかく垂れたさきの、赤く如源と縫ったあたりが燕の尾のように刎ねあがって、たおれながらに隙も見せず、つつと廊下に流れて、柱にすがって立ったすがたの、こいつ、見立は……あほらしい、古風ごのみにもほどがある、まさか王子路考でもないだろう。このひと、芝居にも映画にも、とんとひいき役者というようなものをもちたがらない性分である。

「てこちゃん、あぶない。」

追いかけて出て、うしろから支えた丸髷に結ったのが、抱くようにして押しながら、梯子段のきわまで行くと、

「すみません、おねえさま。」

とたんに、ぴんとして、てこちゃん、すなわち貞子、つい去年卒業した女学校では水泳の選手の、しなやかな体のこなしで、たたたたと軽く下までおりて、ぺちゃんとすわって、あたまをふり上げると、いたずらぽく笑った顔つきの、なに、それほど酔ってもいならしく、きれいに編んだ髪を指で掻きみだすようなしぐさをして見せて、

「いやねえ、あんなやつ。」

その、あんなやつ、二階広間の床柱を背にして、まだ青書生の、しかしきりっとした目鼻だちの、ポマードで光らせた髪もにやけては見えず、骨太の肩に黒の背広がぴんとし

て、折目のついたずぼんの膝を堅くかしこまったのは、むしろ詰襟の制服にノートを抱えていたほうが似合いそうな恰好であった。げんに、一昨年いくさがおわるとともに復員で、さいわい内地の勤務であったために無事にかえって来て、今は元の某大学在学中、やがてこの秋には卒業うたがいなく、ちかごろは学校仕事もどうやら露骨に学問と縁が切れて、何部の何科のと七めんどうな専門の分類がつかないありさまだが、それでも名目は経済学の、すこしはその方面の本も読んではいるようすで、これはまあ秀才として世間に通用する型だろう。ただし、あおざめたひょろひょろ型ではなく、スポーツは何でもこなすほうで、しかもがむしゃらの腕白というのとはぜんぜんちがって、酒もあまりのまず、口数もすくなく、他人にも頼もしげに見られるくらいだから、親の目には自慢の秘蔵むすこにちがいない。

大きい床の間になにかめでたそうな図柄の三幅対、まえに蓬萊をかざって、ときに正月二日、男女盛装して居ならんだ中に、青年のとなりにすわった、面もちの似かよったのは母親で、四十いくつか、色艶は年よりもずっと若く見えて、作りも派手で、しかしきんきんとは浮き立たずに品よくこしらえながら、口もとにしまりのない難があって、ちょっと伝法に、唇うすくそったのが、貞子の出て行ったあとにちらと横目をつかって、

「てこちゃん、お飲《い》けになりますのねえ。御陽気で結構ですわねえ。」

たぶんあてつけたつもりだろう。貞子の側には母親はすでになかった。あるじの座にあ

ぐらをかいた、はげあたまのまるまるとふとったのが、これは機嫌よく酔っていて、こぶしのにぶき当身ぐらいにはびくともせず、

「はっはっは。」と大きく笑いとばしながら「男手ひとつでそだてた娘です。わがままいっぱい、どこに出しても三国一の嫁御寮でしょう。」

ぬけぬけとわが子ののろけの、いうことが新派劇のセリフじみるのは、どうも酔ったせいばかりではないらしい。この家のあるじ浪越利平、今でこそ貿易商浪越商店の社長だが、ずっと大むかし、明治三十七年のいくさがはじまったころ、二十歳で先代の当店の手代になったよりもまえに、そもそもの生活の振出しは新派劇、つまり壮士芝居の役者……とまではゆかない、下まわりであった。しかし、そういう遠い履歴はもはやたれ知るものもなく、当人にとってもとうに見わすれた少年の夢だろう。堅気の勤めにはいってのちは、おもに中国に取引先をもつ店の仕事に乗りつつ、次第に商才潑剌、三十歳すぎてから先代に見こまれて家つきの娘の壻になり、今は亡きその妻とのあいだに遅くうまれたこども三人、店もせっかく規模をひろげたのに、肝腎の跡取の長男は昭和十六年におこったはかないいくさに狩り出されて、大学を出たばかりの身が南方のどこやらであえない最期、のこった女ふたりの、姉娘の福子の夫はこれもいくさ押しつまって樺太におくられて、その後どうなったのかいまだに消息知れず、妹の貞子は実家にもどって来た姉とともに父親のそばにいるので、当の利平の身辺、いっそにぎやかで、孫かと見まがうほどの娘をもった

だけに、どうしてわかわかしく、物腰ゆたかに、気力おとろえず、事業家の貫禄まず板に附いた日常の中に、ときどきがらりと軽くくだけた、ひょうきんな身ぶりのちらつくのは、やっぱり少年の夢の、役者芸人などの年をとったやつが、世に古りた生涯のはてに、素質のありのままを節い出したようなけしきと眺められた。

ところで本業の貿易商というやつ、いくさから引きつづき今日のありさまとなっては、さしあたりこの国に成り立つべき商売ではないが、それでもかつてあった日本橋の店の、焼跡の元のところにずっと小ぶりにしろ仮小屋を建てて、まがりなりにも浪越商店の看板をぶらさげたのは、やがて講和条約のまとまるさきを見越して、いちはやく再起の体勢をととのえたのか、実際に出る目はともかく、いくさのあいだどうやら難局をしのいで来た実力の残りを賭けて、もう一花という娑婆気はまだあるのだろう。その店とは別に、住居としての家は以前から二ケ所にあった。一つは八王子の近くにむかし買っておいた、農園の附いた大きい家で、これは空襲中万一のときのかくれがと頼んでいたものだが、とんだまちがえで、意外なところに落ちた爆弾のためにきれいに焼けてしまった。逆に、もう一軒のほう、これは芝二本榎という土地だけに、所詮焼けるものと覚悟していたのに、おもわぬ見所の高懸の、高輪あたりの火の手をつい目の下に眺めながらけろりとたすかって、すなわちむかしをしのぶ山の手の町げしき、からくも今にのこったのはまずこの界隈か、げんに住んでいるここの家である。

いくさのまえに、自分の好みで建てた家の、おおきに茶がかったつもりであったのに、できあがったところを見ると「いけねえ、待合になっちまやがった」ではあったが、さすがに山気の慾気のという普請ではなく、わるくきどっていないだけに、屋台骨がしっかりして、教坊の家作りのまねごととは見えないものの、派手ずきのあるじの行状をおもいあわせれば、おもてむきにしろ内証にしろ、どこやらからなにものかを迎え入れるための結構とうたがわれないこともなかった。しかし、実際には、そこには親と娘とのあいだになにものも介入しては来なかった。壮年に妻をうしなったのちは、当然のことに、外でのあそびのいろいろ、むちゃくちゃなまでにおおっぴらではあったが、それを内にもちこんだためしはなく、むしろ爐辺のさびしさの中にもどって来ては、そこで水を浴びるように気力を洗いなおして、また外のさわぎのほうに飛び出して行くというふうであった。子女へのおもいやりか、身のまわりを清潔に保つためか、何にしても、この内と外とのけじめを附けるという気組のもと、姿勢の拠りどころは、つまりこの人物の人生観の根柢、家の観念に帰するものと解するほかないだろう。

たかの知れた人間の細工の、雨露をしのぐはかない仕掛でも、旧世紀もちこしの制度の息がかかると、旧事みなすたれた今日に、ここだけは因果にも焼けのこった生活の本陣、依然として鉄壁のかまえで、わがものと頼む屋根の下、家のあるじのでっぷりしたのに、ふところ広く笑ってのけられると、相手の女客、ちょっと鼻じろんで見えたが、それを追

討に恥をかかせようとはせず、なだめるような手つきで、そばの銚子を軽くとりあげて、

「ま、お一つ。」とすすめながら「いつも洋装ばかりなのが、めずらしくおもい帯をしめたんで、貞子、くるしくなったんでしょう。なに、一息入れて、じきにまたあがって来ますよ。」

受けた猪口はちょっと嘗めただけで下に置いて、すこし反身のかたちで、床のかざり杯盤のけしきなどを見まわすようにして、

「てこちゃん、ほんとにお仕合せですわねえ。」

今度は、実感がこもって、皮肉には聞えなかった。われにもなく、そのことばが家の普請を褒めでもしたのとおなじぐあいになったのは、どうも先刻から押されぎみの、こちら側の弱みがしぜん吐息に出たようであった。というのは、これもやっぱり我家尊しの組なのが、背後にもたれるべき家の柱も、建具も諸道具ものこらず一昨年の大火に焼きはらわれて、今はよその家の庇を借りている身の上のせいだろう。ひけ目はそればかりではなかった。夫の大江徳民、数年まえに某県知事を打どめに役人から鞍替して、いくさのあいだは役所の息のかかった軍需会社の重役、ひところはちょっとした羽振で、軍官いずれにもわたりの附いた顔の、亭主につれそう嬶殿の眉目、隣組あたりでは一ぱし風を切っていたものを、今日ではそれが粉微塵にがらがらと来て焼跡の灰にまみれたありさまになると、からだの目方が急にがったり落ちたのも食糧事情に依るためだけではなさそうで、からく

も疎開先で助かったむかしの晴著を引きつくろったばかりではほころびた世間体の辻褄を合せがたく、もっとも相手の世間一統のほうもいいあんばいにすっかり崩れて来てはいるが、その中でも気になるわが身のふりを、ときどきは見かえりがちであった。

しかし、生きものの執念で、そうそう肩をつぼめてもいず、あらたまった世の中の仕掛につれて生活の舵を変えるために、まず気をたしかに落ちつけどころは、あたかもよし、はるか大むかしにしろ夫婦そろって若いうちに一度はとりすがったこともあるアングリカンの信仰、こいつスコッチの生地のようにもちがよく、今でもずいぶん仕立直しがききそうで、かつては少壮官吏としてロンドンの霧を吸っても来た大江徳民にはそれそれというしまい置きの意匠の、英国流の良識、現実に再適応しながら、わすれていた英語もぽつぽつおもい出し、このままでは老い朽ちないつもりらしく、その妻もまた往年の軽井沢仕込にしても英国流の礼法、さしあたりジャガイモの料理法からはじめて万事西欧ふうの膳立で、今後に息をふきかえす機をねらいつつも、母親の身にはじつはたった一つの行末のたのみ、ひとりむすこの秀才じみたのが自慢らしく、浪越利平のまえに乗り出しかけた膝もとを、無念にも軽く押しもどされたかたちで、ちょっと座蒲団をうしろにずらして、上手にすわったわが子のほうに寄りそうようなしぐさになって、ながし目に見ると、この大江徳雄、おふくろの胸のうちなどは毛ほどにもおもいやらないに相違なく、かたわらの問答はどこ吹く風で、さっさと自分ひとり、行儀こそわるくはないが食慾たくましく、鴨の蒸焼もトマトの酢に漬けた牡蠣も、出ているものはみなきれいに食ってしまって、箸をおいたとたんに、突然利平のほうに向き直って、

「おじさん。」

今までだまっていたやつの、ぐいと口をきったのが、これがまた無雑做であった。

「八王子の農園にバラックの小屋を建てさせて下さい。ぼくたち、結婚したら、当分そこに住みます。」

とくにそう発言する必要はなかったはずである。だまっていたままでもよく、またなにかほかのことをいってもよかったろう。しかし、そういってしまったということは自己決定的であった。そのくせ、このことばはしぜんに癖のない調子で流れ出たふぜいで、わざわざ思案の末に撰択された発言というようには聞えなかった。

「え。」

おもわずふとった膝をゆすって、利平が聞きかえしたのも無理ではない。結婚のなんのと、そういうはなしはまだ一度も表むきに出たことのないあいだがらである。いや、下ばなしさえなかった。ここの席では、青年とその母親とはたまたま迎えた新年の賀客である。見合とか、あるいはそれに似た下ごころをもった会合ではなかった。げんに、その母親のほうがあわてたようすで「まあ、おまえ……」と押さえにかかったのを、むすこは見むきもしないで、

「この秋、結婚したいとおもいます。」

急に眉のあたりが険しくなって、うっかりした口はききそうもない利平が、

「この秋……」

おうむがえしに、低くそうつぶやいたが、「結婚」とまではすべり出さなかった。たかが青二才の、相手のことばに釣られて、こちらからいきり立って、向うのおもう壺に飛びこんで行くことはない。結婚、たれと。聞きただすまでもない、貞子よりほかにはたれもいない。娘の名は澄んだせせらぎの音をひびかせるところの、ちとの塵にも染まない、犯しがたいタブウになっていて、つと安っぽく口に出せるようなものではなかった。いったいこの青二才はいつのまにいかなる筋道に依って、あたかもこちら側でとうに納得ずみでいるかのように、かかる重大なはなしを平気で唐突に切り出す権利を身に附けたというのだろう。「ぼくたち」という発言は、その中に貞子の運命をも肉体をも勝手きままに引き取ってしまったけはいで、不穏な耳ざわりであった。いや、はなはだ神妙でなかった。むっとにらみかえすいきごみで、くちびる堅く、まともに相手の顔を見ると、しかし、青年はきちんと正座したままで、わるびれずに、うしろ暗そうな影もなく、ずうずうしいというのとはちがったおちつきを保って、一おもいにいってのけたあとは、むしろ神妙にこちらの返事の下るのを待っている姿勢とながめられたのに、しぜん昂ぶろうとした調子をしずめながら、

「この秋……」と、はなしを変えて、「きみは大学を出るんだね。」

「そうです。」

「卒業したら、なにをするつもりだ。」

「また大学にはいります。」

「ふうむ。大学で、なにをやる。」

「今度は哲学科にします。」

「学者になろうとでもいうのかね。」

「まさか。」

「それでは……」

「大学を出てしまったところで、いったいなにをすることがあるのでしょう。ヤミ屋になるのがおちですね。」

「ヤミ屋にならないでも、ほかになにかすることがありそうなものだな。」

「あったにしても、みなヤミ屋よりもくだらない、愚劣な賃仕事ばかりですね。ケダモノにもなりきれないで、ずぼんの隙間から尻尾がちらちらしている人間様という顔つきで、正体不明の道義を奉じながら、毎日食うにこまってみても、一向におもしろくないでしょう。そのくらいなら、大学に籍を置くかたわら、ヤミ屋をやったほうがましです。ちかごろはヤミ屋でさえなかなか食えないそうですが、ともかくこれは両立します。両方ともにどうやら実績をあげているやつが、げんに、クラスの中にもいます。」

「それで、きみもその流儀で、どっちがかたわらだか知らないが、その二本だてで押し通そうという料簡か。」

「いや、実際には、ヤミ屋のほうはやっぱり願下げにしたいものです。どちらかといえば、学生一本だてで、当分、つまり無限にぶらぶらしているに越したことはありません。こういう悪徳が今日の青春の、ほかになにも無い、ぎりぎりの権利だとおもいます。」

「では、食うほうはどうする。」

「食えるかぎりは、おやじを食うことにします。」

ふっと、利平の口もとに苦笑に似たかすかな影がうかんだ。あたかも、その青年のことばが、ヤミ屋のほうは当分おやじに任せておくとでもいったかのように、聞きとれたからであった。青年のおやじの大江徳民とは、かつて唐山にいくさがはじまった当時に店の仕事について交渉をもって以来かなり長い附合なので、そのひとがらも、またいくさのあいだの波に乗ったそのうごきぶりも、よく知っていた。そして、これは直接には知らないことだが、いくさののちに、この元官僚の、元重役のアングリカン、どうやら市ケ谷にまわされるほどではなかったと見えて、身柄だけはつつがなく、今度は逆に打ちかえす波の下をかいくぐって、つかんだ藁の、浮む瀬とたのんださきは元大臣なにがしをかしらとする某経済機関、すなわち軍の隠匿物資をたねの営利事業で、そこでのきれものというおもむき、うわさに聞いて、なるほどあの男ならばさだめしとうなずけないことではなかった。そのおやじにして、このむすこの、似たような似ぬような、鼻筋は受けついで通った顔を、まぢかに見ながら、

「ふむ、永遠のぶらぶら大学生か。哲学科とかいうところ、のぞいて見たことはないが、住めば都のかくれ家かも知れない。大学校にも居直りの手があるということを、はじめて知ったよ。それでは、この秋にもこの春にも、季節のけじめなんぞありはしないじゃないか。」

「いや、夢があります。この秋というのは、夢の期限です。」

「何の夢。」

「秋までには、今からかかれば、農園にバラックが建つでしょう。」

かえす刀の、また胸もとをかすめて、現実に切りこんだのが、「結婚」のはなしに念を押して来たようなぐあいであった。こいつ……と、利平は手酌で猪口をあおりながら、このときひやりとした。たった今、この青二才の、おやじを食うといった、そのおやじとはどこのたれのことだろう。食いでのあるやつは、はたして大江徳民か。もうさきの見えた下り坂の人物に、何の糧をたのむのか。ついここにいる浪越利平、まだまだ食いでがあるだろう。たとえば、八王子の農園はさしあたりよく一家の食料をまかなうに堪えている。附属の建物こそ火に焼けたが、農園の土はあいかわらず肥えていて、野菜はもとより鶏も

いるし、豚もいるし、それらはまた他のなにかとも取替えられて、げんにこの席にならぶ酒さかな皿鉢のかずかずを、いつのまにか音もなく、きれいに食ってしまっている徳雄の、そのしずかな食慾が、次第にものすごくなって、いつの年の秋か、やがてうなりを生じ風を生じて、こがらしの吹きすさぶように、農園の土にそだつすべてのものを、青い草も白い鶏も丸い豚も、あわやばたばたと薙ぎたおし殺しつくして行こうとする、遠い荒野のけはい、今ここもとにしのび寄せて、庭のおもてを払う風に、笹の葉さらさらとみだれ、軒には枯れた梢さむく、うすい日あしの窓にあたってふるえているのが、いっそ夢の中のけしきに似た。

「ぶらぶら大学生、青春の夢というのが、住宅難のバラックか。今日むきで、ひどく勘定だかいな。」

「いや、そろばんには乗らない設計です。今日むきか明日むきか、そんなことは知りません。この秋といってあせりがちになるのは、青春の影の逃げて行くのが速いからです。」

「それで。」

「どこかにとても広い、ひとの通らない、大きい原っぱがあって、そのまん中にたった一つちっぽけな小屋が立っていて、その小屋の中に、ぼくの夢ですね、そこに……」

「そこに。」

「てこちゃん、いや、貞子さんがいるのです。そして、そのそばにずっと小さく、ぼくがいて、それをまたもっと小さなぼくが遠くから見ているという夢なんです。実際には、そのことがぼくたちの結婚というかたちになって来るみたいですね。貞子さんは……」

とたんに、ぴりっとひびいて来た気合に打たれて、青年は口をとじた。目のまえに利平の大きい肩が無言のうちにふるえていた。あきらかに憤怒であった。井の底から水のこみ上げて来るような陰陰たる憤怒であった。膳に置いたのみかけの猪口はおりの沈むまでに冷えきっていた。

そのとき梯子段のほうから足音がして、姉娘の福子があたらしい銚子をもってはいって来た。さっき結いたての丸髷と見えたのはじつは鬘で、それを脱いだあとのさばさばとみじかい髪にうつりよく、背広型のグレイの服にきかえて来て、長いずぼんの膝をきちんと畳に突きながら、客のまえに酒をすすめようとして、

「あら、おばさま、どうかなすって。」

「いいえ、なんとも。」

「お顔まっさおよ。おかぜでもめしたんじゃございません。」

「ええ、いいえ、ちょっと寒けが……」

幸便にさされた猪口を、にがい薬でものむように、眉をしかめてぐっと干すと、女客はいくらか顔に赤みをとりもどして、しらけた座のとりなし、さっそく助け舟の相手になにかはなしかけようはずのところ、すぐなめらかにはなしのたねが出て来ないけしきと見え

たのは、たぶん何事につけても、この姉娘にむかっては、うっかり樺太に行ったきりの夫の身の上をおもいおこさせるような、無器用なまねは一切禁物という心づかいのせいだろう。しかし、相手はなにも気がつかないらしく、むすこのほうに銚子をむけかえて、

「徳雄さん、ことしはスキーどう。」

「当分からだをうごかすことは見合せにしています。」

「あら、スキーはスキーがうごくのよ。からだはただ乗っかってるだけじゃない。」

「むかしの、あなたがたの馬みたいですね。手綱にきゅっとつかまったきりでね。」

「今じゃ、つり革につかまってるわよ。」

八王子の農園に往復するとき、姉妹が乗るのは中央線の電車であった。やっと口を出すおりをえて、母親が、

「電車がこんで、たいへんでございますわね。ちと、てまえどもへもお立寄下さいまし。西荻窪の駅からすぐでございますから。」

そこの、大江徳民の弟の留守宅が現在での仮住居である。留守宅といっても、この弟の陸軍少将、いくさがおわった当時は満洲にいたので、いつ帰るのか帰らないのか消息不明のままになっている。

「ぼくのところ、センパンの遺跡です。近所では鼻つまみで、だれも寄っつきません。垣根がこわれて、野ら犬が出はいりしています。」

「あなたがマキアヴェリでもお読みになるには、ちょうどいいところね。」

「見物においで下さい。八王子のおかえりに……」

「お野菜の籠をしょってね。よく似合うわね。」

「それはうちの界隈でもはやりの風俗ですよ。」

「そう。じゃ、初買に……」

そばから、利平も今は気のしずまった調子で、

「初買って、なんだ。」

「買出しよ、パパ。」

「おれはまた、衣紋つくろう初買ので、あの道のことかとおもった。」

「ばかねえ、パパ。」

にぶい日ざしの、そろそろかたむきはじめて、遅くならないうちにと、客はやがてかえり支度になった。しまいまで、貞子はふたたび姿をあらわさなかった。

玄関まで客を見おくったあとで、利平はすぐに爐の切ってある自分の部屋にもどろうとしかけたが、廊下の通りがかりに、貞子の部屋の、杉の二枚戸の引合せになっている扉を、ひょっとあけてみた。

そこは家の作りとはおもむきが変って、内部はフランス式の、椅子、テイブル、エクランン、ピヤノなどルルウふうの飾附で、中にたった一つ、壁ぎわに唐様の浮彫のある大きい

紫檀の飾棚、それに倚りかかるようにして、貞子がひとり立っていた。むかしのヴォーグからでも取ったのかマルセル・ドルモア型のツウピース、白いしなやかな生地の、濡れたように照のあるのが、肢体のうねりを狂いなくうつしとって、きもののときよりも目にさわやかに、肌の色の透きとおるまでににおい出たのは、硬い処女の生理だろう、伸びた手さきにしずかな力がながれていて、いつわることを知らない指のなりであった。

利平はソファにかけて、台の上に載せた角火鉢の、これはこの部屋には不似合だが当節では余儀ない装置で、中に電気こんろを仕掛けたやつに手をかざしながら、ふっとかんがえのつづきを声に出したというふうに、たれにともなく、こうつぶやいた。

「結婚ということを、何だとおもっているのだろう。」

利平みずからそれを何だとおもっているのだろう。そういうことをかんがえるのは、もともと不得手であった。しかし、結婚といえば、まず式典の灯のこととか、区役所の窓口に届ける紙きれのこととか、あたらしい鍋釜のこととか、いずこも型のごとき屋根の下のいとなみのこととかを漫然とおもいがちであった。御存じの手続をまことしやかに履んで行ったさきの、おちつき場所は世間一般の通念である。結婚する人間は家に食われ、家はまた世の中の仕掛に呑まれた。治まる御代の基にほかならない。生活の足を引っ張って通念の中に溺れさせる仕掛になっているのだから、人間は生きながらに土左衛門、流に身をまかせてふわふわ浮かれていればよく、ずいぶん気がらくで、四季おりおりの夫婦喧嘩もまんざらでなく、この結婚というやつ、ひとののぼせの引さげどころ、それを大切に取扱うのも三分の理はあるのだろう。結婚体験に関するかぎりでは、利平もまた世間なみの土左衛門のひとりであった。おもえば、先刻の青年の中条、耳にさわって、気に入らぬものである。結婚というものを、わざと軽率に、安手に、疎略に取扱っているかのような、食いちがったけはいのする口のききぶりであった。

「離婚ということを」と貞子が立ったままいった。「何だとおもっていらっしゃるの、パパ。」

たれかの答を、とくに貞子の答を予期したのではなかった。そのことばをこどもぽい応酬のようにぼんやり聞きながしながら、利平はいわばひとりごとの、唇をまたきゅっとむすんで、電気こんろのニコルム線の赤く焼けているのを見つめた。いや、その電気こんろよりも、もっとあかあかと、いきおいよく、大きい煖爐の中に燃えるであろう薪の炎を遠くに見つめていた。じつは八王子の農園につい去年のくれから普請にかかっている建物があって、この秋にはシャレエふうの小屋がそこにできあがるはずである。ひろい畑のまんなかに、秋のみのりの中に、この小屋はぽつんと一軒立つだろう。そして、やがて冬になれば、外にはこがらしが吹きすさんでも小屋のうちはあたたかく、大きい煖爐には薪がふんだんに投げこまれて、炎があかあかと燃えあがるだろう。そこに、たれがいるのか。それは利平でもよく、福子でもよく、貞子でもよく、また三人そろっていてもよかった。しかし、利平はときどき、ひそかに、なにということもなしに、自分は日本橋の店に、福子は二本榎の家に、貞子は八王子の小屋にいるけしきを、ふっとおもってみて、そのことにみずからおどろくほどであった。今は、娘ふたりをもつほかには、利平は事業とともに孤独であった。二本榎の家には、いつの日のことか、福子の夫が樺太からもどって来るだろう。八王子の小屋には、貞子のそばに……そこに他のたれかの姿をかりにもおもってみることは、唐突であり無礼であった。それでもなお、この小屋の設計はいつのまにか貞子の結婚の準備をしているのと似たようなぐあいになって来た。貞子のはるかなる結婚の相手は、どこのたれだろう。いかなる顔がそこに来てあてはまるのだろう。先刻、大江徳雄の唐突な無礼なはなしの切出し方は、あたかもこちらの壺をねらって飛びかかったように、おのずから切迫した求婚の交渉になっていた。小屋の設計は図星であった。小屋の中、煖爐のまえ、貞子のそばに、ならんで立つものが徳雄であったとしても、ありうべからざるほどのことでもないだろう。利平にとって、そのはなしがひどく耳ざわりにしか聞えなかったのは、結婚についてのかんがえの食いちがえというよりも、貞子の肉体をいけぞんざいに、いわばそれと懇意なもののぞんきな調子で、取扱われたかのような気がしたせいにちがいない。

そのとき、突然ある疑惑がおこった。ついぞうたぐったことのない娘の肉体についての、おそろしい疑惑であった。

「おまえ、大江のむすことい つも附合っているのか。」

ソファの上でつとからだの向きがかわって、貞子をまともに見た。娘のしなやかな手くびの、えくぼの入るように肉の盛りあがった、冬にも涸れないみずみずしい色艶が目に痛くしみた。

「ときどき、都賀さんのお宅で。」

都賀伝吉は貞子のピヤノの師匠であった。

「大江も……」

「あのひと、セロひくの。」

いつかソファから膝を乗り出したかたちで、もうことばをおさえきれずに、

「おまえ、まさか……」

はっとして、あとが出なかった。しぜん顔が赤くなった。とたんに、真向からけらけらと笑われた。

「ばかねえ、パパ。」

利平は横をむくようにして、やり場にこまった手つきで、銀のシガレットケースからたばこを一本ぬいて、それを指にはさんだままでいた。すっかり酔がさめたようであった。その指にはさんだたばこを電気こんろの火にちかづけて吸おうとしたとき、貞子が飾棚の上からなにか小さな光るものをてのひらにつかんで、こちらに寄って来た。利平はそれを

ライターかとおもって、娘のさし出した手のほうにたばこをむけようとすると、その手はすばやく鼻さきに迫って、すっと鼻の奥にとおるまでにかんばしく、いいにおいがした。香水であった。

「パパ、お酔いになったのね。すこしおのぼせになったらしいわ。」

たぶんいくさのまえにいくつも買いこんでおいた品の、わずかに残ったやつだろう、そのフランス製の、しゃれたラリック硝子の小瓶には、香水の名が mon péché（わが罪）と記されてあった。

二

焼けのこった中目黒何丁目と町ところをたよりにたずねて行けば、すぐ知れそうなものだが、この貞子のピヤノの師匠、都賀伝吉の住居はちょっと判りにくい。だらだら坂の両側とも、あたりは垣根つづきの、庭を広くとった作りの家がならんでいて、坂の途中から横にきれると、雪のあとなどには靴を吸いこむほどぬかるみのせまい道で、そこをまた横に、垣根と垣根とのあいだについ見すごしてしまいそうなほそい道が引きこんであって、はいって行くと、行きどまりの突きあたりに、ペンキの剝げた木柵の、開き戸のようになったやつ、標札も見えず、鎖もこわれていて、中は低い石段の附いた、何風というか、やっぱりペンキの剝げた建物の、うす暗い玄関の扉に、ぶらさがった小さい看板には「都賀洋裁研究所」とあり、そのそばに「都賀陽子」とこれも小さい名刺が貼ってある。以前はそこに「都賀伝吉」という名刺も出ていたようだが、いつか風にでも吹っとんだままになっているのだろう。

この建物は、しかし、古いながらにしっかりした木組で、平家の軒高く、庭もせまからず、玄関からぐるりとまわって裏手のほうに来ると、ついぞ手入などしたこともなさそうな枯草のみだれたまま、防空壕の跡さえまだろくにかたづいてない、冬は一きわ荒れたけしきの中に、それでも畑らしいものがほんの一つまみ、そのさきに奥ふかく木立がつらなって見えるのは、借景よろしきをえて、これがさる神社のうしろにあたる小さい丘で、この神社の領分と家の領分との堺目には、朽ちた竹の生垣がかたちばかりの仕切になっていて、竹のくずれの隙間から、しぜん懇意なひとがはいる、郵便も新聞もはいるという習慣で、玄関はいつもしめきりの当家では、ここが実際の出入口であった。

ここからはいるとつい見てとれる家の側面の、まんなかがすこしつぼんだようになっていて、おのずから前と後と棟が二つに分れている。そのまんなかのつぼんだところというのは庭に面して欄干つきの廊下がわたしてあるほそ長い部屋で、サロンと呼んでいるだけに室内はまあ一とおり西洋ふうの装飾がしてあって、小人数の客を迎えるぐらいの食卓も備えつけてあるが、そことは厚い壁をへだてた玄関寄りの前方は表看板にうたってあるごとく洋裁研究所というこしらえ、ミシンも二三台ならんでいて、すなわち都賀陽子の仕事場で、反対に、サロンの後方に、廊下づたいに行った奥の、おもい扉をとざした向うが都賀伝吉の日常ひとりで占めている部屋である。その内側をのぞくと、がらんと広く、壁に何の飾もなく、目ぼしい道具といえば、ドイツ製の大きいピヤノと、木製の低いベッドと、ずいぶん古めかしい食器棚きりで、そこの棚の上にウイスキーの壜が何本か、カストリの壜までまじって置いてあるのがせめてものにぎわいだろう。家の中にはなお小さい部屋がいくつかあることはあるが、どこも物置同然の煤けようで、たった一つ台所わきのせまいところを陽子が化粧室にも寝室にも使っていて、三面鏡とともに壁ぎわに押しつけて、やっぱり一人用の、こちらは鉄製ベッドが据えてあるほかには、この屋根の下に他のベッドは、つまりダブルベッドのような仕掛はぜんぜん見あたらない。

ところで、都賀伝吉と陽子とのことを、知るひとはおおむね先生おくさんと呼びなれているので、どこに出ても夫婦として通用してはいるのだろうが、そのじつ、そう呼んでいるひとたちにしても、これが世間なみの正式の夫婦だとはおもっていないようであった。陽子はいつこの家にはいって来たのか、前身も知れず、げんに都賀姓を名のっていながら、もしかしたら別にほんとうの名があるのじゃないかという印象を、初対面のひとにさえあたえるようなところがあった。そういっても、男は四十歳すこし、女は三十五歳ぐらい、ふたりとも大柄で、西洋ふうの身だしなみが板について、ならんで立ったすがたは、まあ夫婦と見立てるのがふつうだろう。その陽子の発案で、玄関に「洋裁研究所」の看板をぶらさげることになったのは、いくさののち、新円かせぎということばが世間に流行するようになってからである。

実際に、陽子は敏捷にからだのうごくたちで、ミシンも器用につかって、あたらしい仕立物はもとより、古著のつくろいものでもいとわず、結構これが商売になって、通って来る女弟子が三四人、その弟子に仕事をまかせて、当人はむしろ外まわりにいそがしく、洋服生地の取次とか衣裳の売買とか別口の収入もあって、去年のかせぎ、みずから称して十万円あまり、ことしは二倍にも三倍にもという胸算用であった。もっとも金づかいのほうも荒く、得意さきとの附合はなかなか派手で、出入する男たち女たち、女は割合に年を食ったやつがおおいが、男はみな三十歳以下の会社員とか書生ぼうとか、中には十九歳の洟たらしまでまじって、月に一二度はサロンの催し、レコードの伴奏で大さわぎのダンス、このダンスはたしかに陽子がずぬけて上手で、前身は洋裁よりもこのほうだろうとうわさされるほどの、足のさばきにおとらず、客さばきもうまく、ときには深夜におよんで、ふだんはまっくらなサロンの電灯あかあかと神社の森に映った。このあつまりに、伝吉はまれに顔を出すこともあって、酔ぱらったステップを踏まないでもなかったが、おおむねおのれの部屋にとじこもったきりで、ひとりでのんでいるのか、ろくに挨拶もしないふうであった。そういう伝吉のことを、陽子は仲間のまえで芸術家あつかいにして「うちの先生」とか「うちの主人」とか呼んでいたが、あるときごくしたしい女ともだちとのはなしのうちに、ふと「あのひと、あたしが食べさせてるのよ。」と露骨な表現を用いもした。

しかし、この露骨な表現はかならずしも事の真相を語ってはいない。元来ここの家は伝吉の亡父、これは明治の功臣の裔で実業家として浪越商店とも関係のあったのが生前に建てておいたもので、今日では伝吉の所有となってまだ抵当にもはいっていないようである。伝吉は若いころ音楽修業のためと称して行ったヨーロッパの旅から帰って来たのち、ずっとここに住みついていて、やがて父母をうしなったあとは、その遺産に拠って、貿易のほうには手を出さずに、もっぱら作曲のほうに、すなわちなにもしないということのほうに精を出すことにした。実際にほんのわずか、しかし手筋はわるくない作品を示してはいるものの、仕事一方という姿勢ではなく、生活力があちこちに散乱して行くような傾向ではあったが、ピヤノの技倆はたしかにすぐれていて、世間ではむしろピヤニストと見られて、まわりにあつまって来た弟子もすこしはいて、ただしその中でもふだん家に出入することを許されたやつはきわめてすこしで、それがピヤノの稽古のためよりも若いあそび仲間として恰好のやつを撰り抜いたあんばいであった。以前は家の中に、今日「洋裁研究所」になっている部屋にも、サロンにも、ドイツ製のピヤノが全部で三台置いてあって、また絶えず酒の用意もあって、毎日のように寄りあつまるたれかれを相手に、しまいには音楽とは無関係にただ大さわぎで、いくさのあいだはさすがにちょっと下火ではあったが、ともかくその余勢が去年までつづいた。去年のくれ、伝吉は突然おもい立ったように、ピヤノを一台だけのこしてあと二台とも、それに決して供出しないで隠しておいた金銀の細工物とか宝石とかを掻きあつめて、みな一まとめに売りとばしてしまった。六十五万円に売れたという。

伝吉はその金額のうち六十万円を、銀行にあずけるということはしないで、おのれの部屋の中のどこかにしまいこんだ。そして、ひとにむかっては、「おれは月に五万円ずつ使って一年食うという予算を立てた。だから、おれは来年（すなわち今年）いっぱいなにもしない。」といった。来年にも今年にも、予算に係らず、この人物が旧に依ってなにもしないということには変りはないだろう。ひとが「財産税はどうする。」というと、世にもけげんな顔つきで、「ふーむ、そんなものを取られるのか。」といったきり、格別それを心配するけしきは見えなかった。ところで、別にした五万円は、これはそっくり陽子の手にわたした。そのことを伝吉がひとにはなすときにはこういう調子であった。「あいつには給金をくれてやってる。あんなやつでも、そばにいればめしなど炊かせて、こき使ってやるのに便利だ。」たしかに、この家で食事の支度をするのは陽子にちがいなかった。しかし、ふたりいっしょに食事することはまれであった。サロンのテイブルの上になにかできたものをならべておくと、伝吉が勝手なときに出て来てそこで食うか、もしくはひとりでそれを部屋にもってかえるかした。その部屋には陽子の出入は禁じられているとでもいったふうであった。右の五万円のことを、伝吉はときにはまたこういう調子でもはなした。「あいつに手切金をくれてやった。そのうえ、住宅難の今日うちに置いてやってるし、仕立屋をはじめることも許してやってるし、このくらい寛大なら文句はないだろう。あんなやつのひとりぐらい、まあたいして邪魔にもならない。」

こうして、部屋も別、ベッドも別、食事も別、ふたりの意見も別で、ここには夫婦のちぎりどころか、ただの男女の交際さえ無いかのようだが、しかしこういううわさもある。あるとき、晴れた日の真昼に、庭さきからたまたまはいって来たひとが、サロンの硝子戸ごしにひょっと見ると、テイブルの上にはからになったウイスキーの壜がたおれていて、そこの長椅子の上で、ふたりいっしょに言語に絶した奇怪な姿態をとって寝ているところを、うっかり目撃してしまったということで、これはかなり信用のおけるひとの証言であった。それならば、かの給金あるいは手切金の件をおもいあわせると、このような場合はどういう計算になっているのだろう。これも例の五万円のうちにふくまれているのか、それとも伝吉の部屋のどこかにしまいこんである六十万円の中から特別支出に係るのか、それとも単に男女のどちらかが勘定を無視して暴力をふるったのだろうか。また伝吉が「便利」とか「たいして邪魔にもならない」とかいうことばを使ったのは、この事実をさしていったのか、もしくはただめしを炊かせることに関していったのか、いずれとも判別しかねた。

貞子が伝吉についてピヤノの稽古をはじめたのは、女学校にあがらないまえからで、その大むかしからいくさのあいだも引きつづき、週に何回というふうなきめはなかったが、おりおりここに通うことが今日におよんでいる。「洋裁研究所」の店びらきののちは、貞子はまた店の客でもあり、あそび友だちの一人でもあった。ピヤノを習う場所はサロンであったが、去年のくれ以来たった一台のこったピヤノが伝吉の部屋にしか置かれていないので、しぜん稽古場がそこに移されることになった。今日では、伝吉はもうひとに教えることがいやになったらしく、ほかの弟子はみなことわってしまったので、伝吉の寝室でもあるその稽古場に出入するのは貞子よりほかになく、したがって、師弟年齢のちがいはあるにしろベッドのそばで男女さしむかいになるほかなかったが、そういうことを気にするほどぼけたやつは、当人はもとより、この家にあつまる仲間のうちにはまあ一人もいないだろう。いったいこの家では、以前は小女ひとりしか使っていなかったので、諸事行きとどかなかったことがおおかったが、その小女が喫茶店に奉公がえをして出て行ってしまい、陽子が洋裁のほうでいそがしい現在、かえって手不足でこまるということはなくなった。というのは、陽子はひとを使うことに妙をえていて、通って来る洋裁の女弟子を女中同然に利用して、台所の仕事も、部屋の掃除も、配給の手間も、食料の買出しも、すべて甘言をもってこれに一任するという習慣をつくっていたからである。それにも係らず、女弟子のほうでは、ときに入替りはあっても人数がへることはなかった。おもうに、ここに通って来ていればともかく相当な収入を約束する技術があり、派手らしい雰囲気があり、舶来の嗜好品などもときどきあり、それに若い男たちがいつも出入して、映画とかシナそばぐらいにはよくさそってくれるし、たまにはもっとほかの場所にも泊りがけでさそってくれようという特典があるので、そういう実用的な、勝負のはやい誘惑からはなかなか離れがたいのだろう。

ことしになって、貞子は正月に一度ここに来た。それはいつもの顔ぶれが新年宴会という催しで、歌をうたうやつはうたって、ダンスになったが、セロをひくはずの大江徳雄はスキーに行ったとやらで参加せず、伝吉はこの日はまたひどく不機嫌で、部屋の外に顔も出さなかった。二月に入ってから、洋裁が休みになる日曜日に、貞子はきょうはピヤノのつもりで、楽譜をかかえて、雪のあとの泥道をたどってここに来て見ると、サロンに伝吉と徳雄とふたりでいて、陽子はどこかに出かけたのか、ほかに居合わせるものはなかった。

「今、大江君に催淫剤をのませてやってるところだ。若いもの、だらしがない。」

テイブルの上に、むかしの仕入にちがいない、ほんもののポルトの壜が一本置いてあって、伝吉はすこし酔っていた。徳雄はもっと赤い顔をしていた。

「没落した貴族の召上りものね。」

「いや、新興の貴婦人が好むはずのものだよ。きみなんぞにちょうどいい。女ののみもので、大江君を恥じしめているんだ。」

「徳雄さん、そんなわるいことしたの。」

「したね。」

「どんなこと。」

「きょう、来るといきなり、いやにかたづけた恰好をして、ピヤノを教えてくれというんだ。なにを、べらぼうな。こっちは活眼をもって、たちどころに見やぶったね。こいつ、あきらかに……」

　じろりと徳雄のほうを見ると、こいつ、てれくさそうな顔もしないで、どこかに笑をふくんだ唇のさまで、しらじらとだまって聞いていた。

「あきらかにピヤノなんかどうでもいい。てこちゃんと仲よく肩をならべてチャンスをつかもうという、それにきまってるじゃないか。それならそれで、なぜじかに当人にぶつからないんだ。たかがそのくらいのことに、芸術を助っ人《と》にたのもうなんて、五十年まえの文学青年だってそんな甘手は使わなかったろう。まだるっこしい。笑ったよ。」

「ちがうわ、先生。活眼だなんて、あやしいものよ。」

「どうして。」

「徳雄さんとてもマキアヴェリなの。このお正月うちにいらしったとき、パパにむかっていきなりわたくしのことを求婚したのよ。それがちゃんと本人の承諾をとってあるといったみたいに強引な切出し方なの。あとにもさきにも、わたくしぜんぜん知らない。ことによると、うちの財産を横領しようとおもってるんじゃないかって、姉とふたりで笑ったのよ。悪辣ねえ。」

「それなら見上げたもんだ。おやじを相手に一気に勝負を決するか。なんでもわるいことは一度に大きくどかんとやってしまって、いいことは小出しにして、けちけちなしくずしに毎日というマキアヴェリ流の戦法、世が世だったら名君になりかねない資格がある。口火を切ったあとは、せいぜいすこしずつ親切をつくして、おやじをだまして財産をとったほうが勝だ。それで、肝腎のてこちゃんは棚に上げっぱなしか。」

「そうらしいの。わたくしのこと夢だっていったそうよ。」

「夢。此世のものならずか。」

徳雄がなにかいい出しそうにしたのを、「だめ、だめ」と貞子が押さえつけるようにして、

「発言の資格なしよ。スキーなんかには行かないといったときには、もう汽車の切符を買ってる方なんだから。しおらしく見えたときには……」

「肚に一物の、ピヤノの稽古か。」

「先生をあおって、パパのところに正式の橋わたしをさせようっていうつもりじゃないかしら。パパ、いまだにこちらのお家がらを信用してるわよ。盲目的なの。」

「信用はあたりまえだ。それじゃ、おれはなこうどで、兼ねて財産横領の一味徒党か。」

「どう、どん底の男爵さま。」

「とんだ役どころだ。しかし、判らん。」

「なにが。」

「その正式というやつがさ。いったい正式とはなんのことだ。」

「なんのことだか知らないけど、徳雄さん正式がお好きらしいわ。まわりから地がためして行って、手続で恰好をこさえちゃって、正式に承認させなくてはお気がすまないようね。結婚のことでもね。」

「ばかだよ。女の子に関することで、正式もなにもあるかね。おれは今日まで結婚みたいなことをいろいろやってみたが、正式というやつはとんと知らない。フランス語でいうマリアージュ・ド・ラ・マン・ゴーシュ、左の手の結婚ばかりだ。女の子と附合うには、左の手だけでたくさんだよ。」

「じゃ、右のお手はふところにお入れになったままね。」

「いや、事あるときには出す。」

「なんにお使いになるの。」

「男子の事業。」

「あら、あら、今からヤミ屋をおはじめになるの。」

「ヤミはヤミでも、おれのは買にまわるほうだ。」

ピジャマの上に著ているお召の丹前のふところから、ぐっと右の手を抜き出して、今までポルトをのんでいたやつが、テイブルの下に置いてあった一升壜をつかみ上げて、コップではなく、別のさかずきに波波と日本酒をついだ。菊の紋の附いた金盃である。

「まだそういうものを取っておおきになったの。」

「なに、くれにすっかり売はらったあとで、こいつが一つ、どこからか出て来た。おれのうちのじいさんが御当代のおじいさんにもらったものだ。」

「アンシャン・レジームの記念品ね。」

「いずれ売っちまうものさ。」

「それなら、徳雄さんにゆずっておあげになるといいわ。もしかすると、こういうものの蒐集癖がおありかも知れないわ。」

くるりと徳雄のほうにむいて、

「ねえ、発言をゆるしてあげるわ。メンタル・テスト、天皇制について。打倒派か、支持派か。たった一言。イエスかノーか、それだけ。注釈はいらないわ。」

徳雄はかすかに眼で笑って、だまったままであった。

「ほーら、マキアヴェリ、態度をはっきりなさらない。発言なさるべき場合には、だまっていらっしゃる。狡猾ねえ。だめよ。御返事がなければ、支持派とみとめるわよ。どう。」

徳雄はやっぱりだまったままで、椅子から立ち上って、イエスともノーともつかないようなそぶりで、丁寧にひくいおじぎをした。

「あ、き、れ、た。愚劣ねえ、この方。」

伝吉は二杯目のさかずきを干しながら、

「てこちゃん。」

「え。」

「メンタル・テスト、結婚について。もし大江君がじか談判でぶつかって来たら。たった一言。イエスかノーか。」

とたんに、貞子は右手をぱっとひろげて、拇指を鼻のあたまにあてて、四本の指をひらひらとうごかして見せた。そして、その手をすっとテイブルの上に伸ばすと、指さきで器用にロースト・ハムの一きれをつまんで、あおむいてそれを口の中に落した。

そのとき、三人ともはじめていっしょに笑った。

しかし、伝吉は急にとげとげしい調子になって来て、

「べらぼうだよ。なんだってそんな猿芝居みたいなみぶりをするんだ。なってないよ。天皇制は打倒する、結婚はカンガルーにまかせると、相場はきまってるじゃないか。ばかばかしい。」

「相場がきまっちまえば、あとはなんにもしないでお酒のんでるの。実際の身の振方はあ

いかわらずそれだけなの。先生は古典的自我っていうんじゃないかしら。近代的自我じゃないみたいね。」

「こいつ、ちんぴら雑誌でおぼえて来やがったな。てこちゃんでなければ、ぶんなぐっちまうんだが。」

「まあ。そんなセリフ、やっぱりセンパン的イデオロギーだわ。」

それをそっぽに聞きながして、ほとんど椅子の上にあぐらをかいたような姿勢で、徳雄のほうをあごでしゃくって、

「おい、マキアヴェリ先生、きみはひとをなぐったことがあるかね。もちろん、おとなになってからだ。」

「そうですね。たった一度あります。」

「どういうとき。」

「戦争のおわるまぎわ、七月の末に、ぼくはそのころ兵隊で、内地の隊にいたんですが、ある日曜日めったにない外出がゆるされて、おなじ隊の友だちといっしょに、近くの町にあるそいつのうちに行きました。その男は学部はちがいますが大学仲間で、うちはかなり裕福な商人でした。そこのうちでいろいろ御馳走になって、すずしい畳のまんなかに、ふたりとも湯あがりでぼんやり寝ころんでいました。すると、いきなりその男が大きな声で、あーあ、はやく負けねえかなあと、こうさけんだ。とたんに、ぼくは跳ねおきて、そ

いつをなぐりつけてしまった。どうしてなぐったのか。当時、ぼくは戦争というものが生理的にまでもういやでいやでたまらなかったんです。じつは、肚の中ではやっぱり、はやく負けちまえ、だったんです。それが……」

「もういい。心理解剖なんかして見せねえでもいい。きみでもひとがなぐれるということが判りゃいいんだ。ところで、おれは今ちょっとしたエチケットの演習をしてみようとおもう。西洋人はよくキスということをやるね。親きょうだいでも、友だちでも、色情ぬきで、やたらにちゅうちゅうやる。おれも今その美風をまねして、ここでてこちゃんにキスする。いろおんなの頰ぺたを嘗めるようなぐあいにじゃなく、師匠が弟子をかわいがるとという純情をもってだね。おれもずいぶんエロのほうだが、なるべく姦淫の心をおこさねえようにして、冷静にやるつもりだ。しかし、きみとちがって、おれにとってはてこちゃんは夢なんかじゃない、きれいな肉を取っている女人の中の優秀なやつじゃあるし、それになにぶんにも日本ではじめての作法だから、つい見当がくるって、きゅーっと吸いつかねえものでもねえ。きみはそこで見物していて、西洋の紳士みたいな行儀のいい恰好で冷静にしていられるかどうか。もし毛ほどでも畜生というきもちがおこって、男子の性欲がむらむらとしたら、とたんに打ってかかって来たまえ。」

　このことばの途中から、貞子は足のつまさきを立てて、もし伝吉のからだがちょっとでもうごいたらば、椅子を蹴って飛びのけるような姿勢をとっていた。そして、実際に伝吉

が向うの椅子から乗り出しかけて、

「左の手はつかわないよ。」

つと右の手が伸びて来たとき、貞子は身をひるがえして飛び立ったが、意外にすばやい敵の動作で、あわやすべり抜けようとしたこちらの腕をつかまれてしまった。痩せぎすのからだに似合わない、すごい力である。ずずっと、しかしやわらかに引き寄せられて、顔と顔とがぶつかろうとしたとたん、敵のくちびるの下を掻いくぐって、むしろ貞子のほうから、さきのふところにあたまをぶつけて行くようにして、膝にすがったかたちで、丹前のはだけた胸もとに顔を伏せてしまった。その貞子を片手でそっと抱え上げながら、伝吉は横眼をはしらせて徳雄のほうを見た。徳雄は椅子の上でぴくりとうごいたかのように見えたが、そのとき、かなたの扉のところで声がした。

「あら、スキャンダルねえ。」

闘ぎわに、今かえって来たばかりというすがたで、陽子が毛皮の外套をきたまま立っていた。すぐあるき出して、テイブルのそばに寄って来て、あいた椅子にかけながら、たれにきくともなく、

「プレイ。」

貞子はすでに元の椅子にもどっていた。

「フェヤ・プレイだ。」

そういった声は笑ったようにひびいたが、伝吉はたちまち険しい顔色にかわって来て、ぷいと立って、ものもいわずに、廊下に出て、奥の部屋のほうに行ってしまった。それがいつもの癖なので、座がしらけたというのではなく、かえって雲がはれて行くようなけしきであった。その伝吉の足音がまだ消えないうちに、

「芸術家。」

そういいかけて、貞子は笑がこみあげて来たていで、ちょっとテイブルにうつ伏しになってくっくっとむせぶ声をたてたが、ついふりあげた顔の、眼もとにきらりと涙が光ったかと見えたのを、小指のさきですばやく払うと、それだけでとっさに顔ぜんたいを化粧し直してしまって、やや蒼ざめた皮膚の下から、うそのようにあかるい色艶がにおい出た。

「ぼくたち、おいとましましょう。」

すかさず、徳雄がいった。陽子がなにかいい出そうとする先を越した調子で、しずかに立ちあがって椅子の背に手をあてたしぐさの、ぴったりして、どこか役者めいて、あたかもつづいて立ちかけた貞子をうしろから支えているようなぐあいであった。すぐに、陽子のほうでも、「じゃ、お気をつけあそばして」と、じょさいなく送り出して来て、貞子の肩に外套をきせかけているあいだに、徳雄は貞子の楽譜をかかえて、さきに廊下に出て、そこの踏段から庭におりていた。

庭から外に、ふたりが神社の森の中にはいったときには、まだ日くれにはほどがあるの

に、雲のおもく垂れた空の下に、あたりうす暗く、ひと通りもなく、道のはたに落ちた杉の枯葉に消えのこりの雪がしみていた。道のかなたは下り坂になって、おりて行くさきは境内を抜けて町につづいている。その坂のところまで来たとき、徳雄が突然ひたと立ちどまって、貞子の横側から耳にちかくこういった。

「ぼくがあなたを愛しているといっていいでしょうか。」

翻訳芝居のセリフのような発声であった。しかし、それはおもいきった口調で、曖昧なところがなかった。しぜん、貞子もまた立ちどまっていて、はすに向きかえったとき、徳雄は身をかがめて抱えていた楽譜の包をそっと杉の木の根もとに置いた。と見るまに、おきあがった徳雄の、せい高く、つま立って、水を切るように、すっと伸びて来た腕の中に、貞子は肩から抱きしめられてしまった。筋肉かたく、一気にしめつけて来た腕のかこみの外に、もがき出ようとして、のがれるすべなく、わずかに肩さきで抵抗しながら、あおむいた顔の、くちびるの逃げるのに追いせまって、よこに避けたそのくちびるのはずれを、しびれるまでに強く、徳雄のくちびるが吸った。束の間の、音ひとつたたない出来事であった。

貞子は木の根を踏んでよろめきながら、そのとき敵の力のゆるんだすきに、腕の輪からずり落ちるぐあいに、あやうく抜け出して、夢中で片手を突きあげた。手袋をはめたその手は徳雄の歯にあたった。「あ」と、徳雄は顔を伏せて、飛びすさった。そして、顔をあげないままに、口もとを手でおおいながら、あとずさりに坂のほうへしりぞいて行き、坂の下りになるところに行くと、つとこちらに背をむけて、いそぎあしに、しだいに足をはやめて、逐いたてられるように駆け出した。せいの高いからだつきの、いっそみじめに、恥に打たれて、前かがみに、口をおおって逃げ落ちて行くうしろすがたが、もう小さく、坂の下、家のかげにかくれた。

貞子はそこに、杉の幹にもたれて、どこを見るともなくじっと立ちつくして、落ちた枯葉のちぢむほど地を這ってしのび寄せる寒さの気息にひとしく呼吸を合せているようであった。

三

「穢れし霊。」

そういう声がふっと耳もとに聞えたのに、貞子はぞっとした。目のさめぎわである。声はわが身の、わが咽喉からもれた声にちがいない。目をさますと、窓は夜明のつめたい光であった。二本榎の家の、いつもひとりでしか寝ないベッドに寝ていた。

昨夜はおそろしい夢を見た。ケモノの夢である。四足で立って、わっと人間に嚙みつく、奇怪な形相のケモノであった。その上になにか乗っているやつがある。それは黙示録のケモノに似ていた。人間が黙示録のケモノを見るときは、悪夢の中でしか見ないのだろうか。悪夢は未来なのだろうか。ひとりでしか寝ないベッドでいつも眠は安らかであったのに、そういう夢を見たのはおもえば昨夜はじめてであった。きのう目黒からかえって来ると、熱がすこし出ていたが、たれにもいわずに、有合せの薬をのんで寝た。けさになって、検温器の度盛はさがったようだが、悪夢のあとがまだ熱ぽかった。きのう白昼に物怪におそわれたような一日をへて、けさは瞼のおもぐるしい、襟のさむい目ざめであった。窓はあかるくても、枕の下にまだ深夜の暗さがただよっていた。

——日は闇に月は血に変らん

そのことばは聖書の中のどこかにあった。祝福のことばであったか、呪詛のことばであったか、はっきりおぼえていない。未来をいうことばはどれも祝福のようであり、また呪詛のようでもある。祝福と呪詛とは、どうちがうのだろう。解放するものと閉鎖するものとのちがいだろうか。しかし、そのいずれであろうとも、未来にむかって投げるすべてのことばは、海のおもてに投げる網のように、たとえペテロの投網であったにしろ、やっぱり未来をくくるものではないか。人間はそこで魚のように網の目から逃れることができない。祝福でも呪詛でも、それの縛る力をもって、規定がさきのほうで運命を待伏せしていて、おなじくおそろしい。貞子にとっては「結婚」ということばがこの未来への呪縛に似ていた。

結婚には一般にそうあるべき生活形式があたえられている。解放式にしろ、閉鎖式にしろ、どうも気をゆるしては飛びこめない、そのお定まりの形式に生活を割りつけるという約束は、いったいたれがきめたことだろう。神か、悪魔か、人間か。神にしては権威がなさすぎるし、悪魔にしては智慧がなさすぎる。そして、人間のかるはずみにしては力がありすぎる。神でもなく悪魔でもなく人間でもないような、穢れし霊かなにかが、蜘蛛などの網をかけて獲物を待つように、こういう仕掛を編み出したにちがいない。地上の法衣をきるひとたちがそれを支持しているのは、そのひとたちがじつは穢れし霊の方士だからだろう。一つ屋根の下に男女縁をむすび子をうんで代代つたわる古い家には、霊が棲むという。穢れし霊の座なのだろう。それはおそろしいというよりも、いやらしかった。きのう一日の出来事も、いずれは穢れし霊が仕組んだからくりの発端になるものだとすれば、とても許しがたい暴虐であった。生活のかわり目。日は闇に月は血に……それからいかなる生活がはじまるというのだろう。悪夢のあとはまだうつつに見のこされていて、夜来の熱はまったく引くに至らなかった。いつか朝はすっかり晴れて、窓掛のすきまから枕のところまで日がさして来た。

　正午ちかくまでうとうと寝て、のこった熱のほとぼりを追いはらうきもちで、むりにおきて、顔をあらいに行った。そこで、あついタオルで顔をふくとき、指輪をはめたままでいるのに気がついて、それを抜きとってそばに置いた。その指輪の、玉の納まりぐあいがどうもへんであった。プラチナの台に大きい真珠をはめたもので、これは死んだ母のかたみである。手にとってみると、ぐらぐらして、ちょっと押しただけでぽろりと玉が落ちた。留めがきかなくなっている。どうしたのか。きのう都賀伝吉にいどまれたときに、あるいは大江徳雄におそわれたときに、どうかしたのだろうか。たしかに、そのいずれかの場合としかおもわれない。不吉であった。貞子はこわれた指輪をそっとてのひらににぎって、部屋にもどって来た。

部屋の壁ぎわに据えてある紫檀の飾棚の、観音びらきになった戸をあけると、中に小さい箱がしまってある。高さ七寸ほどの円筒形の箱で、黒地に金蒔絵で葡萄の葉をめぐらし、青貝をちりばめて、蓋の上にはこれも青貝でIHSと象嵌してあった。そのむかし切支丹大名などのもっていた品か、聖餅箱である。この箱はかつてどこやらの売立に出たのを、父の利平が買っておいたのだが、当時すでにカトリックの教会に通っていた貞子がもらい受けて、ずっと手もとにとどめている。貞子は箱をとり出して、蓋をとって、からの底にこわれた指輪を、玉も台もいっしょに納めた。そして、また蓋をするとき、しっくり寸法の合ったその蓋が、ぴしっと、たしかな封印のように、たのもしい音をたてた。大切なものを秘めたというよりも、まがつみを封じこめたような、ひきしまったけはいであった。

そのとき部屋の戸をたたく音がした。貞子はいそいで箱をしまって、それをかくすよう

に飾棚に背をつけながら、

「どうぞ。」

　戸をほそめてあけて、福子がはいって来た。

「どうして、どこかおわるいの。」

「ううん。」

　貞子はあたまを振った。実際に、熱はもうさがっていた。

「朝ごはんにも出て来ないから、どうしたのかとおもった。もうおひるよ。」

　福子は椅子にかけて、

「ねえ、徳雄さんのおとうさま、いらしってるわよ。二階でパパとおはなししてるわ。」

「そう。」

「あの方、パパを改宗させるおつもりらしいわ。アングリカンにね。」

「ビッグ・ニュースね。」

「さっきちょっと客間に出て、御挨拶したら、カンターベリイの大僧正がなんとかだって
おっしゃってたわ。」

「大僧正がどうかなすったの。」

「たぶん、これからの日本人の信仰について御演舌中らしかったわ。あの方、戦争のあいだは、ひや水をあびてカンナガラのほうだったわね。ごはんのまえにはぽんぽんとかしわ

手をうつんだって、いつか御説教をうけたまわったことがあったわ。あとで、ふたりで大笑いしたじゃないの。」

「そう、そう。それがちかごろは黙禱におかわりになったわけね。」

「それでも、さすがに国民主義者だけあって、宗教上の分権主義ね。道はローマには通じないで、カンターベリイのほうへ行っちゃうのね。英国じこみね。」

「それで、王様のおてほんは英国の王様。」

「ほんとに、こちらも今はエンパイヤじゃなくなったんだから、御領主のことを王様とお呼びしたほうがいいわ。王様って、ちょっといきじゃない。近松なんかじゃ、むかしからそうなってるわ。あたいやらしい王様のじゃらつき、てね。」

「国文学者ね。」

「ラジオの演舌でも、政党のおてほんはやっぱり英国の……」

「でも、大江さまはまさか労働党じゃないでしょう。」

「札つきの保守派だわ。」

「そこに落ちるほかに行きどころがないみたいね。」

「上野の地下道というところ。」

「それで、御商売はお泥棒……」

「しっ。」

ふたり声をひそめて笑った。

「パパ御災難ね。だまって聴いていらっしゃるの。」

「だいじょぶ。宗論じゃパパにかないっこないわ。わたくしたちとお附合でカトリックでもいらっしゃるし、家代代の法華でもいらっしゃるし、成田さんでもいらっしゃるし……神仏混淆で、通暁していらっしゃるわ。」

「さすがに、お生れね。旧憲法の発布以前だったわね。」

「二度目の文明開化で……」

するど、外の廊下のほうで、二階からおりて来る足音の、高いはなし声にまじって、玄関にわたって行くのに、

「あ、おかえり。」

客のかえるけはいを聞きすまして、ちょっとあいだをおいて、ふたり廊下に出て、食堂になっている日本間に来ると、父親はすでに支度のできている食卓のまえにすわっていた。娘たちにはきままにさせているが、利平のひるめしは一汁一菜という、むかしからのしきたりである。ただし、その一汁一菜の内容は、なかなか食通で、手がこんでいた。

利平は、しかし型ばかり箸をつけただけで、すぐに席を立った。午後からは日本橋の店に用件をひかえていた。店の仕事はまだはじまるというところには至っていないが、利平の心づもりでは、今度は取引の相手方を以前の唐山よりも他の国にもとめて、もとは雑貨

をおもにあつかっていたのを、生糸製品一本で行こうという方針で、これも貿易再開をねらって準備中の生産者側と打合せをすすめていた。しかるに、生糸製品は今日では質がおちたうえに値段がべらぼうにたかく、それに輸出さきの海外市場では生糸にかわる品物があらわれてもいるので、前途はどうも望うすのように懸念されたが、利平はほとんど剛情に、これで押して行けるという態度で、成算というよりも、覚悟にちかい見とおしであった。

別の部屋に行って、福子は父の著更えを手つだいながら、そばに貞子のいないことが判ってはいたが、しぜん声をおとして、

「大江さま、なにかおはなしがありましたの。」

そうたずねたのは、徳雄の求婚の件が気にかかっていたからだろう。

「なに」と、利平はむしろにがりきったような調子で、「かくべつはなしはない。あの男のはなしといえば、金の相談にきまってるさ。」

「お金。」

「うむ。選挙費用の算段だそうだ。」

「選挙って。」

「この四月の総選挙に、参議院に出たいらしい。いずれトラックの上から、デモクラシイ演舌をぶってみせるつもりだろう。その裏の費用は相当にかかるだろう。」

「でも、お金のことなら、あの方もうずいぶんおもうけになってるんじゃありません。れいの経済機関……」

「それがどうやら摘発をくいそうになって来たんで、火のつかないうちに、逃げをうって、足を洗おうという肚だな。もっとも、あの男のことだ、抜目なくかなりのあぶく銭をつかんじゃいるだろうが。それに、あの男の親分の元大臣、いよいよ追放にきまるもようだというから、そうなればなおのこと後足で砂だろう。そのへんの立まわりは、どうしてたっしゃな男だ。」

そして、父親はこの姉娘をいわば秘書役のように見て、

「あの男がどんなはなしをもちこんで来ても、おれは相手にならないつもりだから、おまえもそのつもりで、ふくんでいてくれ。」

この大江徳民への拒絶は、ひいてはむすこの徳雄のほうにもおよぶはずのようにおもわれた。しかし、求婚の件にふれて来るようなはなしはなにも出なかった。

利平の留守に、福子もまた買物にでも行ったのか、貞子はひとり部屋にのこっていると、夕方ちかくになって、女中がたれやらの名刺をとりついで来た。貞子をたずねて来たという、その男名まえの名刺のぬしは、どこかで聞いたような名ではあったが、すぐにおもいあたらなかったので、ともかく玄関まで出て行ってみると、そこに、十九歳ぐらいの、学生ふうだが仕立のよい外套に派手なマフラをした、まだこどもぽいところのあるの

がひょろ長く立っていた。

「なんだ、ヤーちゃんか。」

たったいま名刺を見たばかりだが、本名はもうおもい出せなかった。この青年はよく中目黒の都賀の家で見かけたとおもっていたが、じつはその家の外で、陽子がどこかに出かけるときにきまってつれてあるくもので、そういえば、これが中目黒に来たときには、いつも庭さきに立ったままで、陽子に呼出しをかけるだけのようであった。それにつけても、伝吉と陽子とがいっしょに外をあるいているところはついぞ見かけたことがなかった。

「なにか御用。」

庭さきか玄関さきの立ばなしにきまっている相手だというふうの、しぜんその調子が出た。

「ちょっと……」

青年はしかし、口ごもって、なにか特別のはなしでもあるようなけはいであった。貞子は玄関わきの応接間の扉を押して「どうぞ」といった。青年は式台の上におろしていた革の手提鞄の、ふくれたやつを取りあげて、あがって来た。

応接間にはいると、青年は手提鞄をテイブルの上に立てて、さっそくその蓋をはねあげた。そして、鞄の中から別の包になったものが無雑做に引き出されたのを、貞子はちらと見ただけで、ほとんどあっとさけぼうとした。しかし、とっさにその声を呑みころしてしまったので、実際には咽喉がかすかにふるえただけで、鞄のほうにうつむいていた青年には気がつかれなかった。

「これ」と、青年はその包を押して寄こして、「陽子さんに頼まれて来たんです。きのうのおわすれ物だからおとどけしてくれって、いわれたんで。」

「ありがと。」

貞子はおちつきすぎるほど、しずかに答えた。包はたしかにきのうのわすれ物であった。中目黒にもって行った楽譜の包である。それはかえり道に、神社の森の中で、大江徳雄が杉の木の根もとのところに置いたものであった。おもえば、包はそこに置きはなしのままであった。そのことを、貞子はつい今までおもい出さずにいた。これがどうして陽子の手にわたったのだろう。突然、眼のまえに匕首を突きつけられたようであった。

「それで……」

そういって、貞子は眼で相手の口上をうながした。

「それっきりです。ただおとどけしてくれって、頼まれただけです。」

ことばどおり、青年はなにも知らないようすに見てとれた。しかし、「それっきり」といいながら、すぐにかえろうとはしないで、ふっと口を切りそうにしたが、そこへ女中が茶をはこんで来たので、あいだがとぎれた。女中が去ったあと、扉のほうにちょっと眼をやって、青年がこういった。

「ぼく、あなたに御相談してみたいことがあるんですが。」

「なんのこと。」

「ぼくのことなんです。ぼく、あるひとに、年上の女のひとですが、結婚を申しこまれているんです。どうしようかと、おもってるんですが。」

「そんなこと、御自分でおきめになることじゃない。」

「そりゃ判ってます。ただ一般の問題として、あなたの御意見を……」

「まあ、インターヴィユなの。」

「いけねえ、婦人雑誌の記者にされちゃった。」

いっそわざとらしい、やけにくだけた調子になって、

「どうも切出し方がまずかったかな。すこしかたくなったようだ。」

「興奮してるのね。」

「冷静にかんがえると、ちょっと動揺してる。」

「恋愛なの。」

「まあ恋愛みたいなきもち。いや、恋愛そのものだ。」

「きれいな方、その方。」

「うん、まあね……ぶちまけちゃおう、じつは陽子さんなんだ。」

「あ、そう。そうだったの、やっぱり。」

「やっぱりた、なに。そんな予感がした。」

「予感というよりも、常識ね。つまり、あなたがたの御関係、ちょっと常識的ね。」

「うん、類型があることはみとめる。それでも、類型の中だって純粋でありえないことはない。ぼくたちは、ぼくは純粋だとおもう。そうおもいます。というのは、ぼくたちの恋愛の実体はおもに性慾なんだから。」

「おもに、というのは曖昧ね。ほかになにかあるの。」

「そういう曖昧さは陽子さんの側にあるんだね。ぼくのほうじゃ、性慾一本槍、くっ附き合ってるとおもしろいという、それだけ。ほかになにもない。しかし、陽子さんのほうじゃ、ほかに不純なものがまじってるかも知れない。このさき都賀先生と形式上でもはっきり別れる場合にそなえて、年のわかいぼくに倚りかかろうとしてるのかも知れない。ぼくの田舎のうちは大百姓だから、附合ってれば米の心配は無いとおもってるのかも知れない。ぼくは建築家になるつもりで、ちょっと秀才みたいなところがあるから、前途有望だと見こんでるのかも知れない。まあ、どこかでぼくをだましてるようなところがあるかも知れないね。そんなこと、どうでもいい。ぼく、たった一つ陽子さんを信用してることがある。プレイだね。大体に於てプレイの精神だね。あのひと、ちょっとロマンチックだよ。」

「それで、どうして結婚ということになるの。あんまりロマンチックな形式じゃないみたいね。」

「結婚だって、やっぱりプレイの一様式になるんじゃないですか。」

「陳腐な様式ね。創意にとぼしいわ。」

「しかし、この様式はぶちこわすことができるじゃないですか。ぼくがもし陽子さんの申込を受諾するとしたら、もちろんこいつを決定的にぶちこわすためだ。」

「どんなぐあいに。」

「実際にはどんなぐあいのものになるか判らない。しかし、確実なことは、ぼくがいつか陽子さんを捨てるということですね。別れるだなんて、そんな穏当な手続はふまない。堂堂と捨てる。みんなの見てるまえで、たたきつけて蹴とばすように、はっきり捨てちゃう。ぼくは毫末も遠慮しないで、このことばを使う権利があるとおもう。たしかに、あります。青春の当然の権利ですね。なにしろ、ぼくと陽子さんとは年が十五以上もちがう。年齢のひらきじゃない、世代がちがう。世代ががらりとちがうですね。蹴とばすほかない。フットボールの、ボールを蹴とばしいいように、足もとにもって来て置くみたいに、結婚するですね。」

「可憐な悪党ね。」

「断じて、ぼくは悪党なんかじゃない。わるいやつはあいつらだ。今のおとなというやつら、あの世代のやつら、どいつもこいつもみんなわるいやつだ。あいつら、踏んでも蹴っても、どんなひどい目にあわせてやっても、ひどすぎるということは絶対にありえない。あいつら、公然と挑戦してみんなたたきつけてやる。ぼくの、われわれの世代の権利ですね。この権利は正しい。正と不正とのたたかいだなんて、対等の喧嘩みたいなものじゃなくて、この権利のそばに来ると、ほかのものはみんなウソで、ニセモノで、愚劣だ。あなたはいうまでもなくぼくとおなじ世代に属するひとだから、よく判ってくれるでしょう。」

「そのことと、あなたのさっきのおはなし、恋愛のコンフィダンスね、動揺といったり、性慾一本槍といったりしたことと、どういう関係があるの。」

「関係もなにもあったものじゃない。みんなめちゃくちゃです。ただ、めちゃくちゃの中で、この権利だけが絶対に正しいというのです。これからさきの、モラルの根柢ですね。ぼくはあたらしいモラリストです。なにしろ、ぼくは大建築家……今ではまだそれほどじゃないけど、いまにそうなるにきまってるんですから。あなた、このことをどうおもいます。」

「あなたが大建築家になりかねない危険があるっていうこと。」

「いや、あたらしいモラルのことですよ。」

「絶対に正しいとおもうような権利が一つみつかれば、それを膏薬みたいにどこにでもべたべた貼りつけて、モラルができあがっちゃうの。人間の権利って、そんな大したきめがあるものなの。あなたは大建築家になるよりも、政治家になってもいい素質があるみたいね。」

「あ、そうですか。あなたはやっぱり個性を尊重するという立場をとってるんですね。それで判りました。失礼しました。」

青年はいきなり立ちあがって、きちんと腰を折って、丁寧におじぎをすると、さらうように手提鞄をとって、扉のほうにすすんで行き、ついと外へ出て行ってしまった。貞子があっけにとられたほど唐突な動作であった。テイブルの上には、楽譜の包がのこされた。貞子はその包を、きたないものでもつまむように、指のさきでさげて、部屋にもってかえり、戸棚の奥に投げこんでしまった。

それにしても、包がここにもどって来るまでにはどういう経路をたどったのだろう。杉の下道はひと通りのまれなところでもあるから、行きずりのたれかの手に拾われたのではないだろう。おそらく、きのう貞子と徳雄とがかえったあとで、伝吉なり陽子なりがひょっと外に出て、杉の木の下を通りかかって、包を見つけたのだろうとしかかんがえられない。そうにちがいない。もしすぐあとからつづいて出て来たものとすれば、そこに見つけたのは包だけであったろうか。あるいはあの出来事をもと、そうまで気をまわすのはおもいすごしかも知れないが、包が一つ、置きわすれるはずのない場所に、ぽつんと置き捨ててあるのを見ては、おやと眼を光らせたにちがいない。事と品によっては、ずいぶん眼の横に切れたひとたちである。どのような異様な感想をもったか、知れたものではない。いずれにしろ、その包がさも切迫した用件とでもいうふうに、わざわざ使をもって、しかもいましがたの青年などの手をへて、送りつけられて来たのは、こちらの秘密を鼻のさきに振ってみせて、嘲弄されているようであった。口上も手紙も添えずに、いわなくても胸におぼえがあるだろうと、へらへら笑っている先方の顔が見えるようである。それはどうも侮辱に似たけはいであった。侮辱とすれば、なかなか意地のわるい、陰にこもった仕打であった。しかし、今はどうしようもない。これはこちらの借方につけておいて、さしあたりわすれてしまうほかに仕方がなかった。

　きょうは父親ではなく、貞子がフランス製の香水をかがされる番であったろう。しかし、香水のほうにではなく、貞子はピヤノのほうに行って、あらあらしく蓋をあけて、頬をほてらせ、指に力をこめて、からだぐるみ鍵盤にぶつけるようにして、そらで月光曲をひきはじめた。それの楽譜は戸棚の奥に投げこんだ包の中にはいっているものであったが、そのことからもう遠くへ乗り出して行くふぜいで、鍵盤をたたく指さきのこごえていたのが、しびれがほぐれるように、次第にあたたまって来た。

四

指さきのこごえるほどの寒さが、三月に入ってもなおしつっこく、月のなかばすぎまでつづいたが、二三日つづけてふった雨の、膏雨というのだろう、ふりやんだあとは急に梅のつぼみがひらく陽気になって、そのころ上野の美術館に西洋の名画を陳列してみせる催しがあった。

貞子は福子にさそわれてその催しを見に行った。二月以来、町中に出ることはまれであった。ときどきうちじゅうで一二泊のみじかい旅行をすることはあったが、それもうちで風呂をたてる手数をはぶくために温泉にはいりに行くだけのもので、寒さのせいもあり、とくに行ってみるほどのところがないせいもあり、またひとごみの中でからだを揉まれることを好まないというふうでもあって、しぜん部屋にこもる日がおおかった。

上野の美術館まで行くことは行ったが、ここではとても画を見るどころではなかった。いっぱいのひとごみで、ひとが画のまえにまっくろにたかっていて、あるくにも肩がぶつかり合うほどの混雑である。西洋の名画などを見るおりはしばらく絶えていたあとのことで、いくさののちでは最初の催しらしかったので、そのための混雑とおもわれないでもなかったが、しかし実際にこれほどひとがたかって来たのは、ひたすら芸術への飢渇に依るものかどうか判然としなかった。たとえば電車の中の押合いとか、ヤミ市の中の右往左往とか、そういうたぐいの漫然たる雑鬧、ほこりぽいひといきれと、はなはだ似かよったけしきであった。げんに、おおかたの見物がろくずっぽう画を見てはいなかった。

貞子と福子とはひとごみを避けて、やっぱり画のほうはそこそこに、茶をのませるところにおりて来て休んだ。

「画を見たいというあこがれのきもちはあっても、それを見るだけの秩序がまだできあっていないのね。」

貞子がそういうと、福子はすました顔つきをして答えた。

「あこがれ。秩序とは関係ないことだわ。画を見るということにさえ関係ないことだわ。目あてのものがあってもなくっても、ひとが家から外に出てくれば、それがあこがれ……いいえ、あくがれよ。ここのひとごみなんか、たいしたあくがれ方よ。」

「それ、どういうこと。」

「あなたのいうあこがれは、漢字でいえば憧憬という字を宛てるんじゃない。古くからあるあくがれということばは、なにも憧憬するとかぎったわけじゃないの。そりゃ、月花にあくがれて、というわね。そのときには、月花に憧憬するみたいなこころいきで、うかれ立つということになるわね。でも、月花とか画とか、うかれて行くさきのたよりはなにも無くても、あくがれはあくがれよ。そんなこと、むかしのひとがとうに本に書いてますけど。」

「はなして、おねえさま。」

「古歌に……」

「あ、古歌に。」

「ひやかすのね、このひと。」

「ごめん。」

「梅が香はおのが垣根をあくがれてまやのあまりにひまもとむなり。又、物思えば沢の蛍も我身よりあくがれ出る玉かとぞ見る。これには憧憬するみたいなもの、たとえば行くさきはどこときまっていないわね。ただ出て行くだけね。人間でも物でも、梅が香でもなんでも、自分の家なりなんなりから、げんに居るところから離れて、外のほうに出て行くということ。それがあくがれということばの意味なの。今日では、どこに行っても、ひとがむやみに外に出ているわね。ここの展覧会でも、ひとがめちゃくちゃに出て来て、画なんぞどうでもいいというふうだわ。なにか家にいたたまれない、自分がげんに居るところにはとてもじっとしていられないといういきごみで、自分でもわけが判らずに、わっと外に飛び出しちゃうみたいね。今日はあくがれ大繁昌ね。それがみんな行くさき知らずの、ただのあくがれでね。なんでうかれてるのか知らないけど、たいへんいそがしくて、画なんぞにあこがれてるひまは無いらしいわ。そのくせ、どこを見まわしても、憧憬だの理想なんぞは薬にしたくもお目にかかれないようね。」

「よく判ったわ。それじゃ、あくがれは家出ということになっちゃうようね。家出もいいけど、わたくし、ただのあくがれの家出よりも、やっぱりあこがれ的に家出したいわ。」

「なんだかあなたが家出するはなしみたいね。今なにかにあこがれてるとでもいうの。」

「さあ……」

やがて、席を立って、美術館の出口のほうに来かかると、おなじく出ようとするひとのむれにまじって、そこに、大江徳雄の来るのが見えた。しかし、貞子はよそをむいていて気がつかないようすであったし、徳雄のほうはどうやらはっとしたらしいけはいではあったものの、ちょっとぎごちない姿勢で、すぐ声をかけて来ようとはしなかったが、事情を知らない福子が遠くから「あ」と眼で挨拶をしたのに、それをきっかけにしたというていで、徳雄はいそいでこちらに近づいて来た。もういつもと変らないそぶりの徳雄で、

「御無沙汰しています。」

「しばらく。あなたは九州へはいらっしゃらないの。」

徳雄の父は郷里の九州にかえっていた。そこの某県が大江徳民にとっては参議院選挙のための地盤であった。

「まっぴらですね。ぼくはおやじの手つだいはしませんよ。演舌だのビラまきだのは願下げです。」

「あら、あなたはいまにおとうさまの地盤を受けつぐおつもりじゃなかったの。保守派のニューフェースで売出すには、あなたのほうが適任だとおもってたわ。」

貞子はだまったまま、ひとりさきのほうへあるき出していた。

三人とも省線電車に乗るはずで、上野駅まで来ると、徳雄がさきに駆けぬけて切符を買った。三枚ともおなじ切符であった。

「お宅までお送りして行きましょう。」

押しつけがましく聞えないような慇懃な調子で、そういうもののいいぶりには馴れたところがあった。

品川のほうへ行く電車に乗るとひどいこみ方で、電車がとまるごとに乗るやつがふえて来て、揉まれもまれするうちに、貞子はドアのきわまで押しつけられてしまった。すぐまえに徳雄が立っていて、どうしても貞子の側によろけぎみになるのを、じっと踏みこたえて、また貞子のほうでも肩をほそくして、たがいにからだが露骨にぶつかり合わないようにつとめていたが、それでも車のゆれるたびにつぶされそうになりながら、やがて有楽町の駅についてドアがあいたとき、貞子のからだは外にこぼれて、むしろみずから飛んで、プラットフォームに出た。そして、ひとの乗りおりがすんだあと、貞子はなおプラットフォームに立ったまま、帽子の下の汗をふきながら、車内の福子のほうをのぞきこむようにして、

「わたくし、あとからかえります。」

福子も徳雄も、なんとも答えるひまなく、ドアがすうとしまって、車がうごき出して行った。

プラットフォームにはひとがおおぜい電車を待っていたので、貞子はともかく階段をおりて、駅の外に出た。ひといきれから、押しつけて来る徳雄から離れて、ほっとして、銀座のほうにあるいて行きながら、町の裏にある小さい西洋菓子屋の、そこの菓子は父の利平が好むものでもあったので、そんなものかなにか買ってかえるつもりであった。

数寄屋橋をわたって西銀座の裏側に出ると、そこはいつもあまりごたごたしない通で、向うから来る二人づれの、それが陽子とれいの青年だということはすぐ判った。先方でも遠くからおじぎして、そばに寄って来ると、陽子があいそよく、

「これからダンスにまいりますのよ。およろしかったら、いかが。」

相手がさそいに乗らないことを承知のうえの挨拶のようで、それをまともには受けずに、

「先日は、どうもわざわざ。」

「あ、おわすれもの。あれね、宅のテイブルの上に置いてございましたのよ。それがおかしいんですの。おかえりになったあとには、なにも無かったようにおもったんですけど、夕方になってから、気がつくと、やっぱりそこにございましてね……」

ほんの立ばなしで、そのまますれちがったが、陽子のいったことはどうも腑におちなかった。あたかも楽譜の包が家の外には出なかったもののように聞える。そんなはずはない。陽子がうそをいったのだとすれば、何のつもりか知らない。しかし、それがうそでないとすれば、どういうことになるのだろう。杉の木の道に出て行って、そこに落ちている包を見つけたのは伝吉で、もちかえったその包を、陽子にはなにもいわずに、ついテイブルの上に置いたとでもいうのだろうか。あるいは、やっぱり陽子のうそで、うわべはしらばっくれた挨拶のうちに、どこかでこちらをなぶっているのだろうか。それでも、ことばの後味では、どちらかといえば、まんざら作りごとでもないようであった。作りごとにしては、念の入りすぎた挨拶であった。おもわず、貞子はふりかえってみると、今すれちがった二人づれはちょうどかなたのビルディングの角をまがりかけていたが、そのうしろすがたの、背丈がほぼ釣合って、陽子は前むきの顔よりもなおわかわかしく、油断のすきの破れも見せずに張りきった姿勢で、青年のほうはなおさら掛値のない若さに気負って、ちょっと得意げに肩をそびやかしながら、ともに腕を組んで、さっさとあるいて行くさきのダンスよりほかに、きょう一日を寸秒でもたっぷり楽しもうとすることのほかに、もうなにもかんがえていそうもないふうであった。

貞子は西洋菓子の箱をさげて、また電車に乗り直して、二本榎にかえって来た。家の玄関にあがると、わきの応接間から福子が声をかけたので、すき見をすると徳雄がそこにいた。父の利平は留守であった。貞子は閾ぎわに立って、ちょっと手を振ってみせて、すぐ部屋にもどろうとしかけたとき、その部屋のほうからピヤノの音がながれて来た。

「あら。」

「あ」と福子が追いかけるようにいった。「都賀さんお見えになってるの。あなたのお部屋でお待ちになっていらっしゃるの。」

都賀の家とはその先代以来の附合でもあって、伝吉もときにはここにたずねて来ることがあり、来ればずいぶん遠慮なくふるまうほうなので、留守の部屋にはいりこんでいても、また弟子の貞子のピヤノをたたいていたところで、いつもの伝吉の流儀の、それが無作法とまではいえないあいだがらではあったが、しかしピヤノの音を聴いたとたん、貞子はさっと顔色をかえた。曲は月光曲であった。れいの楽譜の包の中にはいっていたものである。先日貞子みずからたたいた鍵盤の上に、今おなじ曲のたたき出されているのが、単なる偶合というよりも、意地のわるい奸計のようであった。留守のすきをねらった悪鬼のあらくれ、何という狼藉だろう。かわった顔色をかくしようもない、険しい貞子のそぶりに、

「どうしたの。」

福子が立ちあがって来たほどで、それにつれて徳雄も腰をうかせたときには、貞子はもう部屋のほうに駆け出して行った。

手あらくあけた部屋の戸を、うしろ手でぴったりしめて、貞子が中にはいって来たのに、ふりむきもせず、伝吉はピヤノをたたきつづけていた。小づらにくくもおちつきはらって見えたその背中に迫って、貞子が両手のこぶしを短剣でもにぎっているようにきゅっとにぎりしめながら、すり寄って来たとき、くるりとふりかえって、

「しばらく稽古を休んじゃったね。」

いつもの巻舌の調子とはちがって、しゃがれたような、やさしい声に聞えた。すこし伏眼になった横顔が蒼く見えるまでに、むしろおちつきのない、沈んだ顔色であった。酒のけは無かった。その相手に突っかかって行くいきごみで、

「とくに月光曲をさらって下さるおつもりでしたの。」

「うむ。あの楽譜がきみの包の中にあったことを、ふっとおもい出したものだからね。」

「包をお見つけになったのは先生でしたのね。」

「見つけるも見つけないもない。眼のまえにあったのだからね。包も、きみたちのラヴシーンも。」

「まあ、あとからつけていらしったのね。」

「ばかな。ぼくはきみたちがかえるよりもさきに、ひとりであの森の中に出ていたのだよ。」

すらすらとそういってしまって、もう拘泥なく横をむいている相手のけしきに、貞子は

ちょっと拍子ぬけがして来たが、しかしまだ警戒をゆるめずに、

「ラヴシーンだなんて、いやなことおっしゃるのね。あれは……」

そういいかけると、たちまち顔が赫とほてって来た。

「よけいな釈明をしないほうがいい。どうせ、ぶざまなことをいい出すにきまっている。きみは器用なセリフのいえるようなひとじゃないんだから。」

「そんなことをおっしゃりに、いらしったの。」

「いや、ぼくは……」

急に立ちあがろうとして、まだ蓋のあいているピヤノの上に、つい手がふれた。鍵盤がうなるように鳴った。貞子はさっとしりぞいて、テイブルの向う側に行って立った。伝吉はしずかにピヤノの蓋をして、テイブルのそばに寄って来て、そこの椅子にかけた。

「ぼくはきみに結婚を申しこみに来た。正式にね。正式ということばの意味が感覚的に判ったよ。あのシーンを見たとたんに決心した。嫉妬の中で正式に決心したようなぐあいだね。若い男と女がいっしょになにをしていようと、そんなものを見たぐらいのことで、ばかばかしい、どうおもうわけもないんだが、それが猛烈に嫉妬した。しかし、すぐにその場に飛び出さなかったのは克己心なんぞじゃない。嫉妬だなんて、えたいの知れない感情なんか、ぼくは信用しない。あんなものから出る行為は、生活に於ておよそ意味がないね。ぼくは持続するものでなくては信用しない。ところが、ぼくの今までの生活では持続

するものなんぞなにもなかったので、ぼくはなにも信用したことはないし、またなに一つ行動的とかいうことはしたためしがなかった。しかるに、ぼくはあのとき勝手に嫉妬して突然決心した。きみと結婚することをね。これは正式にかぎる。というのは、ぼくは今たれかれの見境なく左の手でつかまえようという流儀じゃなくて、目あてはきみひとりだけなんだから。あの日からもう一月あまりになる。しかも、この決心はずっとつづいている。どんな考でも、ぼくに於てこれほど長つづきしたことは一度も前例がない。それでぼくは一時の興奮なんぞを発言の手がかりにしないで、今きみにむかってこの申込をする権利ができたようにおもう。つまり、生活上もっとも極端な形式で、手っとりばやい方法で、あなたを愛しますといえる。ぼくと結婚してくれたまえ。」

この伝吉の「申込」を聞きながらも、貞子はラヴシーンといわれたことがどうも気にかかって、それが決してラヴシーンではなかったことを一言できっぱりいいきりたいとおもったが、その適切な一言がうまく見つからないで、かえって暴行とか何とかおそろしいことばがひょっと出て来そうになって、そんなことばがわが口から出かかったということだけでもはずかしく、なにもいえずに息がつまった。しかし、伝吉が椅子の上からぐいとこちらを見つめて来たとき、それを刎ねかえすように、

「なにもかも、めちゃくちゃね。正式とはなんだか知らないとおっしゃってる方が、正式だなんて、正式の結婚だなんて、そんなこと……暴行だわ。」

それはただ乱暴とでもいえばよかったはずであった。ついそういってしまって、貞子はとたんにひどく混乱した。舌がもつれて来たようで、もういい直せなかった。

「暴行、とんでもない。ぼくはある知らせをもって来ただけだ。ぼくの決心のことをきみに告げに来たのだ。ぼくのかくあるべきこと、きみもまたかくあるべしということを告げるのだよ。告知だよ。」

告知とは何だろう。暴行などいうのとはくらべものにならない、畏るべきことばであった。それは祝福でもなく、呪詛でもなく、いわばずっと上の、高いところからふりそそぎ、天地をとどろかして、人間の運命をきめつけて来る光りもののようであった。そういうだいそれたことばを、人間が口に出す権利をもっているのだろうか。貞子はぎょっとして、立ったままの足がすくんで、そのおそろしいことばの当りから遠のくふうに、飾棚のほうにさがった。そのとき、飾棚の中に秘めてある蒔絵の小箱の、蓋の上に青貝でIHSと印された文字が、ながれ藻のなびくように、青貝の色の水に光って、眼のさきにぱっとひらめいた。今はその光る文字にとりすがって、みちびかれるままに身をながして行くふぜいで、あたまをあおむけに、頸筋白くそった姿勢の、ゆたかにふくらんだ胸もとがためいきのように揺れるのが、いっそなまめかしく見えた。

伝吉はおもわず「あっ」とひくくさけんで、椅子から立ちあがった。あたかも貞子がつい卒倒して行くかとも見なされたのに、ちょっとうろたえて、すすみ出ようとしたとき、部屋の戸がしずかにあいて、福子が、つづいて徳雄がはいって来た。

「どうして。」

ふつうでないけしきを一目で見てとって、福子がそういった声は、むしろやさしかった。貞子は急にいきおいよく、テイブルのそばにもどって来て、

「おねえさま。今時分。先生正式にご結婚なさるんですって。」

「まあ、今時分。どなたと。」

「とても神秘的なおはなしなの。まぼろしなの。なにかが乗り移っていらっしゃるみたい。」

「そう。戦争の危険が無いので、安心して神がかりにおなりになったのね。」

にがわらいもしないで、伝吉が福子のほうにむき直って、

「ぼくはたったいま貞子さんに結婚を申しこんだところです。」

すると、福子がなにも答えないさきに、徳雄がまえにすすみ出て来て、

「お待ち下さい。都賀先生はおそらくぼくのために正式の申込をして下すったのじゃないですか。われわれはすでに定められたものだと、ぼくは信じているのです。極端なことをいえば、ぼくはもうほとんど貞子さんの胎内にぼくのこどもを見ているような気がするのです。」

そういいながら、右の手をのばして、貞子のほうをまともにさした指さきの、ぴんと力

がこもって、ちょうど胸の下を正確にねらってピストルを発射したようなかたちであった。とたんに、貞子は声もなく、身をかがめて、その場からすべり抜けて、消えて行くように、そっと戸をあけて外に出て行ってしまった。一瞬の動作であった。

伝吉はテイブルをへだてて徳雄の真向うに立っていたが、突然ぶるっと肩をふるわせて、あわやテイブルを飛び越え、向う側に飛びかかって行きそうな、殺伐なけはいを示した。そのとき、福子はテイブルのはしに、両側のあいだの位置に立って、まえにあった椅子の背に手をかけて、それが伝吉の肩を押ししずめでもするようなしぐさで、ぎゅっとおさえながら、

「正式ってなんですか。どこに出ても、がたりともいわせないような手続のことをいうのじゃございません。正式って結構なものですわね。でも、きょうはあんまり正式じゃないようですわ。お引きとめしても、なんにもおもてなしもございませんし、これで失礼させていただきます。」

そして、もう客のかえったあとのように、椅子をまえに押して、テイブルにぴったり附けてしまった。

伝吉と徳雄とはふたりいっしょに浪越の玄関を出たが、双方とも口をきかず、伝吉はさきに、徳雄はすこしおくれて、おなじ道を行った。高台からおりて品川の電車通に出る途中、すぐそこが東禅寺の裏手の広い墓地である。その墓地を抜けようとして赤土のすべる

下り坂にかかると、坂の下になにやら大きい木が立っていて、横に伸びた枝が道のうえに低く突き出ていた。伝吉は坂をおりきったとたん、そこの大きい木を楯にして、うしろにふりむいた。徳雄はあやうく坂道にすべりかけながら、靴をぎゅっと踏みしめて、体のくずれを立て直した。あたかも伝吉が下の平地に足場を占めて、あとからおりて来る敵をむかえ打とうとしているかのような姿勢に見えたせいだろう。しかし、伝吉は突然笑い出して、

「おい、おれはやめたよ。」

そして、まだなにかいいそうで、ちょっと待っているふうに見えたが、徳雄がそばに近づくとだまってくるりと背をむけて、まえよりもいそぎ足で、さっさとあるき出し、今度はふりかえるけしきもなく、ぐんぐんさきのほうへ行ってしまった。

五

「結婚式だとさ。こいつもやっぱり正式が好きな組らしい。笑ったよ。」

そういったのは都賀伝吉である。新橋のヤミ市の中にある中華料理店で、ひるすぎの、ちょっと客足のとぎれた時刻に、隅のテイブルで、伝吉はビールをのんでいた。四月の末の、前景気のさわがしかった参議院も衆議院も出るやつは一わたり出そろったあとで、ま

だなにか小物の選挙がのこっているらしく、ついそこの駅まえには、トラックの上とか広場のはしとかに猛りたって演舌をぶつやつ、ぼんやりそれを聴くやつなど、がやがやひとがたかって、ほこりが舞う中にも、新緑にむかう陽気のあかるい風が吹きとおって、なんとか楼と染めぬいた店の暖簾をそよがせた。テイブルの上には、皺くちゃになったはがきが一枚ビールの泡のこぼれたのに濡れていたが、それは陽子とれいの青年とが近日どこやらで結婚式をあげるというむねを印刷した案内状であった。伝吉がはなしかけた相手は大江徳雄で、徳雄はきょう丸ノ内まで来ることがあって、そのかえり道の通りがかりに、ひるめしを食いにはいったここの店で、ふと居合せた伝吉に呼ばれるままにおなじテイブルについた。先月東禅寺の墓地で別れてからはじめての出逢であった。

「このはがきなら、けさぼくのところにも来ていました。」

「うむ。いずれなにか商売でもはじめるつもりで、広告ビラの代用だろう。ぼくのところにまでくばって来たのは御愛嬌さ。」

伝吉は濡れたはがきをつまみあげて、もとのポケットに入れるかわりに、指さきで揉んで、テイブルの下に捨てた。

「じゃ、先生はちかごろおひとりでおくらしですか。」

「それで、めしを食いに外に出て来るのさ。なに、むかしやったことを、またやっているだけだ。」

陽子が中目黒の家を出たのは、二週間ほどまえであった。そのとき、伝吉は留守で、かえってみると陽子がいなかった。もっともミシンとか衣裳簞笥のような大きい道具はそれよりもまえからよそにはこんでいたようすで、その後も陽子は家にとどまっていたのだが、この日が決定的な家出であったということはうちじゅうの金目の品物があれこれと紛失していることで知れた。去年のくれに売のこした品物を、伝吉がいずれまた売はらうつもりで、菊の紋の附いた金盃はじめなにやかや一まとめにサロンの戸棚にしまっておいたのも、そこの壁にかかった油画も、食器棚にかざったフランドルとかイタリヤなどの陶磁器も、長椅子のたぐいまで、トラックにでも積んで行ったのか、きれいに無かった。かねて陽子は口ぐせに「品物は半分いただく」と公言していたので、そのとおり実行したものと察せられたが、実際にのこされた品物は半分以下であった。そのうえ、鍵のかかっている伝吉の部屋に、窓から侵入したもようで、あちこち掻きまわした形跡があって、時計など小さいものが二つ三つ見えなくなっていた。ところで、奇妙なことに、伝吉が銀行にも預けずにしまいこんでいたれいの何十万円は、たしかに敵が狙いをつけて来たにちがいないのに、これはそっくり無事であった。というのは、その札束を押しこんであるリュック・サックが、ベッドの枕もとの床の隅に、ちょうど紙屑籠とならべて抛り出してあったので、敵は心いそいだために、つい見おとしてしまったのだろう。しかし、すべてそういうことは伝吉がひとにははなさないことであった。

「ときに」と伝吉ははなしをかえて、「どうだね、その後きみのほうは。」

「え。」

「二本榎にかよっているかということだよ。」

「ええ、あれから二三度行ってみましたが、ずっと病気だということで、逢っていませんん。」

「病気。てこちゃんがか。」

「そうです。たいしたことではなさそうですが、面会よけの仮病でもないようです。」

「どこがわるいのだ。入院でもしているのか。」

「いや、何ということなしに、うちで寝たり起きたりのようすです。」

「ふむ。おおかた智慧熱だろう。」

伝吉は無雑做にそういって、徳雄のコップにビールをついでやりながら、

「おい、今度はぼくが結ぶの神で、きみのためになこうど役を買って出てやろうか。」

眉もうごかさずに、徳雄はそれには答えないで、

「先生のほうは、その後どういうことになりましたか。」

「求婚の一件か。どういうことにもなるわけがない。やめたよ、ぼくは。こないだ、あの墓場のところで、そういったじゃないか。」

「あれはやっぱりその意味だったのですか。」

「その意味にもあの意味にも、それっきりのことさ。きみは何だとおもったんだ。」

「ぼくは先生がただあの場所でぼくと決闘することをやめたということだと、まあそんな気がしたのですが……」

「決闘だって。古風なことをいやがる。そりゃ、ぼくはあのとき、きみをぶんなぐってやろうとはおもったさ。しかし、ぶんなぐることは見合せた。すなわち、れいの件はぴたりと打切にきめたということだよ。」

「どうしてそう突然打切ということになったんです。」

伝吉はちょっとだまって、ビールの壜をとりあげたが、それがからになっていたので、また何本目かをもって来させた。ほかのテイブルにひとりふたりいた客はいつか立って行って、店の中には今たれもいなかった。やがて、伝吉は徳雄のあたま越しにぼんやり外のほうを眺めながら、こういい出した。

「いつだったかずっとまえに、目黒のうちで、ぼくが自殺のはなしをしたことがあったね。そのとき、きみはだまって聴いていたが、ケイベツしたような顔つきをしたね。自殺ということを、自殺するやつなんぞを、きみはとたんにケイベツしちゃうだろう。そりゃ、ぼくだってたまに気がふれたように自殺のことはいうが、実際にはなかなか死んではみせない。しかし、ときどき自殺のことをかんがえる。そして、いよいよ粘りっこく生きつづけるね。つまり、ぼくの生活には時間が無い。のんべんだらりと長たらしくつづいて行く。数式であらわすとすれば、何百桁も何千桁もだらだら際限なくつづいて、どこまで行っても区切がつかない。無限級数だね。これに時間を導入しようとすれば、自殺をもって来るほかない。無限級数が極限値に収斂するようなぐあいに、生活力が自殺に集中してしまう。それでも、ばか正直に自殺という行為を実演してしまったら、これは一回的の勝負で、みもふたも無い。ばかばかしいね、そんなこと。自殺で人生に有益なのは、観念上の自殺だけだよ。ぼくはいわば極限値をまたほどいて無限級数の何千桁にもって行くといったあんばいに、ときどき任意に自殺観念を導入して、またこれを取りやめにして、実際の生活のほうにもどる。生活の基準だなんて、そんなべらぼうなもの、ぜんぜん無い。時に応じて間に合せに生活する。πの値にしたって、実地に応用するときには、何百桁だなんてこまかいものはいらないだろう。小数点以下二桁ぐらいのところで御方便に間に合っちゃうんじゃないかね。それで、実際に大きい河の上に立派な鉄橋が架かったりするんだ。ぼくは鉄橋を架けるような野心はもたないが、まあそんなこころいきで、そのときどきの客観的情勢を目測して、ざっとこれくらいの見当というところで、ぞろっぺえな生活の仕方をしている。すなわち、生活上ゼロと置くことができるような小うるさいものは一切たたき出している。おかげで、いつも風来坊同然だ。それがどうして、おりにふれて、気がちがったみたいに、自殺観念なんぞを起用するかというと、これはまあ生活上の衛生学だね。寒中の水風呂かね。ぼくは実際に寒中でも毎日水を浴びているがね。これもあそびだといえば、やっぱりあそびかも知れない。」

「そのことと、れいの一件を打切ったということとなにか関係あるのですか。」

「あるね。いや、論理的にあるかないか知らない。しかし、こないだあの墓場の中で、坂をおりきったところで、大きい木の、あの枝がにゅっと突き出ている下に来たときに、ぼくはとたんに首をくるくるくること、くくらないこと、正式に結婚すること、しないことなんぞを、同時にごちゃごちゃとかんがえた。それで、おれはやめたよ、といったんだ。ぼくの生活の流の中をときどき自殺観念が突っ切るのとおなじように、ぼくのはなはだ不正式な女づきあいの途中で、あのときふっと正式観念を導入して、すぐそれをやめたのだといえば、説明しすぎてウソにきまっている。説明なんぞ、どうでもいい。ともかく、やめたといったのはウソじゃない。まさか、結婚は墓場だなんて、あんな無意味な泣言をぼくが引合に出すのじゃないことは、きみにも判るだろう。一生に一度でしまいの墓場なんぞとちがって、恋愛だの結婚だのは任意に何度やってもいいし、いつやめたっていいだろう。それでも、結婚したり離婚したりというのは、こいつどうしたって実際の手続だね。観念だけじゃ事がすまないね。ぼくは窓口に出て正式の書類を取扱うのはどうもおっくうで仕方がない。観念だけですませたほうが、ぼくの生活にとっては便利だよ。なにしろやめた。女の子とつきあうのは、また左の手に逆もどりだ。もっとも、現在のところ、右も左も両方手ぶらだがね。」

「それで、今度はぼくの結婚に手を貸して下さろうというのですか。」

「また論理かい。そんなことじゃない。さっき、なこうどになってやろうかといったのは、ほんのその場の気まぐれだよ。二三時間もたてば、請合って無効になる。しかし、まだ一時間ぐらいはつづくかも知れない。あの浪越のおやじはぼくを盲目的に信用しているというはなしだね。めずらしい奇特な人物だ。ぼくはまだあのおやじを一度も利用、いや悪用したことがない。ぼくが大まじめな顔つきをよそおって正式のはなしをもちこんで行ったら、どんな応対をするか。存外真に受けるかも知れないさ。」

「それじゃ、すぐにここを出て、いそいで実行にうつって下さい。」

「機を見るに敏だね。きみはひとを利用することがうまそうだ。貿易屋の壻になろうというだけある。こすっからいところが有力な資格だろう。何にしても、そろそろここを出ようか。」

外に出て、駅まえの広場を通りぬけながら、伝吉は横目で選挙の貼紙をちらと見て、

「あ、きみのおとうさん、参議院に出たらしいね。新聞で名まえを見かけたようにおもう。」

「ええ、当選することはしました。六年組です。」

「そりゃ、悪運……はっは、星まわりがつよい。うまく行ったね。」

「ところが、そううまく行きません。当選したとたんにG項にひっかかって、追放です。」

「それは知らなかった。」

「あしたあたり発表になるでしょう。じつはそのことで、ぼくはきょうついそこの役所にようすを聞きに出て来たのです。知合のもので、そのほうの消息通がいますから。どうもだめですね。追放決定です。」

「それじゃ、きみはいよいよ浪越家に押掛婿になって、財産横領をたくらんだほうがいい。センパンのむすこが強盗なら、申分ないだろう。とんだ孝行むすこだ。」

新橋の駅に来て、徳雄は切符売場のほうにむかいながら、

「先生は。」

「ぼくは地下鉄で日本橋まで行く。浪越のおやじ、まだ店にいるだろう。じつをいうと、株券を現金にかえることについて、相談する用があるんだ。ついでに、もしか気がむいたら、きみのことを前途有望の秀才みたいに吹っこんでおいてやるかも知れない。あるいは、そんなことはしてやらないかも知れない。まあ、気をたしかにもっていたまえ。」

伝吉は地下鉄のほうへ行きかけたが、ちょっとあともどりして来て、

「おい、おれは正式はやめたが、てこちゃんに惚れたことはまだやめてない。万一きみの女房になったとすれば、いっそ気がるにくどくかも知れないぞ。」

そして、徳雄がなにをいうひまもなく、伝吉のうしろすがたはもう地下鉄の階段のひとごみにまぎれて行った。めったに中目黒の家の小さい部屋からうごこうとしない伝吉では

あったが、それがひょっと外に出ると、あたかも家をうしなったひとの、どこと宛のないようなあるき方で、かえる道を知らず、行きあたりばったりに巷にさまよって、たれの目にも見つからないで、いつか街路の雑閙の中かなにかに消えて行くとでもいうけしきであった。

しかし、伝吉はともかく日本橋の浪越の店には行ったにちがいない。そして、株券に関する用談のすんだのちにでも、もののはずみのように、利平にむかって徳雄のことをいくらかはなしはしたのだろう。というのは、その夜、利平が二本榎の家で晩餐のあと、福子を相手に紅茶をのみながら、ふと伝吉に逢ったことを口に出していた。

「そう。それで、都賀さんなにかおっしゃったの。」

先日伝吉が結婚申込に来た一件は、福子がひとりでのみこんで、父親にはわざと報告するのを見合せておいたことであった。

「なにしろ都賀さんのことだから、れいの本気とも常談ともつかない調子で、はっきりしたことじゃないんだが、ともかく貞子の縁談について大江のむすこのことがはなしに出たのさ。」

「パパ、どうおかんがえなの。」

「徳雄はうっかり白い歯を見せられないようなやつだが、今のわかいもの、みんなあんなふうに五分もすかさない連中かね。あんなのがおおきに出世するたちかも知れない。まああこっちから飛びつくほどのことはない。貞子は結婚のことをなにか自分でかんがえているようすかね。」

「てこちゃん、なにもいいません。そういうこと口に出さないひとですから。」

「うむ。あの子のぐあいはどうだね。あいかわらずか。」

「病気というほどのことじゃありませんわ。お医者をよぶっていうと、いやだっていいます。その必要もないようですわね。当人の勝手にさせておいて、まあだいじょぶとおもいます。」

それきりで、そのはなしはとぎれた。やがて、利平は急にあらたまった顔つきになって、

「福子、おまえにだけいっておくが、ことによると、ここのうちを売に出すことになるかも知れない。」

「そう。」

「貿易再開といってもまださきのことだし、生糸のほうはどうなるか、はっきりした見通しは立っていない。それに財産税のこともあるから、店もすこし詰まって来た。だが、どんなことになっても、店は手ばなさない。八王子の農園は、あれは当分あのままにしておくつもりだ。いいあんばいに、今あそこに建てている家が、おもいのほか工事がはかどっているから、住もうとおもえば普請中でも一部に住めないことはない。あの家ができあが

るまえに、ここのうちを売ってしまったら、貞子は一足さきに八王子に住まわせよう。」

「そうすると、パパは。」

「おれは日本橋の店の二階に行く。おまえはおれといっしょに来てもらいたい。」

「パパとごいっしょなら、行くわ。」

「すっかり投げ出してかかって、仕事がうまくいかないときは仕方がない。なに、まかりまちがったら、おいら（とめずらしい一人称をつかって）またはだかから出直すよ。日本橋で汁粉屋をはじめたっていい。」

「いいわね。蜜豆を売るの。」

「あんなもの、わけない。蜜豆でも汁粉でも自分でこさえちゃう。」

「パパ、そんなことおできになって。」

「できるとも、おいら、むかしやったことがある。」

「ほんと。」

ほんとうとすれば、大むかし、利平がまだ壮士芝居の下まわりにもならない少年のころ、あるいは蜜豆の岡持をさげるぐらいの体験は踏んで来たのかも知れなかった。そこまでいってしまうと、利平はわだかまりなくふとった腹をゆすって笑った。

父親が居間にはいってのち、福子は戸締を見まわってから、妹の部屋に来てのぞいてみた。部屋の中には、天井の電灯が消してあって、隅のほうの壁ぎわに附いたベッドの枕もとに赤い笠のスタンドがほんのり照っていた。

「おやすみ。」

「いいえ、どうぞ。」

元気のよい声のしたその枕もとに、近づいて行くと、貞子はベッドの上におき直った。壁にすこし刳りこんだかたちに作りつけてある広いベッドで、貞子はそこに壁龕《へきがん》の中にでもいるようにながながと寝て、まっしろな寝巻をきた腰から下は羽根蒲団の花模様におおわれて、裾は暗がりにぼかされながら、灯のそばに浮きあがった顔の、いっそ下ぶくれにふとって見えるまでに、いきいきと頰に赤みがさして、瞼あかるく、掻きあげた髪の額ぎわが光るほど白かった。

「どう、きょうの容態は。」

「いやねえ、おねえさま。病人あつかいして。」

「心のいたつきね。」

「いいえ、やっぱり肉体の異状らしいわ。」

「どこか調子がくるったの。」

貞子はさし伸べた手さきで、姉の手をもとめて、

「おねえさま。貞子、今夜ほんとのことといっちゃおうかしら。」

ぎゅっとにぎって来たその手の甲は燃えるようにほてっていたが、てのひらは冷かであ

った。福子のほうからも、ぎゅっと手をにぎりかえしながら、

「今までウソついていたみたいね。」

「ウソの中のまこと。」

「秘密の中の秘密ね。」

「いうわ。」

そこで、貞子はちょっと息をのんで、

「わたくし姙娠したの。」

おもいあまった声のはずみようであった。

「まあ、てこちゃん。」

とたんに、福子の手はつよくふるえた。

「おねえさま。そんなお目のいろで、わたくしをごらんにならないで、貞子、決してふしだらな娘じゃないわ。」

「それで、どうして……」

「どうして姙娠したとおっしゃるの。姙娠ということ世間にざらにあるわね。そして、その原因はみな一様にきまっているわね。でも、それはお医者の学問でかならずそうだときめられた原因じゃない。貞子、そういう原因に当るようなしぐさは、なにもしたおぼえないわ。お医者にみせたらば、どういうか知らない。けれど、お医者の学問て、そんなに万

能なのかしら。学問からはずれたところで、人間のいのちは生きているわね。お医者がどういったにしても、貞子が妊娠したということ、貞子のいのちとおなじに確実なの。」

福子はじっと妹の顔を見つめた。見合せた瞳は、たがいの顔がうつるほどに、しずかに澄んでいた。

「てこちゃん、今なにを見てる。」

「遠くのもの。」

「ずっと遥かなものね。」

「おねえさまなら、貞子が気がちがったというふうには、決しておもいにならないわね。」

「いいえ、決して。てこちゃん、あんまり正気すぎるわ。」

福子はベッドの枕もとにかけて、妹の肩をあたたかく抱きしめた。貞子はその姉の手にすがるようにして、

「おねえさまなら、貞子の見ているものがよくお見えになるわね。でも、おねえさまには、それはまぼろしね。貞子には、それがいのちなの。」

そのとき、福子はつい手の下にある妹のからだが突然消えうせて行くようにおもって、ぞっとした。夜のふけて行くけはいがスタンドの赤い笠にしずもって、窓の外の空には遠い月がかすんでいた。

六

越えて五月はじめ、はっきり晴れた朝に、大江徳雄は何度目かに二本榎の家をたずねて来た。いつも病気という挨拶で、玄関からすぐに引きさがって来ていたが、きょうはどういう応対をするだろう。やっぱりおなじことだろうか。それでも、病気見舞といって、無理にでも押しあがって行ったらばどうか。まさか肩に手をあてて突きもどすほどのことはしないだろう。病気見舞で、いいではないか。今までの附合からいって、それがむしろ自然ではないか。玄関さきでことわられて、いやに堅くるしいおじぎをして、すごすごかえるのはずいぶんみじめで、また不自然な恰好ではないか。つい式台に足をかけるようないきごみで、徳雄がその浪越の玄関に立ったときには、きょうは途中で買って来た切花の束を手にさげていた。

しかし、取次の女中にかわって、福子がそこに出て来て、上り口をふさぐようにぴんと立った姿勢に、徳雄はわれにもなくひるんで、つい靴をぬいであがるというこころやすい動作がとれなかった。その「やあ」という気がるな声がどうも出なかった。それにかまいなく、いきなり福子のほうから、

「まだ寝ておりますのよ。」

「あまりおわるくないようでしたら、ちょっとお目にかかれませんか。」

　福子は何とも答えないで、そのとき腰をかがめるようにして、式台の上に片足をすべりおろした。徳雄はそれが式台に膝を突いてなにか小声ではなし出そうとするしぐさかとおもったが、そうではなくて、福子は玄関の隅にあった草履を突っかけて、つと外に出た。玄関の横手に生垣がななめに伸びていて、庭に通ずる枝折戸がそこにあった。徳雄もしぜんあとを追うかたちで外に出ると、福子が立ちどまって、

「徳雄さん。あなた、貞子を愛していらっしゃるの。」

「愛しています。お許しがあれば結婚したいとおもいます。」

「そう。」

　福子は生垣のほうにあるき出して、枝折戸に手をかけながら、ふりかえって、

「貞子は姙娠しておりますの。」

　その声にも、顔つきにも、そぶりにも、わざとらしいような、また波だつようなけはいはなにも無かった。そう聞いたことばのほかには、なにものも読みとれなかった。福子はもう庭の奥のほうに行ってしまった。枝折戸はうしろ手に音もなくしめきられていた。

　徳雄はそこに立ちすくんだ。やがてその枝折戸のまえから離れて、門の外へと、いつ踏み出したともおぼえないふうに、ふらふらと出て行く足つきの、地に浮きながら、みずから追いたてて行くように、しだいに速く道のかなたに去った。門の柱の下に、花束が手か

らずり落ちて、小さい花びらの散ったのが石だたみに白く残った。

徳雄はほとんど夢中で、それでも高輪の大通にまでは出て来たが、すぐ西荻窪の家にかえろうという気がしなかった。父の大江徳民は追放ときまってのちは、今までよりもなお外を駆けまわるようになって、某保守政党の院外団というかたちで、一つ穴の追放仲間の同臭あい寄って作った丸ノ内の事務所とやらを足だまりに、せめては影の役どころでなにかのこぼれをねらうつもりらしく、いつも留守がちの家には母親はきのうきょう病気で寝ていた。これは夫の参議院議員失格が、当の夫の身によりも強く、持病の腎臓にこたえたもののようであった。花の無い木がおおい庭の、今は青葉おもく軒に迫るのが、いやにうす暗く、風の通りをさえぎって、天井の低い家の中に、ひとの息をつく隈はなかった。

徳雄はともかく山手の省線電車に乗って、品川から新宿にむかう途中、目黒でとまったとき、ついそこでおりた。そのおりしなに、ドアがこわれて板のささくれているところにひょっと手をぶつけて、深くはないが手の甲を傷つけた。赫と腹だたしく、いらいらしながらも、とりあえずハンカチーフをかたく傷に巻きつけて、しいて気をしずめてあるき出したが、見るまに布に血がにじんで、おさえるとなおにじんで痛みが肉にしみて来た。電車はとうに走りすぎてしまって、痛みのもって行きどころはどこにもなかった。おさえてもとまらない血のにじみと、傷のうずきと、赤く染んだハンカチーフとを、手ぐるみたたきつけるような殺伐ないきごみで、いわば八つ当りに、わっとさけび出ようとする力を靴のさきにこめて、都賀伝吉の家のほうに行く道の上を蹴りながらあるいた。その途中、神社の境内にはいって、坂をのぼりきった上の、杉の木のまえを通りかかったとき、ぎょっとするまでにあざやかに、底冷えのする二月の日の出来事、貞子に迫ったおのれのすがたがそこに浮み出た。そのおり貞子の手で突かれた歯の痛みが、今の手の傷のうずきとおなじくたしかに、げんに歯ぐきにしみて、口の中にひろがって来て、舌がにがく乾いて、涙は出ないが泣いたあとのように瞼がはれぼったくほてった。肌は汗ばむほどのきょうの陽気なのに、頰の肉はつめたくちぢれて、木の間を吹いて来る風にひりりとした。

都賀の家の庭からはいってみると、サロンの硝子戸がとざされてカーテンがおりていたので、裏のほうにまわって、伝吉の部屋の窓のそばに行くと、硝子ごしに、伝吉がベッドの上に寝ているのが見えた。向うでも気がついたようすで、寝ながらなにかさけんだらしかったが、その声は聴きとれなかった。案内を知った家の、縁側の低い手摺を越えてあがって、廊下づたいに行って部屋の扉をあけたとたんに、伝吉がベッドの上に半身をおこして、

「どうした。」

あびせかけて来たその声の調子に、徳雄はわが身の風態がひとの目にどれほど異様に見えるかをさとった。しかし、先方の伝吉とても、きょうはいつもとちがった恰好であった。ふだんあおあおと剃っている顔に、こわい髯がぼつぼつ伸びていて、眼のふちにくろ

ずんだ隈ができて、掛蒲団の下に投げ出している足の、裾からはみ出した左の足くびには繃帯が厚くまきつけてあった。薬のにおいがかすかに鼻を突いた。

「どうしたんです。」

おもわず、徳雄のほうから問いかえすと、伝吉はしかし事もなげに笑って、

「なっちゃいねえんだよ。こないだの晩、自動車にぶつかってね。もちろん酔ってたさ。まともにぶつかったら助からねえところだが、なに、ちょっと掠っただけだ。因果と、まだ脈があがらねえ。きみはどうした。追剝にでも逢って来たか。」

そして、枕もとのウイスキーの壜をとって、サイドテイブルの上にグラスを二つならべて波波とついだ。伝吉はその一杯をすぐ呑みほしたが、徳雄はグラスに手もふれようとしなかった。

「いやにふさいでるじゃねえか。」

「貞子が……」

呼びつけにそういって、あとに姙娠ということばがどうも出なかった。

「ふられて来たか。この縁談、見込なしかね。」

「姙娠したんです。」

一気にいってのけた。すると、伝吉が声に応じて、

「そうか。きみの子か。」

ずばりと突いて来たそのことばが、あきらかに見当ちがえで、それが徳雄にはいっそ痛くひびいた。何とも答えなかった。伝吉はどたりとあおむけに寝ころんで、

「それとも、ほかにいろおとこがあったか。貞子のやつ、強姦でもしなけりゃ、こどもの仕込めそうな女じゃねえな。だが、きみの子でもだれの子でも、おれの知ったことじゃねえ。おれはこどもを生む女なんか大きれえだ。あいつが腹のふくらんだ恰好なんざ、うふ、おかしくって目もあてられねえ。おれはそんなものには惚れてなんかやらねえよ。きみの女房になったにしても、もうくどく気はねえから、安心しろ。」

そのとき、徳雄はどうしてこういったのだろうか。

「ぼくは貞子を愛しています。」

「勝手にしろよ。ばかばかしい。」

伝吉は手を伸ばして、徳雄が手をつけようとしないグラスをとって、ぐっとのんでしまった。徳雄はそこにじっとしていたが、やがて立ちあがって、だまっておじぎをしただけで、外に出て行った。

もうどこに行くあてもなく、徳雄はまた目黒の駅にもどって来た。いったい何のために都賀の家などに行ったのだろう。それはどうも胸にあまってくるしい「姙娠」の一語をたれかにむかって吐き出すために行ったもののようではあった。げんに行く道すがら、みずからひそかにそうだとおもいこんでいたような心の部分があった。しかし、ほんとうにそ

うなのか。姙娠、それが何だろう。ついさっき揣らずも「ぼくは貞子を愛しています。」としぜんにわが口をついてながれ出たことばこそ、胸にあまってくるしい一語ではなかったか。いわば姙娠をきっかけにして、みずから心の奥に愛ということばを突きとめつかみ取ったかのようである。こんなにも深く貞子を愛していたということは、われとわが身ではじめて知った。今はもう浪越家の財産でもなく、他のなにかでもなく、結婚のこと姙娠のことでさえなくて、ここにくるしく見つめているのは、貞子、いや、貞子を愛しているおのれの心であった。心というものほど信用のならないものは、世の中にほかには無いだろう。夢まぼろしというものすら、心にくらべればずっと手ごたえがあり頼みがいがあるだろう。そのまやかしもののわが心だけが、しかも愛をはらんだ心一つが、今みずから頼む手がかりだとは、ずいぶんはかなく、かなしかった。まわりは赤の他人だらけの、世の中の瀬にただよって、それでも生きているといえるためには、「ぼくは貞子を愛しています。」と、ためいきに似たことばをたった一言吐くことしかなかった。目黒からまた乗り直した電車の中で、ひとごみに揉まれながら、汗くさい荷物の一つになって、どこに立っているのか、どこへはこばれて行くのか、ぼんやりしているうちに、横から急に押されて来たやつが、傷のあるほうの手を容赦なくぎゅっとこすったのに、堪えきれずさけんだほどの痛さで、ずれかかった布を解いてみると、やっとかたまりかけた傷口にまたなまなましく血がにじみ出していた。

車がとまってどやどやと、すごいいきおいで出ようとするむれにまじって、吐き出されたところが新宿のプラットフォームで、そこから中央線に乗かえて、これもまた似たようなひとごみの中に押しこまれた。時刻は昼すぎたばかりの、家にかえるには早かったが、ともかく西荻窪にもどるほかなかった。なるべくひといきれを避けて、窓ぎわに立ちながら、荻窪まで行くと、そこで一かたまりおりたやつがあって、車内がすこしすいて来たので、つぎの西荻窪でおりるためにドアのそばのほうに寄って行ったとき、かなたの窓のところに、こちらに背をむけて、すらりと立っている若い女のすがたをみとめた。貞子であった。

顔は見えなくても、ひとごみの中でも、ただの一目でそれを見そこなうはずはなかった。貞子にちがいない。八王子に行くのだろう。ここで貞子を見かけようとはおもっていなかったが、げんにそれを見ている今では意外とはおもわれなかった。つい近づいて行こうとはしないで、離れたままに、そのうしろすがたを眺めているうちに、西荻窪の駅はすでに通りすぎてしまった。さきへすすむにつれて、車内はだんだんすいて来て、あちこちに座席もあいたが、貞子はその位置をかえず、窓框にもたれて外のほうしか見ていないので、徳雄もまた立ちつづけているドアのそばからうごかなかった。あいだに立っているひとかずが減ったので、今は貞子をあきらかに眺めることができた。貞子のほうではまだ気がつかない。羽二重のようなまっしろな生地のツウピースを皺ひとつなくぴったり著て、そのしなやかな白いよそおいが窓の日ざしにきらきらするところに、生理が透きとおっていて、その中に「妊娠」があろうとも見えなかった。そして、徳雄もいつか妊娠ということをわすれていた。この透きとおった生理の中に、なにが宿っているというのだろう。おもえば、きょうの朝「妊娠」と聞かされたときから、貞子の胎内にこどもがいるということを、徳雄は実感としてうけとれないでいた。まして、その子がたれの子かという疑惑のほうには、かんがえが突きつめて行こうとしなかった。まのあたりに貞子が見えないところにさえ貞子の生理が作用して来て、そういう疑惑をもたせないようなぐあいであった。しかし、そんなぐあいに疑惑から切りはなされているということは、つまりだまされていたということではないか。それはこどもについての疑惑よりもさらにおそろしい疑惑であった。またもしかすると、その疑惑は絶対に疑うべからざるものをすら疑ってしまうような非がこちら側にあるということにもなるのではないか。今目のまえにたしかに見直している貞子のすがたは、一切の疑惑をきれいに消しているようでもあり、またもっともきれいな仕方で万人をだましているようでもあって、いわば見るこちら側の心の底と照らし合せながら、徳雄はなにものをも見さだめかねて、車の横にゆれるたびごとに、足を踏みしめているつもりでも、つかまりどころなくよろめきがちであった。それでも、何といおう。もし口に出してなにかいうとすれば、やっぱり「ぼくは貞子を愛しています。」というほかのことばは無かった。車はゆれながらやがて八王子についた。

車をおりるまぎわになって、貞子はようやく徳雄に気がついた。しかし、顔つきにあらわれたかぎりでは、徳雄がそこにいることにおどろいたようなけしきは見えなかった。徳雄はつづいておりて、駅の出口まで来て、乗越料金をはらいながら、ひょっと貞子がそのひまに逃げて行ってしまうのではないかとおもった。そして、いそいで改札口を出て見ると、貞子は待っていたというふうでもなく、逃げて行くというふうでもなく、ひとりさきのほうにあるき出していた。

徳雄は足をはやめて近づいたが、肩をならべるところには至らず、あとにしたがって、どこまで行っても、貞子はゆっくりあるいているのに、徳雄のほうはあたかも息をきって追いかけて行くような恰好であった。貞子は手に小さい鞄をさげていたが、徳雄はそれを代ってもとうとはしなかった。そういう申出をするということが、今はもうかんがえられなかった。両側に家のつづいているあいだは、口をきかなかった。

家がつきて、畑のある道に出て、片側はながい垣根の、なにか白い花が咲いているところに来たとき、徳雄はうしろのほうからはじめて声をかけた。

「御病気はいかがですか。」

ことばの調子がこれまでよりもずっと丁寧になっていることに、ほとんどみずから気がつかないようであった。

「ええ。」

貞子はぼんやりした声でそういった。それは何の意味とも聴きとれなかった。

「農園にいらっしゃるんですね。」

「ええ。」

向うに、ながい垣根のつきたところから、両側はひろびろと畑になっていて、その中をまっすぐに突きぬけて行く道のかなたに林があって、そこから道が折れて行くあたりに、茂みの上を越えて、かなり大きい建物の、まだ工事中のもようながら、あらかた出来上りかけているのが、あるくにしたがって、次第にはっきり見えて来た。

「あれがあたらしいお宅ですね。」

「父の家の最後のものです。」

「あなたはあそこにお住みになるのですか。」

「わかりません。」

片側の垣根がつきようとする、そのはしにまで来たとき、徳雄は突然地を蹴って、ぱっとまえのほうに飛び出して、貞子の行手をさえぎるように、まともにむいて立った。

「ぼくはあなたを愛しています。」

息のあえぎがそっくり出て、いっそあらあらしい声であった。貞子は垣根のそばに押しつけられたかたちで、足をとめたまま、何とも答えようとしなかった。徳雄は狂おしく光った眼のいろではあったが、指ひとつうごかそうとはしないで、ただうごくことを知らず、そこに突っ立っていて、いつまでも立ちつくすけはいが強く迫った。貞子はくず折れたように、かよわく、垣根の下にある石に腰かけながら、しかしいつまでも答えようとはしないで、徳雄の顔も見えず、ことばも聴えないふうに、茫とした眼で遠くの、いちめんに畑のひろがっているほうを見ていた。その腰かけた石のそばに、貞子は小さい鞄を置いて、無心に垂らした手のうちに、いままで脇にかかえて来たみじかい日傘の柄をにぎっていたが、日傘のさきはしぜん地にふれていた。ときに、その日傘のさきが、いわば貞子の知らないうちに、ひとりでにうごいて行くふぜいで、土の上にひそかにすべって、それがなにか書いているかのよう、書かれたもののかたちがなにかの文字になっているかのようであった。そこに、ふっと、徳雄の眼が、上から見おろしている眼がとまった。何だろう。どうも文字であった。横文字のようであった。日傘のさきを追って見ると、そこのやわらかい土の上に、IHSと読めた。とたんに、徳雄のすきを突いたぐあいに、貞子はすっと立ちあがって、あるき出した。徳雄はあわててあとを追った。

IHSとは、何だろう。何のことだろう。徳雄はうっかりそれが当節流行の横文字の略語、たとえばGHQとかCIGとかいうのとおなじたぐいのものかとおもいなしたので、その方向に略語の記憶をさぐりはじめて行き、ますます判らなくなってしまった。それが貞子のもっている蒔絵の小箱、げんにこの小さい鞄にはいっている聖餅箱の蓋の上に記されている文字だとまでは知るはずもなかった。しばらく行くうちに、徳雄はひょっと気がついた。何のことだ、判りきっているではないか。IHS人間の救主イエスではないか。しかし、それがどうしたというのだろう。IHS人間の救主イエス。それが貞子にとってなにものなのだろう。眼をあげて見ると、貞子はさきのほうにあるいて行く。ひろびろとした畑の中を突きぬけて伸びた白い道のさきに、風がさっと吹きとおって、さわやかな風のいろが貞子のまっしろなよそおいに当って波のように光った。そのとき、徳雄は熱した瞳に、ついいましがた土の上で読みとった三箇の横文字がはっきり、くろぐろと、貞子のよそおいの上にうつり出て、風の中に透きとおって、IHSと光ったのを見た。たちまち、徳雄はほとんど地に膝を突こうとしたほどに戦慄した。IHSそれは貞子の生理の中からでなくて、どこから光り出たのだろう。たしかに、それは貞子の内にはらむものにちがいなかった。今や貞子の胎内のこどもであった。あわや吹き去って行く風のうちに、一瞬にしてさっと消えた三箇の横文字の、くろぐろと打った刻印に於て、たま消えるまでにせつなく、瞳にしみて、貞子の懐胎をそこに見た。

　道は林の中に入って、貞子はふりむきもせず、さきにあるきつづけた。まっしろなよそおいは青葉のいろに染まった。徳雄はあとにしたがいながら、眼を伏せて、しいて貞子のほうを見ようとしなかった。さきに行く貞子はかぎりなく遠く、あとにしたがうわが身は、あえぎ傷ついて、手に巻きつけた布は血にまみれて、かぎりなく小さかった。すると、貞子はあるきながらに、やっぱりふりむかないままで、こういった。

「あなたは世の中のたれにもまさって、わたくしを愛していらっしゃるの。」

「ぼくがあなたを愛していることは、あなたがよく御承知です。」

「……」

貞子はなにかいったが、徳雄はそれが聴きとれなかった。

すこし行くと、ふたたび、

「あなたは世の中のたれにもまさって、わたくしを愛していらっしゃるの。」

「ぼくがあなたを愛していることは、あなたがよく御承知です。」

「……」

徳雄は耳をすまして聴こうとつとめたが、今度もまた聴きとれなかった。

またすこし行くと、みたび、

「あなたは世の中のたれにもまさって、わたくしを愛していらっしゃるの。」

「あなたが御承知ないことはありません。ぼくがあなたを愛していることは、あなたがよく御承知です。」

「……」

今度こそ、ほのかではあっても、徳雄はそのことばを聴きとったようにおもった。しかし、それは何ということばであったろう。それを心ひそかにくりかえすことは畏ろしく、もう一度口に出して聴き直すことはさらに畏ろしかった。ともあれ、耳にほのかに聴いたとおもったそのことばは「わが羔羊《こひつじ》をやしなえ」とひびいた。ぞっとした。ふかい懼れである。人間のかりそめに口にすべからざる此世ならぬことばであった。たちまち、この林の中は聖書の世界の中に割りつけられたようであった。徳雄はおそるおそる眼をあげて、貞子のほうをうかがうと、青葉のいろに染まったまっしろなよそおいが聖霊にみちたすがたと見えた。また、その青葉のいろの、いよいよ濃く、心に染まるまでに青いのが、人間の苦患のいろとも見えた。

いつか林を通りぬけて、道の折れて行くつい向うに、茂みを区切って、大きい木の柱が二本立っていた。そこが農園の入口であった。そのそばまで来ると、貞子は突然いそぎ足に門の中に駆け入ろうとした。もう青葉のいろから抜け出して、あからさまな日の下に、まっしろな裳をひらひらさせて、風ににおうほどに、つと駆け出して行くのが、さすがに若い娘の、いろっぽいふぜいでもあり、しかしまた永遠の旅人なんぞの、かりにくぐった門の内、家の中にはとどまらないで、そこを突きぬけて、もっとさきの、遠いはるかな道のほうに走りつづけて行くというけはいでもあった。とたんに徳雄は猛烈ないきおいで、ほとんど血相かえて、あとから走りかけた。それはついさっきの林の中の顔つきとはがらりとちがって、かつてたった一度貞子から強引にくちびるをうばったときのすさまじさに似て、あたかも今この機を逸しては永遠に逃げて行ってしまうだろうくちびるを、せめて最後にもう一度引きとめ追いかけて行くかのようであった。貞子のすがたはもう門の内側に、そこの工事小屋に立てかけてある材木のかげにかくれた。徳雄がつづいてそこに駆け入ろうとしたとき、まのあたりの二三間さきに、がらがらと、材木の中のふといやつが一本たおれかかって、それにつれてまた何本か、ひどい音をたてて、もろに折りかさなってたおれて来て、ものすごく地ひびき打った。人間がなにを建てても、いつの日か根こそぎに、善意も悪意も一様に打ちたおしてしまうおそろしい力の、そのさきぶれの、遠鳴かとも聞えた物音であった。

善財

一

北の向い風の、はげしく吹きつけて来たのとともに、猛りたった波がまたも一うねり、当身というきおいで、もろに船の横腹をたたいて、ゆらいだ甲板の上の、舵とりの室にまで、いちめんにしぶきを噴きあげた。小さい古い船である。朝、房州の港を出たときには、うす日のさしていた空が、沖にかかったころから、しだいに荒れはじめて、雲ひろがり、冬の水のけしきすさまじく、幾重にも垂れかさなった雲の下に、跳ねあがろうとする波がしらをぐっと圧されて、灰色の海面が彎曲した。雲は雨をとじこめて、切って落さない。そのひまに、船は早く早くとあせったかたちで、身もだえしつつ、波を嚙み分けて、じりじりとすすんだ。いつもは東京まで五時間ほどの航程だが、それが途中でたっぷり四時間は遅れそうにおもわれた。ようやく品川ちかく、いくさで破壊された台場のあたりを越したとき、夕方の五時であった。はらはらと、白く、つめたく、みぞれになった。みぞれの淡くけむる中に、まばらに浮いている陸の灯がぽつぽつと数をまして、北寄の岸の一劃にあつまって行くふぜいで、そこだけきわだって明るく映えたところが芝浦の桟橋と見えた。それはつい向うに見えても、船はなかなかたどり著かない。その灯の色のかなたに、涯なくひろがった暗い寒いむなしい町が、しかし、雲が颪をはらみ雨をふくんだように、内に秘めたえたいの知れぬ力の、陰陰たるひしめきを、海にうつし出し打ちかえしていた。昭和二十二年の一月はじめ、猛火のあとのくすぶりがまだそこにおった。

小さい船にはあふれるほど、人間が詰めこまれていて、いずれもうすよごれのした服装がさらに濡れしおたれているのに、それでも人間の臭みよりは、魚の臭みがつよく鼻を刺した。というのは、この船はもともと魚を積んではこぶためのもので、その臭みが船底の板にしみこんでいるせいだろう。これが人間を積んでいるのは、鉄道の輸送力がまだまだおもうように回復するに至らないからであった。甲板の上に数メートル高く、せまい楕円形の壇がきずいてあって、そこを半分に仕切って、前方の硝子窓でかこった内部は、舵と作りつけの窮屈な寝台とでぎっしり、すなわち操縦室兼船長室という設備になっている。後方には何の設備もなく、吹きさらしの床のままで、とぐろを巻いた太い綱などが置いてあり、前方の室の羽目板がこちらに背を向けて、それにペンキで記された文字が、十郎丸、四四・三九噸と読めた。今はその床から鉄の梯子にかけて人間がいっぱい、立っているやつもあり、すわっているやつもあり、その中のひとりに、筧宗吉がいた。

筧宗吉がいくさののち東京に出るのは、これがはじめてであった。まる一年七ケ月ぶりである。東京の焼きはらわれた年の六月に、徴用あわただしく、房州の南端にある国もとに呼びもどされたのが、ついきのうのことのようというよりも、むしろ時間の無い錯覚に似た。まったく、いくさ以来二十一歳になる今日まで、諸事のべつに錯覚ずくめであった。おととしの五月、大井町の寄寓さきであやうく猛火から焼けのこったときには、まだ某宗教大学の予科にかよっていた。この宗教大学にはいったというのは、坊主を商売にするためでもなく、またとくに宗教を学問するためでもなかった。家は漁業をいとなんでいて三男の宗吉に学費を給するぐらいの余裕はあり、仕事はなにをしようと当人まかせになってもいた。その当人が、ここあそこと迷わずに、みずから一途に撰んだ学校である。学校は禅の一宗に関係していた。そして、この学生は当時ほとんど禅に於て生活の仕方をみつけようとするまでにおもいつめた姿勢を示した。けだし、いくさのうっとうしい季節にあって、漠然たる宗教的信仰への傾斜が、いや、信仰一般への明白なる拒否が、かえって少年をそこに押しやったのだろう。少年の智慧は未熟ではあっても敏感に、煙硝の目つぶしをくわされた身のあがきを霊魂の振方として受けとって、そのおちつきさきを窮屈な生活の場の中に無器用な手つきでさがしたようなぐあいである。ただし肝腎の学校では、もっぱらいくさの稽古にいそがしく、宗教にも生活にも、およそ霊魂の相談に乗ってくれるような優長なそぶりは微塵も見せず、おかげで余計な悪智慧を吹っこまれる被害はまぬがれた。禅なんぞについてはじつにさばさばとしてなにも教えてもらわなかったが、生活の仕方のほうではそれがために損したとかこまったとかいう事情はぜんぜん無かった。すべてそういう消息は、月日のたつにつれて、しぜん当人の目にはっきり見えて来たことである。それでも、無益ながら霊魂の始末に気をつかっただけ、はやりもののいくさ理念から身を遠ざけることになったのは、衛生上わるい結果ではなかった。ところで、東京が軍の願望どおり焦土となったとき、当時十九歳のこの少年は、流行の中に身を投げたようなぐあいに、どうして突然飛行機の特攻隊を志願しようとおもいたったのであろうか。これは、しかし、いくさ理念とは縁の無いものであった。おもえば、単にスポーツの精神であったということができる。火をふらして襲って来た相手の青年たちとても、なにもいくさ理念一本につらぬかれてわっと飛びあがったわけではないだろう。空の試合に生死を賭けた一瞬はかならずやスポーツ精神の発現であり、おおきにプロフェッショナルでもあったのだろう。それに対抗して、青春の気合がむしゃらに、アマチュア小飛行家が飛び出したとしても、その形而上学的意味をむざむざといくさ理念に食いとらせてしまう手は無いはずであった。実際には、宗吉は特攻隊志願よりもさきに国もとの飛行機工場に徴用されたが、それでもなお空の夢はあきらめなかった。母親がおろおろして、「だって、おまえ、飛行機をつくるひとになっているんだから、それでいいじゃないか。」というと、きっぱりした答で、「間にあわない。」母親はそれを愛国心の発露かと勘ちがえして、呆れたものか、叱ったものか、または尊敬したものか、ちょっと戸まどいした。じつは、反対に、こいつ、愛国心の割宛からの必死の脱走というにちかかった。飛行機工場で製造されていたものは飛行機よりも愛国心の鋳型であって、それは空を飛ぶ代りに地にばらまかれて、毒気は猛火よりもひどく、草を焼き、ひとを殺し、完璧に愛国心をほろぼした。その工場から、狂った地上の現実の一切から、一気に飛び立って、息をふきかえすべき場所は、十九歳の健康にとっては、空の夢よりほかには見出せなかった。必死の覚悟なんぞという野暮なしろものではなくて、当人はいっそのんびりした夢であった。この夢の実現はたしかに間にあわなかった。というのは、つい二三ケ月ののちに、いくさの悪夢がおわったからである。そのときから一年何ケ月のあいだ、宗吉は国もとの家にごろごろして、依然としてのんびりと、空を飛ぶ代りに海をながめたり山にのぼったり、つまりなにもしない日日をおくった。それがこの正月になって、ふっと東京に出てみたいとおもった。田舎者の都見物に似たきもちである。家から旅費をふんだくるために、名目はもとの宗教大学に復帰ということにしたが、宗教も大学も今はくそ食らえであった。さいわい、もといた大井町の寄寓さきはつつがなく、荷物もあずけぱなしになっていたので、当座の宿にはこまらないはずである。ほかに屈托もなし予定もなし、貧棒くさい反省なんぞは御方便にも文化屋商売の不潔なおとなが一手に請負っている世の中になっていた。かえりみて、なにを反省することがあるのだろう。禅といくさ理念拒絶と特攻隊志願とでは矛盾があるのかも知れないが、その矛盾に於て十九歳の生活が充実していて、悔いるべき筋合は毫末も無かった。それはみな錯覚というものだろうか。じつに錯覚を生活しつづけたがゆえに、しまったとおもうような穴ぼこはどこにも無い。青春を生埋めにしないですんだということである。あらためて見る東京に対しても、そこにうようよしている有象無象に対しても、またその土にはえた新案の生活意匠に対しても、やりきれないとか、はずかしくて顔があげられないとかいう予感は、きれいさっぱり、影もかすめなかった。宗吉は顔をあげて、魚くさいぼろ船の甲板の上から、うっとり芝浦の灯をながめた。眼のさきに、みぞれの白くちらちらするのは、また性こりなく、これからも見るであろうさまざまの新規の錯覚の、荒いかすり模様のようであった。

さっきから、この十郎丸の船長志方大吉がくりかえして「宗ちゃん、こっちにはいれよ。」と声をかけたが、「いやだ。」宗吉はびしょ濡れになったまま吹きさらしに立ちとおしていた。船長はまたかというあきれた顔つきをした。たしかに、よく知ったひとのあいだではまたかとおもわれるほど、宗吉の剛情はめずらしくはなかった。しかし、船長室にはいることをいやだといったのはかならずしも剛情のためではない。ひとがみな濡れているのに自分だけ濡れないところに避けるということ、およそひとびとの不幸不運の分前の中で自分だけ特別にはずれるということがずいぶんさびしく、かなしく、それは不吉なことでさえあった。それゆえに、いやなのである。もしかそういう態度を同情、憐憫、虚飾、偽善なんぞの、いささか優越ぶったおもいいれの仕打のように見られたとしたらば、宗吉は赫と逆上して、ひとりでじれて、わめき、あばれ出すにちがいない。げんに、こどものとき、菓子でもおもちゃでも他のきょうだいにあたえられなかったものが自分にだけあたえられなどすると、きまって「いやだ。」であった。母親がうっかり見当ちがえに「感心な子だね。」とでもいおうものならば、大あばれにあばれて手がつけられなかった。いくさのあいだの飛行機工場で、筧の家と懇意の工場長がなにか特典をあたえてくれようとしたときにも、やっぱり「いやだ。」で押しとおした。それはかげで、へんな性分とも、損な性分ともいわれた。宗吉のほうでは、特典一般にぶらさがろうとあせることこそ、ぶざまであり、貧棒性であった。そのいやらしさ、みじめさに堪えられなかった。まったく、せまくるしい船長室の片隅にもぐりこむよりも、風と波とみぞれとに堪えたほうが息のつまることはないだろう。それに、甲板に立っていると、展望がのびのびとひらけた。宗吉は元来乗物の上から四方のけしきを眺めることを好んだ。東京の町をぶらぶらあるくとき、地下鉄よりは、おそい路面電車をえらんだくらいである。今、船のすすむにしたがって、芝浦の灯はしだいに明るく、空に映えて、そこに東京の顔が茫と大きくうかみ出た。その東京の顔の中に、ぽつりと一点、淵に花をおとしたように、白く、小さく、しかしいやにたしかに、一つの顔が宗吉の眼を打って迫って来た。ある少女の顔である。じつは、その顔は東京が焼けたとき見うしなったきり、今日までのあたりに見るおりをえないものながら、心に深く印しのこされていて、国もとにすごした一年何ケ月のあいだ、さすがに影はうすれかかったが、ここにまた地理的に東京にちかづいて行くとともにたちまち時間的距離が消えうせたぐあいに、胸の底からぱっとにおい出して、宙に咲きひろがり、遠い記憶は切実なまぼろしとなって、それはたったいま突発した事件に似た。けだし、錯覚の中のもっとも大きいものだろう。そういっても、みぞれのちらちらを透かして、つい向うに見える芝浦の灯とおなじく、この白い小さい顔は見そこないようもなく、いっそあたたかに、またくるしげに、眼路にとどまった。

船はようやく芝浦に著いた。ここは当時ほとんど外国であった。町に出るためには、橋をわたらなくてはならない。橋のたもとには関所がもうけてあった。波止場から関所まで、疲れたひとびとはそれでもほっとして、行列をつくって、ぞろぞろつながって行った。橋を越すと、すぐ行列がくずれて、暗がりの中にばらばらと散って行き、宗吉はひとりで、おもいリュック・サックをしょい鞄をさげて、焼跡の水たまりをよけながら、田町の駅のほうにいそいだ。みぞれは小雨にかわって、ちょっとやみそうもない。大井町の寄寓さきに著いてから晩めしというつもりでいたのに、船が意外におくれたので、ひどく腹がへって来たが、どこで弁当をひろげたものか、焼跡の案内がさっぱり判らず、しぜん道にまごついたような恰好になった。

「宗ちゃん、めしを食おう。」

うしろから声をかけられて、ふりむくと、志方大吉がまぢかに寄って来た。厚ぼったいオーヴァを著こんで、傘もさしている。

「船長、どこへ行くの。」

「来いよ。」

ぐいとつかまれた腕を、しかし、振りほどこうとはしなかった。めしを食うということは、いやではなかったからである。それに、宗吉はこの大男の船長が何となくすきであった。志方の船と筧の家の漁業とは関係がふかかったので、これはまえからの知合であった。志方は今でこそ四四・三九噸のぼろ船に乗ってはいるが、いくさのあいだは運送船に乗って何度も遠く南の海に往復した。そして、海上の体験からえた勘に依って、空の雲行を見るように、いくさの雲行に見きりをつけることでは、たれよりも早かった。航海のたびかさなるにつれて、負いくさ、いよいよぴんと応えた。げんに、最後の航海には、乗組の中でまっさきに船に酔ったのはじつに火夫であったということを目撃させられた。ひとだねが切れて、しろうとを狩りあつめた証拠である。勝手にしろ。志方は船長室にふんぞりかえって、自分は酒に酔うことにきめて、海軍の月給取にむだのみされるはずの上等のウイスキーを幸便に手酌であおって、おりしも都合よく船は戦闘機の機銃掃射のために大穴をあけられたが、心のこりの一壜もあまさないまでにのんだくれた。この男にとって、いくさは、船でふんだんに酒がのめたということのほかには、何の意味ももたなかった。したがって、負いくさののちは、今度は酒をのむ場所が陸にうつったというだけのちがいになるのだろう。

宗吉はさそわれるままに、田町の駅のまえから右にきれて、焼跡のくろぐろとひろがった中にタンクが立ち溝の水のよどむあたりを、それでも踏みのこされた道筋をたどって、すこし行くと焼けのこりの片側町で、さきに立った志方がその左側の黒板塀にすり寄ったと見えたが、とたんに、ふっとそこに吸いこまれた。いや、門はあったのだが軒灯が消えてくらい敷石の上を、ずかずか踏みこんで、格子戸をあけると、「おーい。」「あら、シーさん。」足のさきで短靴をぬぎすてながら、宗吉のほうに、

「おい、あがれよ。」

とっつきの梯子段をあがって、二階の奥のざしきで、窓硝子のこわれたところに紙の貼りつけてあるけしきながら、床の間にはあやしき美人画、花模様の蒲団がかかっている炬燵に、うずみ火ぐらいの支度はあった。

「ここのうちは、なに。」

「当時、旅館だ。」

茶も出さないさきに、宗吉はリュック・サックを引き寄せて、中から包をとり出して、

「船長、食わないか。」

「おい、いくらインチキ待合でも、あがってすぐに梅干のにぎりめしを食うのかい。」

「どうして。ぼく食うよ。」

「酒はのまないのか。」

「いい酒があれば、のむ。」

　志方はそばにあるオーヴァのかくしに手を突っこみ、抜き出したやつを、とんと炬燵板の上に置いて、

「こいつはいけるぞ。生一本のイモ焼酎だ。」

　そして、上著のかくしから小さい錫のコップをつかみ出すと、その四合壜をかたむけて、八分目ほどついだのをぐっと干して、つぎの一杯を宗吉のまえに押しつけるようにした。宗吉はそれをちょっと嘗めてみた。ほのかなサツマイモのにおいもあくどからず、たしかに「いける」ものであった。

「なかなかつよい。」

　志方はわざわざマッチをすって、板の上にこぼれたしずくに近づけてみせた。ぱっと、青い炎がゆらめいた。

「どうだ、燃えるだろう。」

「三宅島だね。」

「味がわかるか。」

「うむ。」

宗吉はこどものときから舌の感覚が非常に鋭敏であった。口にはいるものの本質につき、舌が神秘的な洞察力をもっているかのように、これはうまいもの、これはまずいものと明確にあじわい分けて、そのうまいまずいがただちに好悪となって、まずいものはどうしても口にはいらなかった。それは世にありふれた食道楽の撰りごのみとはちがうものであったが、そのことがはじめのうち周囲に理解されず、こどものくせにと、よく叱られた。しかし、やがてひとがこの特殊な舌のはたらきを承認したというぐあいに、宗吉のわがままはどうやら家の中で通用するようになった。もっとも、この舌のおかげで、いくさのあいだの東京では、げっそり痩せた。きもちの上でこそ、ひとがみなまずいものを食わされているのに自分だけそれを拒むということに堪えられなかったが、いや、きもちよりはまず生理的にのべつに空腹に堪えられなかったが、舌のほうはほとんど分離的に、頑強にうまいまずいを押しとおした。そして、食いもののまずさに於て、てきめんにいくさ理念のまずさを嚙み分けて、双方ともに咽喉にとおらなかった。自分が理念の食いものになることをまぬがれたのは、じつは例の霊魂の心配よりも、餓死を賭けた舌の功というべく、なにがさいわいになったか知れない。まことに、負いくさは霊魂を救ったかどうかはともかく、まがりなりにも舌と物の味とを救った。やっと一年何ケ月かののち、青春の血色をとりもどしたのは、国もとのくらしの食糧事情に依るのだろう。今ここに食っているにぎりめしにしても、筧の家は漁業のかたわら農園をいとなんでもいるので、米、梅干ともに自家製の最上のものであった。

やがて、酒とビールとがはこばれ、料理の皿もならんで、女ども三四人、芸者とも女中とも地女とも判別しかねる風俗のものどもの、ただそうぞうしく、むしろ座の興をそぐために配置されたが、それは宗吉の目には、ごたごた出ている料理とおなじく、とても味わうに堪えないまずいものとしか見えなかった。志方は酔いがまわるとめちゃくちゃにさわぐたちで、その相手をしてしゃべっていた三十三四歳の女の、オカミと呼ばれるやつが、これもいける口らしく、猪口を干しながら、ながし目に宗吉のほうを見て、

「こちら、ちっともあがらないのね。お一つ、いかが。」

「いやだ。」

まずそうな酒だから、とまではいわなかった。

「御挨拶ね。おビールはどう。」

「うむ。」

ビールならば、まあ無難であった。宗吉はビールとイモ焼酎とをちゃんぽんにのみながら、またリュック・サックの中から包をとり出して、塩豚にバタ、塩豚は自家製のもの、バタは三里塚牧場の産で、それをさかなに、ここの料理にはぜんぜん箸をつけないのを志

方も気がついて、

「宗ちゃん、これだけ御馳走がならんでるのに、どうして食わないんだい。」

「こっちのほうがいい。」

「へんなやつだなあ。」

宗吉のほうでは、先刻から志方のことをへんなやつだなとおもって眺めていた。この男は酒でもビールでもイモ焼酎でも手あたりにぐいぐいのむ。料理もやっぱりいっしょくたに、肉でも魚でも、さしみなんぞは一人前をふた箸ぐらいでえいとかたづける。のむこと、くうこと、一気呵成のめざましい早業で、ゆっくり味わうなどという間のぬけたことはしない。口はただ胃の腑に物を送りつける通路にとどまり、したがって舌は無きにひとしく、その代りにたっしゃな歯がそこにあった。ビールのふたをあけるのに、栓ぬきがそばに見あたらないと、歯でがりっとこじあける。ほとんどキバであった。釘をも嚙みくだきそうである。そして、口にはいるものならば、釘でも「御馳走」なのかも知れない。つまり、この男にはまずいというものが無かった。すべてがうまいものであった。志方の歯は完全に宗吉の舌を無視していた。宗吉は無視されつつ、またあきれつつも、しかし志方の歯のはたらきをあっぱれとおもわせられた。宗吉の舌の感覚に依る分類では、この志方というものがしぜんうまいものの部にはいっていた。

志方は女どもの中でついそばにいるやつを、無雑做につかまえて、ひょいと脇にかかえた。歯と同様に力のありあまった腕のことだから、いつもそこになにかを、鉱物なり動物なりをとまらせておかなくては、所在なさにむずむずするというわけだろう。女のほうがわざと悲鳴に似た声をあげて膝の上にふざけかかると、志方はコップを大事そうにもったまま、ビールの泡を払うような手つきで、片手でそれを軽く払いおとした。女の裾がみだれたわりに、ワイセツな光景になって来ないのは、志方の姿勢がくずれないでいるせいだろう。すると、宗吉のわきに附いていたのが、とたんに姿勢をくずして、いやにあだっぽい演技で、舟が乗り上げるように膝からすり寄って来て、

「あたし、こちらと仲よくするわ。」

　女どもが声をそろえて、

「ママさん、いいわねえ。」

　宗吉は肩で突きかえしながら、

「いやだ。」

「そんなにはにかまなくてもいいの。」

　宗吉は赫と顔がほてった。かならずしもいやだからではなかった。じつは、ここにいる女どもの中では、このママさんとかオカミとか呼ばれるものは、年かさではあったが、著附もくたびれず、しぐさに修練のみがきがかかって、耳のうらに垢をためているやつらにくらべてはまあ「いける」ほうであった。それをいけるとおもったことで、宗吉は虚を突

かれて、ひとりであわてて恰好がつかなくなった。堅くなればなるほど敵に肚のうちを見すかされそうである。この破綻は不慮の誤算に似た。もう一つの誤算は生一本のイモ焼酎のききめをかんがえないことにあった。もともと酒量に自信もないのに、ビールにまぜてのんだやつで、がっくりと、ひどく酔った。目のさきがかすんで、はなし声ががやがや聞えるばかりで、手の下に女のからだがあるかどうかさえ判らなくなるまでに、茫として来た。

気がついたときには、蒲団の中に寝ていた。そして、女のからだがいつか自分のからだの下にあった。それを「いやだ。」といわせないようなものが女のうちに、いや、自分のうちにあって、意識がまごまごしているあいだに、肉体のほうがいちはやく敵の攻勢に便乗した。今や事態明瞭である。すなわち、それからさきはますます茫として、肉体一本槍で、ひたすら猛烈にたたかい完全に気絶した。ふたたび気がついたときには、女のからだはもうそこに無かった。しかし、どうしたって錯覚ではない。蒲団のぬくもりはさめても、肉体の純潔の上に刻印がのこった。というのは、宗吉はここに生れてはじめて女のからだを知ったからである。ひどくたわいがなかった。あやまちにも、つまずきにも、それは何ということもない阿呆なしぐさでしかなかった。しかも最悪なことには、それはやっぱりいいきもちであった。そのことが絶望的にかなしかった。船の上から、国もとから見つづけて来た少女の顔が、絶望の中に、急にはげしくまぢかに迫ったかとおもうと、また急に影うすく去って行き、また近くに、また遠くに、ゆらゆらとして、遣瀬なかった。

稲富伊奈子をはじめて知ってから、もう五年になる。知ったというよりも、正確には見たというべきだろう。大井町の寄寓さきの筋向うが稲富の家で、こちらの二階から向うの二階の窓が見え、したがって、そこを部屋にしている少女のすがたをときどきあいた窓ごしに見かけた。おもてで逢えば、ちょっとおじぎをする。ときには挨拶を、それもほんのふたことみこと、することもある。しかし、たったそれだけであった。打ちつけにしろ、遠まわしにしろ、恋慕をほのめかしたこともなく、文なんぞをつけたこともない。それでも、恋は恋である。いや、当人のきもちでは、純粋の恋愛であった。そのきもちは、いくさにも猛火にもたたっ切られずに、今日までつづいた。二つちがいの、ことしは十九歳になるはずの伊奈子をいまさら少女でもないだろう。そういっても、これはやっぱり少女としかおもえなかった。すなわち、宗吉は伊奈子についていまだにその肉体の純潔を信じてうたがわなかった。そう信じた唯一の根拠は、おもえば、自分の肉体の純潔といううたがいようのない事実にほかならず、それだけに完璧な信頼であり、ぜんぜん不安を知らなかった。突然、今夜の一撃である。上陸匆匆、ほとんど不意打、だましうちであった。それは過失ですらなく、また恥辱ですらなかった。じつに自分の肉体のしたことが生活に於ていかなる意味をもつのか、何の意味ももたないのか、判然としないというところに、ぶきみな不安があった。少女に対して、自分の恋愛に対して、すまないという気はおこらない。すむもすまないもない。ただ自分の肉体についての不安の中に少女の肉体まで巻きこまれて来たということが、恋愛にとって、凶の卦であった。この不安は夢ではない。さながら物質であった。ここの室内にあらくれる風、波、みぞれのようであり、先刻ぼろ船の上にしっかり立っていた自分のからだが今やぼろ船に似た。室内の電灯は消してあるが、窓の戸のすきまから光が細く強くさしこんでいる。いつか夜があけたのだろう。窓には風の音も聞えず、外はしずかな正月の晴天にちがいない。空は碧く澄みわたっているのだろう。その晴天が何となくたのしそうにおもわれた。それをたのしいとおもうような心がちらりと自分のうちに掠め過ぎた。不安の中に快感があるということが、哀愁よりももっと堪えがたく、いやなものであった。油断していると快感のほうにずるずるに引きずられて行きそうな危険をふっと感じて、それがどうにもいやであった。

「おい、どうした。おきないか。」

いきなり襖があいて、志方大吉が遠慮なく踏みこんで来た。そして、がらがらと荒っぽく窓の戸をあけた。光がいちめんにながれ入って来た。宗吉は蒲団をまくられでもしたように、あわてて飛びおきた。口をきく気がせず、しぜん顔をそむけた。

「寐ぼけるなよ。まだゆうべの夢のつづきを見てるのか。うまいことやりやがったな。オカミはくたくたになって、まだ下の部屋で枕があがらない。よかったといってたぜ。年増を泣かせるとはすごい腕だ。きみ、こどもだとばかりおもってたが、見直した。あっぱれだ。」

　宗吉はむっつりおこったような顔をした。

「てれるな。おい、湯にはいりに行こう。ここのうちの風呂は釜がこわれてだめだ。近所の銭湯で特別に朝風呂をやってるそうだから。」

　宗吉はいっしょにタオルをぶらさげて、どてらのまま外に出た。

「おい、これからときどきあすこのうちに行って、かわいがってもらえよ。」

「いやだ。」

　どなりつけたつもりであったのに、その声は低くしゃがれて出た。

「ばか野郎、なにがいやだ。おれなんぞは十六のとしにリンビョウになって、十七のとしにはこどもをあっちこっちに三人こさえてら。おまえなんぞはこれからだ。しっかりしろ。」

　湯屋はまだ表の戸をあけていなかった。志方は顔なじみとみえて、裏にまわって釜場から中にはいった。客はひとりも来ていなかった。流し場がひろびろとして、硝子窓があかるかった。

　宗吉は湯舟にはいろうとしたとたん、志方の汲んだ手桶にいっぱいの湯を、ざぶりと、あたまからあびせられた。

「あつい。」

ぴしゃりと、平手でしたたか背中をひっぱたかれた。

「いたい。」

志方は大きい声でわらった。

「よく洗えよ。さっぱりしちゃわあ。」

ほとんど教訓のことばと聞えた。宗吉は突然ゆうべの出来事が、いや、自分の不安がひどくむなしく、ばかばかしくなり、志方よりも自分のほうがよっぽどワイセツであったとさとった。肉体の純潔とは何だろう。その中みには、あるいはワイセツがぼろ屑のように詰めこまれているのではないのか。はずかしかった。宗吉は顔を伏せたかたちで、まっさかしまに、しぶきを跳ねかして湯の中に飛びこんだ。

二

――婬欲ハ即チコレ道ナリ。

宗吉はまえに宗教大学にはいったころ、どこかでそういうことばを聞きかじったことがある。出典なんぞはきれいに忘れてしまったが、なんでも婬欲の中に無量の道あり、それとこれとは一法平等、こわがって寄っつかないやつは道を去ること遠しと説かれた。婬欲とは何だろう。道とは何だろう。それがどうしてスナワチコレということになるのだろう。なにぶんにもきのうのきょうで、この道にかけては駆け出しのことだから皆目判らないが、それでも朝湯のあついのがきいたのか、いくらか小ざっぱりしたようなきもちにはなった。さしあたり大井町の家へ行く道をまちがえなければよい。湯からあがると、ひとまず宿にもどっていそいで朝めしをくい、またのみ直しという志方をあとにのこして、飛び出して来た宗吉で、いいあんばいに、ゆうべのやつが寝ているのに顔を合せないですんだのはなによりのさいわいであった。一つことを二度くりかえすのは愚劣である。愚劣なところに道があるはずはない。行く道のほとりに、稲富伊奈子の家があった。遠くからすぐそれとみとめたが、しかし、おやとおもった。いくさのあいだの塀のくずれ屋根の瓦の落ちたのなどがきれいに修繕されて、見ちがえるような家のすがたである。伊奈子の父は陸軍少将であったが、今はなにをしているのか、このようすでは暮らしむきはまあわるくないのだろう。印象がよかった。いそいで門のまえまで来たとき、宗吉はとたんにあっと立ちすくんだ。標札が無い。いや、ちがった標札が出ている。見ず知らずのひとの名である。あきらかに今は他人の家であった。実際に、この門のまえに来るまで、宗吉は伊奈子がもうそこに住んでいないのではないかということはおもってもみなかった。自分の目でたしかめるまでは、そこに住んでいるべきであった。しかし、げんにいないものは、いないものである。がっかり気が抜けたというような、まいり方はしなかった。どこへ行ったのか、さがすだけである。そのことのほうに、心がむしろ張りつめて、すぐ向きをかえた。とりあえず、筋向うの寄寓さきに、その家のまえに来ると、ここは旧のまま「大草南翠」と標札が出ていた。

大草南翠がどういう経歴のものか、むかしから判然としない。かつて宗吉の父が、今は焼けてしまったが、東京に事務所を建てたおりに、その地所の周旋をしたのが南翠で、それが附合のきっかけであった。地所ばかりではなく、その後いくらか買いこんだ書画のたぐいも、おなじく南翠の手を通した。そういうと、周旋一般が商売のようだが、これがまた専業は何とも知れない。宗吉がこの家の二階を借りることにして、はじめてここに来たとき、南翠は縁側にすわって、ちょっと猫背のきみで、白髪まじりの五分刈のあたまをうつむけながら、オモトの鉢をならべて眺めていた。白髪のかずほどの年でもないらしいが、あたかも楽隠居という恰好である。家も小ぢんまりして、狭いながら庭が作ってあり、こどもの無い南翠夫妻にはちょうど手頃であった。そして、商売は何にしろ、日常のくらしには窮しているようでもないということがおいおいに判った。しかしそのときの第一印象では、曇り空の、縁側がうす暗かったせいか、そこに背を曲げてすわっているひとのかたちに、宗吉はふっと囚人を見たようにおもった。ところで、のちになってよそでへんなうわさを聞いた。それは南翠が以前手形のサギかなにかで一年ほど懲役に行ったことがあるというはなしである。真偽不明とはいえ、そう聞いただけでいやなきもちがした。もしかすると、父に売りつけた書画なんぞもニセモノではないのか。いや、あの楽隠居のような恰好が食わせものではないのか。ふだん銭勘定のこまかいことも貪慾のしるしとうたがわれる。南翠といえば雅号であろうが、当人は絵一つ描くでもなし、発句一つひねるでもなし、雅号を必要としない人物が雅号をつけているということは、これまた不審である。そういう悪人と一つ屋根の下にくらしているのが不潔にさえおもわれて、宗吉は当座は居ごこちがわるかったが、それでも日常まぢかに見受けるところ、この人物はやっぱり楽隠居のごとくであり、銭勘定も貪慾というほどではなく、南翠とはすなわちオモトのほうの雅号だということも判って来て、また国もとの父から書画についての苦情も出なかったので、今度はサギのうわさこそ眉唾物らしく、いつか気にかからないようになった。まったく、この南翠のひとがらというものは、外部からわるいうわさを立てられるようなところがあり、同時にそれを拭き消してしまうようなところがあった。オモトのことにしても、あれは趣味ではなく商売だというううわさがあって、げんに南翠のオモトを売りつけられたという実例もあるそうで、なるほど家のせまいわりにオモトの鉢がいやに多いのはそれかとうなずかれたが、その鉢のかずがふえこそすれ、一つもへったことがなく、つまり一鉢でも売ったらしい形跡はどこにも見えなかった。もしそれが商売であったとすれば、よっぽど肚黒い人物でなくては、こう器用な体裁はつくれないだろう。その南翠がいくさのあいだ、たまご払底のためオモトの鉢に伏せるべきたまごのカラに窮して、ほとんど涙をうかべてオモトの悲運をなげいたり、また例の猛火のおりには、家財道具は捨ておいて、いのちに代へてといういきごみで、なにより大切なオモト一鉢を護って逃げまわったりしたありさまは、ただいじらしいばかりで、たれが見てもこれが肚黒い人物とはおもわなかったにちがいない。それにも係らず、宗吉としては、囚人という第一印象はいつまでたっても抜けきらなかった。すなわち、南翠とそのうわさとについては、どちらの側にも半信半疑のままであった。舌の感覚でいえば、うまいにもまずいにも、てんで分類からはずれたところに、南翠がいた。所詮、これは取って以て食うべからざるものに属するのだろう。南翠のほうからは決して他人の生活に立ち入って来ようとはせず、無口の、ろくにものをいったこともないくらいで、その妻は世話ずきで親切ですらあって、宗吉は単に下宿人として環境がわるくなければそれでよろしく、わざわざ食えそうもないものを味わってみるにはおよばなかったわけである。

一年何ケ月ぶりで、宗吉が今またこの家に来て見ると、南翠はあいかわらず猫背ぎみに、縁側にうずくまっていた。きょうは曇どころではなく、冬日が庭にあかるくさしていたが、いくさののちはじめて見る南翠の印象がやっぱり囚人的であるかどうか、じつは宗吉は今それに目をくれるひまなどは無かった。いったい稲富伊奈子はどこへ行ってしまったのか。ずいぶん興奮しないつもりではいたものの、しぜんそのことで心うつろであった。とはいえ、むかしあれほどたくさんあったオモトの鉢が、どうしたのだろう、もはやただの一つさえのこっていないけしきは、見おとしようもない。ふと見ると、縁側の上に、あたかもオモトの代りとでもいうふうに、水をたたえた盥が置いてあって、なにやら堅そうな黒っぽいものが中にいくつか沈んでいる。宗吉はそれをひょっとのぞいて、

「あ、硯。」

「ふむ。」

南翠は宗吉を相手にしない。ともに語るにたらないとおもっているのだろう。オモトのときもそうであった。今、南翠が硯をじっと眺めている目つき、またそれらを一つ一つ盥から取りあげて、水を切って、丁寧にならべている手つきは、かつてオモトを愛撫したときのようすとそっくりであった。

「硯に行水をつかわせるんですか。」

「ふむ。」

南翠は一面の硯を手にとって、表を見たり裏をかえしたりしながら、

「植木とおなじだな。水をやらないとわるくなる。どうだ、この宋端の艶は。眼《がん》が徹っておる。」

ソータンが何であろうと、ガンがどうしようと、宗吉の知ったことではない。それでも、硯の美しさはまともに応えた。オモトよりは、ずっといける。ならんだ硯のかずはむかしのオモトの鉢ほど多くはないが、今日ではこれが南翠の趣味か商売かになっているのだろう。しかし、伊奈子の行方と硯とは何の関係も無い。宗吉のほうでもまた南翠を相手

にしないことにして、かたわらにいたその妻にむかって、

「お宅はお変りがなくってよかったですね。この近所はどうですか。」

「ちょっと出ると焼跡ですけど、このへんは元のままでしてね。」

婉曲法は無効であった。そこで、一気にずばりと、

「そこの稲富さんのうちは標札がちがってますね。稲富さん、引越したんですか。」

「そう、そう、あのお宅はねえ、つい去年のくれに売っちゃったんですよ。」

「それで……」

「新橋のほうにお引越しになってね。市場の中にお店を出したんですって。」

「店って、なんの店です。」

「それがねえ、ヤキトリ屋さんなんですって。まるでお変りになりましたよ。屋号、なんとかいいましたっけ。ええと……バクダン屋。」

たしかに意外ではあった。しかし、すでに家がなくなった以上、そのくらいの変化はあるかも知れないという気がした。

「娘さんがいましたね。」

「伊奈子さん。あのひとも、おきのどくにね、女学校を卒業まぎわにやめちゃって、お店のほうを手つだうとか聞きましたよ。」

そこまで聞けば事たりた。宗吉はまだ行ってみたことのない新橋の市場のけしきをおも

い、すでにその小路のあちこちを、野末の草を分けるように、さがしまわる自分のすがたをおもった。そのとき、こちらのはなしは耳にも入れていないのかと見えた南翠が、横合から、ふっとこういった。

「稲富さんはよくやったなあ。ヤキトリ屋とはおもいきったものだ。なかなか、ああいかん。あのひととはオモトでも硯でも附合ったが、これは二つながら物にならずじまいだった。所詮附焼刃におわったな。だが、ヤキトリはみごとにあっといわされた。おれなんぞは、いくらそうしようとおもっても、とてもあの真似はできそうもない。」

　無口の人物がおもいあまったというふうの、ほとんど羨望にちかい発声であった。手にした硯は、きせるでも投げたように、いつか畳の上に置き捨てられていた。宗吉はその捨てられた硯と南翠の顔を見くらべて、とぼっとした。かつてオモトに、たったいま硯にそそがれたおだやかな目つきは、にわかに熱っぽく、むしろ貪慾に光って、血ばしるまでに宙にさまよっていた。この人物のこういう顔は、はじめて見るものである。遠いヤキトリのけむりにのぼせたのだろうか。ヤキトリ屋はあるいは南翠の必死の夢なのだろうか。しかし、ヤキトリ屋になった南翠というものは、どうしてもかんがえられなかった。夢はかならずや実現されないだろう。いや、もっとわるいことに、実現のできそこないになるだろう。もしヤキトリ屋になろうとしてなりそこなったおりには、南翠はどうするだろうか。とたんに、宗吉は心ひそかにまごついた。というのは、南翠はそのおりにこそ必死に手形かなにかのサギをはたらくことになるのかも知れないと、まったく唐突に、そうおもったからである。宗吉はそっとその顔色を見直そうとすると、もう南翠はこちらに背をむけて、丹念な手つきで、硯を一つ一つ注意ぶかくあつかいながら、順順に箱の中に納めかえしていた。

宗吉は二階にあがった。そこが自分の部屋ときめられた八畳間である。以前住みなれた部屋のけしきは今も格別かわらない。宗吉はひとり火鉢の炭をつぎたして、国もとからもって来た餅を焼きながら、あたりを見まわした。掃除がきれいに行きとどいて、床の間には水仙を生け、軸が掛けてあった。この軸は当家のものである。むかし、いくさのあいだは、それがいつも「忠孝」という軸の掛けっぱなしであった。書いたやつは役人の古手かなにか、その二字が下品に大大として、日夜ひまなく「忠孝」に脅迫されているようで、本を読むにもなにをするにもおちつかず、ずいぶん迷惑した。夜中にうなされることさえあった。ついに我慢しきれず、その軸をはずして戸棚に押しこみ、代りに世界地図を貼りつけておいた。しかし、今はもう「忠孝」ではない。やっぱり書の軸で、なにやら一行に書きくだしてある。読みにくい字だがおおよそ「春従春遊夜専夜」というふうに読めた。何のことか、たった七字の中に春という字が二つ遊という字が一つ夜という字が二つあるのだから、内容はけだし享楽主義だろう。「忠孝」ほど有害ではなさそうである。察するに、忠孝から一足とびに春従春遊と変化したのは、流行の切替というやつにちがいない。

南翠もまた現実に再適応したものとみえる。それにしても、ほんの掛物をかけかえたぐらいのことで、オモトの代りに硯なんぞをいじって、今日の急変の世の中にあわてふためきもせず、結構かわらない顔をしていられる南翠の生活というものは、どこに根を据えているのだろう。このかわらない顔は時勢のながれがどうかわろうと、いつも荒い風あたりをよけた隅のほうに、ずいぶん執念ぶかく無限につづきそうに見受けられて、そのことがどうも不合理としかおもわれなかった。不合理。たしかにそれはサギに似た。もしこの生活をどこかで支えているものが実際にサギであったと判明したとしても、意外ではないだろう。むしろ、どこかでサギをはたらいているかとうたぐらせるようなところに、この生活の根はあるのだろう。宗吉は南翠から教えられるものはなにも無かったが、たった一つ世の中には南翠のような人間とその生活とがあるということを教えられた。そして、道というものはここにもまたあるのかどうか知らないが、ここに道を見つけようとすることが何としてもむだな演習と感じられて、依然としてこの人間なり生活なりに深入してみたい気はおこらなかった。

事件はほかのところにおこっていた。宗吉は一休みすると、この家にじっとしていられず、新橋の市場のほうにせき立てられた。たかが陸軍少将の、肩章を剝がれたやつが、ヤキトリ屋に早がわりしてみせたとしても、南翠のように羨望すべき筋合はなかったし、またそれをとくに出世とか零落とかいうふうにもかんがえなかったが、そのバクダン屋の店の中に伊奈子の身柄もろとも自分の恋愛をそっくり引っさらって行かれたことは、宗吉にとって事件であった。奪われた「金羊毛」である。奪回しなくてはならない。その奪回ということに、事件の意味があった。腕に抱きとるべき伊奈子の肉体がそこに待っているはずであり、宗吉ははじめて伊奈子を肉体的に意識し、意志がそれに一致して、しぜん闘志のみなぎるのをおぼえた。伊奈子についてのこういう闘志は昨夜までは無かったもの、けさの朝湯のあつさから湧いて出たもののようであった。

出がけに、玄関で靴をはいていると、うしろから、

「あ、筧さん。」

「なんです。」

「ついわすれていましたけど、こないだ高輪の千木先生がお見えになりましてね、筧さんが出て来たら逢いたいからすぐ連絡してくれって、そうおっしゃってましたよ。」

「そうですか。千木さんのお宅はやっぱり元の……」

「ええ、焼跡の、土蔵だけ焼けのこったところに、手を入れて、住んでいらっしゃるんですって。」

「そのうち、行ってみましょう。」

千木千春は宗吉がもと通っていた宗教大学の講師で、ただし受持は宗教ではなく、英語であった。この教師はいくさのあいだ商売であるはずの英語の講義はそっちのけにして、

もっぱら流行の勇壮活発なる演舌を得意とし、うっかり語に関する質問なんぞをする生徒があると、ほとんどその不心得をさとすというほどのいきおいで叱りつけた。しかし、よくしたもので、生徒のほうでは、はなはだ生徒的な勘をもって敵の内かぶとを見すかしていて、ツクダニというと、これを憎むよりもむしろこれを憐れんだ。ツクダニとは、語源不明だが、千木の渾名であった。ツクダニが時勢を楯にとって英語をケイベツしてみせたのは、じつはおのれの語学力の貧困をかくそうとする苦衷にほかならず、その申しわけには試験の採点にぞろっぺえの美徳を示したので、これは許されてよかった。またその憂国の演舌はおおむね懐古的にかたむいて、志士仁人の実例としてあげるために幕末に於ける刺客俠客の徒の伝記を説き、内容語調ともに浪花節に似てただばかばかしく、聴くものの心に何のしるしもつけず、出席簿にしるしをつけることすら忘れがちであったので、これもまあ許されてよかった。つまり、この教師は規格版の道義を配給しようという善意にも係らず、ちとの害毒さえながすことができないような人物であった。ツクダニはもとから南翠とは懇意のようすで、かつて大井町の家にたずねて来たとき、宗吉はちょうど国もとからとどいた米のうち二升をこれに頒ちおくったことがあり、それ以来この有益な生徒に対してしきりに好感を示したがった。ちなみに、南翠とツクダニとはいかなる附合か、見たところオモトでもなく硯でもなく、どうやら書画の売買に関するものかとおもわれたが、それは宗吉が知る必要のないことであった。

宗吉はまっすぐ新橋へ行くつもりで電車に乗ったのが、途中でふっと気がかわって、品川でおりた。ヤキトリといえば、おそらく夜の部の興行に属するものだろう。まだ正午すぎたばかりで時刻がだいぶ早すぎた。ヤキトリまでのつなぎに、ツクダニでひまをつぶしてもよかった。その高輪の家は駅からそう遠くはなく、まえに一度行ってみたことがあるので道は知れていた。ツクダニの亡父の実業家とかいうのが建てた家と聞いたが、なるほど語学教師なんぞには大きすぎるかまえであったことをおぼえている。今はそこの焼跡の、焼けのこった土蔵の中とやらに、ツクダニがどういう恰好でくらしているか、その生活の顔が変化したかしないかちょっと見たいようなきもちが無いでもなかった。すなわち、昼の部のアトラクションを行きずりにのぞいてみようというぐらいの好奇心はあった。

三

土蔵のほかは、二百坪ちかく荒れるにまかせた焼跡であった。しかし、土蔵は一とおり修理がほどこされていて、さしてみぐるしくもなく、中にはいると、ここは狭くはあったが外見よりはずっと仕掛ととのい、住居ふうに作り直した跡もあざとからず、もともとしっかりした普請の、黒光りする奥の柱を背に、しゃれた小屛風なんぞをめぐらして、ある

じの千木千春、あたたかそうに置炬燵におさまっていたやつが、

「筧君、よく来た。めずらしいな。どうだ、元気か。さあ、こっちへ寄りたまえ。」

あいかわらず弁口なめらかに、すぐコップをならべて、ついだコーヒーの、ほんものに相違なく、かおり高いのをすすめられると、宗吉は挨拶のことばがつかえたほどじつはおどろいた。というのは、ここまで来る途中、何となく千木が今日窮乏に沈んでいるようにおもいなされて、慰問に似たきもちが多分にはたらいていたからである。そうおもうには仔細があった。いくさのあいだ、千木は家のかまえこそ大きかったが内容はがたぴしのもようで、ときどき南翠の家にたずねて来ては、はなしはいつも金が無い物が無いのきまり文句、唐草の風呂敷につつんで持参した品物を南翠に託して処分するらしく、これはおおかたタケノコと察せられた。それが今日、しかも頼みの家は焼けたというのに、ここにはなお家具調度の目ぼしいのが積みあげてあり、骨董に類するものさえちらほらしていて、窮乏どころか物資ゆたかとうかがわれるけしきの中に、なによりも当の千木の顔色の、以前は痩せこけ蒼ざめていたのが、かえってつやつやとふとって、愚痴一つこぼれそうもなく張りきったのは、いったい何の変化だろう。

「先生も元気のようですね。金ができたんですか。」

簡単にそういった。

「そのとおりだ。きみも著眼がいい。株でもうけたよ。おれなんぞは人間がバカだから、

金ができると人格があわてて向上する。つまり、そだちのいい証拠だ。」

その口調の、以前よりは歯ぎれがよくなったように聞えた。

「大学のほうは、やっぱり出ておいでですか。」

「ああ、ときどき行ってるよ。大学校の教員というやつ、負いくさといっしょに肩書無効かとおもったら、案外そうでもない。ニッポンて、さすがに野蛮国だけあって、いい土地だねえ。名刺を出すと、インテリかとまちがえてくれるよ。切符の期限がきれないあいだは利用するさ。ただし、こいつ、ちっとも金にはならねえ。」

「その代り、なんにも教えないでしょう。」

「なんにも知らねえんだから、なんにも教えようがねえや。もっとも、教師ずれがしてるから、知ったぷりだけはたっしゃだがね。じつに無害だよ。」

巻舌の調子がおかしいとおもわれたが、はたせるかな、そばにウイスキーの壜が置いてあった。その壜をとって、

「きみも一杯どうだ。きょうは女房がこどもをつれて年始まわりに出かけたんで、いいあんばいにおれひとりだ。ゆっくりして行きたまえ。」

「先生、ちかごろ演舌のほうは……」

「はっは。つまらねえことをまだおぼえてるな。あれは戦争中の保身術だ。もうやめたよ。」

「術にしては、ずいぶんおへたのようでしたね。」

「そこがしろうとの悲しさ、自分でもうまいとおもっちゃいない。おれの演舌は生活の余興さ。講釈……いや、そこまで行かねえかな。せいぜい、のど自慢ですぐ鐘が鳴る浪花節ぐらいのところかな。」

「おのれを知ってますね。清水次郎長、よく聴かされましたよ。」

「そうさ。あの芸当、半分は戦争のごたごたで夢中だが、半分は意識的だったね。その意識的というわけが、だんだん判って来たよ。いのちが惜しい、殺されちゃたいへんだ。もちろん、それはあったさ。しかし、かんがえてみると、いくらサーベル屋がバカでも、おれなんぞを殺したってしようがないじゃないか。殺されるほどえらいという自信はぜんぜん無かったな。殺されそうな危険……いや、これもやっぱりそこまでは行かねえ。食えなくなりそうな危険。まあ、そのへんのところだ。というのは、当時まだ焼けずにいたこの家の中の事情がそれだったからさ。所有がうしなわれそうな危険。こいつは、小人にとっては、じつに恐怖すべきものだよ。日夜びくびく、おどおど、そうかといって、ひとり穴にこもってとぐろを巻いていられるような用意は無い。そこで、ほかには能が無いから、安月給の教壇に這いあがって、必死の滅私奉公、じつは小人のばたばたで、清水次郎長とか桜田血染雪なんぞの戦時版をもって、夢中で御機嫌をうかがった。」

「すると、うまいぐあいに家が焼けてくれて、所有がうしなわれそうな危険のたねが消滅したので、今ではもうびくびく、おどおどしないでもすむわけですね。先生もくそ度胸ができたのかな。」

「そう買いかぶってもらってもこまるね。それだけのくそ度胸ができるような素質だったら、戦争中でも浪花節にぶらさがりはしなかったろうね。小人は依然として小人さ。所有が完全にうしなわれてしまった日には、気絶、悶絶、のたれ死があるだけじゃないか。それがどうして無事に生きのびたというのかね。だから、さっきいったとおり、金ができたからさ。株があたったという単なる偶然だ。そのほかに、つっかえ棒はどこにも無い。じつに戦戦兢兢として無事息災を保っている現状だよ。」

「それじゃ、今後も都合次第で、またたれかの御機嫌をうかがうこともあろうというものですね。」

「おおきにね。必要とあればだね。さてそのおりには、今度はなにをもって御機嫌をうかがうかな。どうかんがえても、こいつ、やっぱり清水次郎長だな。文化版を発行したいね。一つおぼえの芸で、戦中戦後を通じて終始一貫、志操堅固だよ。おれはことによったら民主主義の先覚者じゃないかという錯覚をおこすくらいだ。だって、民主主義の日本的意味は今日でもあいかわらず清水次郎長界隈をふらふらしているんじゃないかね。規格版の俠客伝繁昌だよ。」

千木千春という品物はいくさを通りぬけて来た今でもあいかわらずのツクダニのようだ

が、むかしの教室よりはまだしもこの土蔵の中のほうが附合やすく受けとれた。金のせいか。あるいは酒のせいだろう。宗吉もいささか今日製のウイスキーの酔がまわって、

「先生でも結構すたりは無いものだなあ。先生の芸のうちで、古今を通じてさっぱり役にたたないのは、商売物の英語でしょうね。」

「とんでもない。なるほど、むかしはおれの英語はさっぱり役に……いや、からっきしできなかったと、自分でそうおもっていた。だから、おりしも戦争に便乗して、教師とはいえ、これをひとに教えることを慎しむぐらいの良心はもったね。しかし、こいつが大まちがえさ。むかし流行したのはクラシック英語であったのに、おれの英語はあいにく非クラシックにできあがっていたという事情があるんだよ。つまり、おれのはむかしから今日的英語だったんだ。その証拠には、今日になるとおれの英語はめきめきものをいい出して来た。ついこないだも、渉外上の用件であちらのひとに逢ったがね、じつにぺらぺらなんだ。おい、おれがぺらぺらなんだよ。立派に用がたりちゃった。ところが、ここに憐れをとどめたのは、クラシック英語専門の旧先生諸君だ。やつら、だらしがねえ、さっぱり役にたたねえ。てんで、できねえんだよ。今や時をえて、おれは英語ができるというのは、ちかごろの大発見だ。財産が一つふえた。今後さかんに英語で食うよ。道はおのずからひらけたね。」

「道。」

「なんだ。深刻みたいな顔をするな。」

「道はおのずからひらけるものですか。道は努力したところに見つかるものじゃないんですか。」

「へんなことをいい出したな。おれはそんなこと知らないよ。おれはただ株と浪花節文化版と非クラシック英語とをもって、どうやら今日に生きられそうな道のほとりに進出したというだけだ。なんだか文化人の仲間に入れてもらったような気がする。道は在るときめられたところに在るさ。」

「規格版の道。」

「道なんぞは規格版にまかせておけばいいじゃないか。それが小人の道だ。小人に食いっぱぐれは無いね。そうそう、戦中戦後を通じて相変らねえものがここにあったっけ。おれはむかしも今も単に小人なんだ。おかげで、破滅なんぞにはめぐり逢わないさ。」

宗吉はそろそろ引きあげの潮時だとおもった。ウイスキーの味も舌にもたれて、もうのむに堪えなかった。これもまた酒の中の小人にちがいない。げんに、規格品のレッテルが貼ってあった。宗吉が立とうとすると、千木のほうがさきにわっと立って、

「いけねえ。きみとはなしこんでたんで、女房にたのまれていた用をすっかりわすれちゃった。夕方までに薪を割っておかなくちゃならない。」

宗吉がかえりがけに、ちょうど手提袋にもっていた例の塩豚とバタとをみやげの代りに

頒けて出すと、千木は調子かるく「や、ありがと、ありがと。」と二つかさねていったのが、むかし米を贈ったときのようすそっくりで、そこにあいかわらずのツクダニの顔を見た。

「きみ、大学のほうはどうする。また来るつもりなら便宜をはからうよ。」

「さあ、まだきめていません。」

「うむ。大学なんぞは見かぎっていい時勢だからな。ときに、きみのおとうさんは文化事業に出資はしないかね。じつは出版をやろうというプランがあるんだ。きみに手つだってもらってもいい。」

それをうしろに聞きながして、外に出ると、正月の日の暮れはやく、急に冷えこんで来て、松かざりも見えない町筋に風がさらさらと吹きわたった。これから新橋に行けば、やがて灯ともしごろの、ヤキトリのにおいが市場にただようはずの刻限である。

四

「なに、バクダン屋。このへんはどこもバクダンかカストリにきまってら。ただバクダン屋じゃ判らねえな。陸軍少将だって。笑わせやがる。ここは軒なみに大将ばかりそろってら。少将なんて、下っぱはいねえよ。」

たれにきいても返事はそれで、すぐ判るとおもったバクダン屋の店はどこか、なかなか見当がつかない。新橋の駅まえの、市場はついこと知れたが、さして広くもない市場の中を何度まわってみても、酒類など売っていそうな店は見あたらず、ヤキトリのにおいはおろか、しわぶきの音もたてないしずまり方で、なにが軒なみなのか、それでも何となくうさんくさい裏道のけはいをたよりに、一ところをうろうろしているうちに、もうあたりは夜の色につつまれた。空は晴か曇か。この土地では、あたまの上に空があるということを知ったやつは一人もいない。光が足もとからしのび寄って来るからである。光のさして来るもとのほうに、行く道はあるのだろう。しかし、行手には閉ざされた板がこいしかなかった。宗吉は暗い板がこいのあちこちに、食をもとめるように、道をもとめてあるいた。

善財童子は道をもとめて、はじめにまず文殊に逢った。宗吉はそのことを唐山のむかしの絵本で知っている。ごたごた書いてある字のほうは何の意とも判じかねたが、巻のはじめに文殊の絵すがたが出ていて、そのまえに可憐な童子の掌を合わせているところがえがいてあるのを、あやしく身にしみるけしきとして、もとから心にふかくとどめていた。のっけに文殊がいるのは、根本智というこころいきにちがいない、智に根本智あり後得智あり、その後得智とは方便と聞いている。すると、愛はどうだろう。根本愛というものがあり、また愛の方便があるのだろうか。宗吉はまず感覚からそういうかんがえのほうにしのび寄って行き、いつか身ぐるみそこにつれ出された。いわば自分のたった二つの恋愛体験に於て、そのかんがえは酒がはらわたにしみわたるように、じりじりと血の中に燃えあがり、今は酔きわまって、酔ははなはだ信念に似た。はじめて稲富伊奈子を見たとき、なにを感じたか。そのとき漠然と感じたもの、その後一途におもいつめていたものを、自分では何ともいうすべを知らなかった。しかし、それはつまり伊奈子に於て愛の文殊を見たということにほかならなかったと、はにかむことなく今はいえた。そういうほかにほとんど身の振方が無かった。はじめそれを漠然と感じたのは、けだし肉体の純潔に対応するところの、おさない発想だろう。そして、その漠然たるものに言詮をあたええたのは、昨夜の事件ののち、たちまち純潔をうしなった今である。肉体の純潔とは、せいぜいまぐれあたりにこの転変の作用をするにとどまるものであり、たったこれだけの作用に於て完全な意味をもつものであり、ほかには何の意味ももたない、あほらしいものだとさとった。ところでその今になっても、いや、今になってこそ、伊奈子はあきらかに愛の文殊であった。すなわち、昨夜の事件は愛をその根本に於て傷つけるどころか、かえって愛のくもりを払って、肉体という方法に依って、はじめてよく愛の何たるかを垣間見たようなぐあいである。たしかに、宗吉は昨夜の女を愛したといえた。それは伊奈子への愛と、愛に於て一つであった。肉体は愛の方便なのだろうか。それならば、肉体はけしからんという道徳的心配ほどワイセツなものは無い。ところで、婬欲が道だというのは、まさかはなしを愛一本にもって行こうとするような浅薄な陳述ではなさそうである。じつに肉体のワイセツなるがままに、婬欲は道なのだろう。それゆえにこの陳述は智慧にみちているのだろう。実際に昨夜はずいぶんワイセツであった。宗吉はワイセツなるがままに、突然はげしく伊奈子の肉体をもとめ、愛の文殊の場まで行く道をもとめた。飢渇であった。何のために陽根があるのか。勃勃として今はふれるものを撫で斬にするいきおいであった。善財童子は、絵本に依れば、文殊よりはじめて五十三箇の覚者に逢ってついに道をえた。またその就いて道を問うものに博士あり町人あり、おとな、こども、えらいやつ、えらくないやつ、雑多にいるが、えらいやつはえらく固定していて耳がきこえず、啓発はむしろえらくないやつの側から受けたという。えらくないやつはえらいやつよりもえらいという明快な論理である。智に於てそうであった。愛に於ては、どういうことになるのか。文殊よりはじめていくたびの相逢別離をかさねれば、よく道をうるに至るのだろう。ワイセツにしろ、純粋にしろ、どこのたれについて道を問えばよいのだろう。えらいやつ、えらくないやつ、双方とも一向にたよりにならない。一般に、なにをもって人の小大を分離するか。またなにをもって愛の純不純を差別するか。宗吉はただ遺瀬なく、ひたすらワイセツなきもちから、またいくらか純粋なおもいから、バクダン屋に至るべきほそい道をさがしまわった。

「ばか野郎。」

いきなり胸をつよく突かれた。出あいがしらに、さきはふたりづれの、酔ってもいるらしく、あらくれたやつが、宗吉を突きとばすと、ふりむきもせずに行ってしまった。よろよろとして、あとずさりに、背をぶつけたところがちょうど軒と軒とのあいだの、通りがかりには気のつかないほどせまい木戸で、それが締まっていなかったのか、ふわりとあいて、たわいなく、宗吉は木戸の中にころがりこんだ。すると、そこのまっくらな奥のほうに、板の隙間から光がながれて、ひとの声さえもれて来たのに、近づいて行くと、つきあたりに、戸はたててあったが、入口が三つ、ついのぞいて見える内部は、窮屈な場所を仕切った三軒の店で、そば屋、すし屋、いや、なによりもヤキトリのにおいが鼻をついた。こういうときには、奇妙にたずねあてるものである。てっきりバクダン屋。そうおもって、ためらわずに、宗吉はそのヤキトリ屋の戸をあけた。

むっとする酒いきれ、たばこのけむりで、ぎっしり詰まった客のかずに、宗吉は入口にちかく一つだけあいている腰掛にかけた。倚りかかったうしろは、いけぞんざいにぶっつけた梯子段の横側で、低い天井の上に靴の音がするのは、二階にも客がいるのだろう。宗吉は小女がすぐはこんで来たコップにちょっと口をつけただけで、テイブルのはしから店の中を目でさがした。伊奈子のすがたは見えなかった。しかし、向うの壁ぎわでヤキトリをあぶっているはげあたまは、すでにここに踏みこんだとたん、たしかに稲富元少将とみとめた。この人物が軍服をぬいでヤキトリの串をあつかっている恰好はひどくぶざまに見えたが、それは決して零落というしおらしいけはいではなく、逆に成上りものの無作法に似た。宗吉はかねてその顔を見しっていただけで、挨拶一つしたことなく、先方ではこちらをなにものとも気がつかないようであった。ともかく、このはげあたまをそこに見るうえは、伊奈子はどこかにいるにちがいない。二階の靴の音が気になって、おもわず天井を見あげた。

そのとき、梯子段の上に音もなくすっと立ったひとのかたちの、はじめに伸びた脚が光った。槍を突き出したような、はだかの脚である。ふり仰いだ宗吉の目のさきに、裳をひるがえして、たたたたと踏みおりて来たのが、しぜんにすきを見せない姿勢で、まっすぐに壁ぎわの棚にすすみ寄って、ビールの壜を二本つかみとると、また梯子段に舞いあがって行った。みごとに、媚が無かった。そのしなやかな脚の肌に、まじりものの無い血の色がにおった。純潔。夢の中の伊奈子と寸分のくるいもない伊奈子がそこにいた。宗吉はひどく興奮した。夢と実在とがこの生身の肌に於てぴったり一つに合わさっているとは、何ということだろう。突然地球の回転が止まったようであった。体のかわしようのない刺戟である。宗吉はその刺戟をまともにからだで受けて、猛烈にワイセツなきもちでいっぱいになり、腰掛を蹴はなして、脚の白さのあとを追って、たたたたと梯子段を駆けのぼった。

駆けのぼると、ついあたまがつかえるほど低いテックス張の天井の下に、階下よりも窮屈なけしきと見えたのは、ビールのあき箱なんぞがごたごた積みあげてあるせいだろう。

テイブルが二つ、四五人の客のかたまっていたやつがひとしくこちらにふりむいたほど、宗吉のいきごみは闖入者の気合にみちた。ぐいと、伊奈子の胸にぶつかるまでにすすみ寄って、

「伊奈子さん、しばらく。」

おもいあまって、さし伸べた手から、すべり抜けるようにして、うしろにさがったの

が、じっと見つめて、

「どなた……あ、筧さん。」

名まえをおぼえていてくれたということが、じつに単純にうれしかった。ほとんど涙が

あふれて来て、それがとっさにワイセツなきもちを洗い去って行った。

「ぼく、ずいぶんあなたを探しました。」

切羽つまった表現であった。そういうほかなかった。伊奈子が肩に置かれた手をふり払

わなかったのは、そのことばをうたぐる余地が無かったからにちがいない。

「あなた、どうして。お国におかえりになったんですって。いつ出ておいでになったの。

よくここがお判りになったわね。」

むしろ女のほうからすり寄って来たのを、腕に抱きとめて、

「ぼく、とてもあなたがすきだ。」

なめらかに、口をついて出た。夢の中の場面とそっくりであった。夢の中で、何度そう

くりかえしたことだろう。ぶっつけにいってしまって、たちまち退路が絶たれたと感じた。身ぶるいがとまらなかった。

「そう。」

冷淡と聞えたほどに、伊奈子はぼんやり答えた。とたんに、横合から、

「よせやい。チンピラ、やってやがら。演技賞かね。」

四五人が声をそろえて笑った。伊奈子がそのほうを睨んで、

「だまって。心配するんじゃないの。」

やけに蓮葉な調子で、どうも純潔というのとはちがうようにひびいたが、宗吉はもう耳が鳴って、それを聴きわけるひまなく、堰を切ったいきおいで、一気に伊奈子を抱きしめようとしたのを、なに、器用にさばかれて、壁ぎわに引き寄せられ、腰掛をあてがわれた。かたわらに、ビールのあき箱の上に板のわたしてあるのが、ちょうどテイブルの代りで、そこにとんとコップが置かれて、

「ゆっくりしてってね。」

コップにいっぱいつがれたのは、ビールではなかった。いやにしらちゃけた液体の、ぐっとあおると、のどにぴりっと焼けついて、舌ざわりがうまいか、まずいか、夢中であった。いや、舌がいうことをきかなくなっていた。しかし、最後の一口をのみのこして、さすがに眉に皺がよった。

「あなた、のめないのね。サイダー割ったらどう。」

かーっとした。面罵にひとしかった。のどがただれて、たちどころに死のうとも、あとには引けない。向うの四五人づれがまた笑ったのを、あたかも嘲弄のように聞いた。

「う、うん。」

首をふって、罎をひったくって、手酌でぐいぐいと、必死のおもいで二杯、三杯、四杯、五杯目のなかばまで行って、がっくり、そこに陥穽が待っていた。天地晦冥、殺気だった酔である。それからさき、なお何杯のんだのか、のまなかったのか判らない。突然、叫喚がおこった。さけんだのが自分であったのか、向うにいた四五人であったのか判らない。コップが割れたようであり、椅子がたおれたようであり、たれかのからだとぶつかり合ったようであり、そのあいだに伊奈子の顔がちらちらして、すべて雷鳴の中にただように似た。伊奈子、伊奈子と、これはたしかに自分の声で、その名をくりかえして呼んだ。伊奈子はついそこに在ると見えるのに、手をのばせばふっと消えて、つかまされた空虚の中にもんどりうって、天井のテックス張と床の板張とがさかしまになった。

　気がつくと、床の上に長くのびていた。あたまをもちあげると、腰掛もテイブルも隅に押しつけられて、あたりはひっそりと、たれも見えなかった。だいぶ夜がふけたのだろう。まだふらふらするが、からだに異状は無い。やっと立ちあがって、壁につかまりながら、梯子段をがたりがたりとおりた。そこに、下からふりあおいだ伊奈子の顔があった。

「目がさめた。しっかりしてね。」

もって来てくれた薬鑵の水をたてつづけにのむと、いくらかはっきりした。

「すまない。ぼくなにかしたかしら。」

「気がちいさいのね。酔ぱらいの喧嘩なんぞ、めずらしくないわ。あなた、おとなしいほうだわ。」

やられたとおもったが、なにをいいかえすのも口がおもかった。

「道、わかる。そのへんまで送って行ってあげるわ。」

道はぜんぜん判らなかった。木戸の外はまっくらで、街灯も消えていた。夜天につめたく星の冴えたのが、足もとの道をむしろ暗くすらした。宗吉は伊奈子に寄りそうでもなく、離れるでもなく、ならんであるいて行った。ときに、向うのガードのほうから、電車の疾走する音がとどろいた。伊奈子は腕時計をすかしてみて、

「あ、終電車、出ちゃったわ。あなた、どこへ行くの。」

どこへ。ここもとに、伊奈子のそばよりほかに行くところは無かった。宗吉は立ちどまって、息をついて、空をあおいだ。たちまち星の光の中に、山のすがたを見、海のけしきを見、そこの林にさすらい波にうかんで、伊奈子と自分といっしょに旅して行くであろう運命を見たとおもった。山も、海も、ずいぶん遠かった。しかし、たったいまから、ついこの足でと、靴で地を蹴って、むずと伊奈子の肩をつかんで、

「伊奈子さん、行こう。ふたりでいっしょに行こう。遠くに、ずっと遠くに。海でも山でも。」

暗がりの中に、息が燃えた。伊奈子は肩を振りほどこうとはしないで、しかし、こちらのふところを目でさぐるというふうに、

「あなた、お金もってる。」

異様な質問と聞えた。呼吸がくいちがって、宗吉は返事が出なかった。

「もう遅いわ。そんなに遠くへは行けないわ。この近所に、泊るところあるわよ。行くの、ホテルへ。」
ホ、テ、ル。何という発音の仕方だろう。それは媚よりもわるかった。閨房の肢体のうねりが露出して、造型的にワイセツであった。クモの巣のようなものがそこにねばつい た。伊奈子ではない別の女がいつのまに掏りかわっていたのか。異変であった。宗吉はこの異変には堪えられなかった。
「いやだ。」

声とともに、手が女の肩を突きはなした。とたんに、逆にこちらの胸を突きかえされた。はっとした。自分の手で自分の胸を突いたようであった。

「ばか。」

女の声がいっそあどけなくののしった。もう女はかなたに駆け出して行った。宙にひる

がえって、白く、しなやかに、光り飛ぶその脚は、しかし、別の女のものではなかった。やっぱり伊奈子であった。伊奈子にちがいないと見た。

「待て。」

女の脚とあなどったよりも、伊奈子は速かった。宗吉が追いつかないうちに、伊奈子はもとの木戸のところに走りついて、ひらりとその中に飛びこんだ。と見るまに、内側から木戸をほそめにあけて、半身をさしのべて、まぢかく迫った宗吉のほうに、

——Come again.

宗吉が一とびでそこに殺到したとき、がちゃん……あやうく鼻を突きあてるほど、みごとに木戸が締まった。その音の消えたあとは、くろぐろとして、物のうごくけはいは無かった。

どこへ行くあてもなく、木戸からあるき出した宗吉のそばに、すっと掠め寄って来た影があった。

「おにいさん、あそばない。」

女ではあった。いや、夜目にも美しいといえる若い女でさえあった。しかし、ふれて来たその手、もたれて来たそのからだは、戦慄するほどつめたく、ほとんど金属に似た。なにをあそぼうというのだろう。あそびを知らない物体の衝突であった。

「どこへ行くんだ。」

「ホテル。」
ホ、テ、ル。その発音までがつめたくひびいた。媚も、ワイセツも、じつになにも無かった。むしろ安んじて、行く道をまかせるにたりるだろう。宗吉はみちびかれるままに、どことも知らず、すすんで行った。
「あそこよ。」

女は向うを指さした。たぶんホテルの方角なのだろう。しかし、そこには闇のほかにないにも見えなかった。灯の無いホテル。これがみちびかれるということだろうか。女はいつか宗吉の外套の中にすべりこんでいた。宗吉は女のからだが急にあたたかくなって来たように感じたが、じつはそれが自分のからだのあたたかみにほかならないことに、すぐ気がついて、ひやりとした。

「星のかけら。」

「え、なにいったの。」

実際に、空の星くずが一かけら、こぼれ落ちて来て、ひょっとふところに宿ったようであった。名もない星のかけら。可憐であった。宗吉は力をこめてそれを抱きしめた。女の小さい靴が、その裏に金具が打ってあるのだろう、凍った道にあたたって、夜の底にかちりかちりと鳴った。

五

四月の末である。この正月に筧宗吉が上京後ほどなく行方不明になって以来、もう四ケ月たった。芝浦に著いた日と、翌日の晩までの行動は判明していたが、その夜からあとは茫とした。もっとも、鉄砲玉の飛びっぱなしの、ぜんぜん尻尾をつかませないというのでもない。げんに、正月の二十日ごろまでは、大井町の大草南翠の家に、三日に一度ぐらいのわりで、もどって来ていた。のちにしらべてみると、これは自分の部屋に置いてあった荷物とか本なんぞをぽつぽつもち出すための期間と知れた。みな売りとばしてしまったのだろう。その後は、毎月の晦日ちかく国もとから送金のとどくころをねらって、ひょっと顔を見せて、為替を手にすると、ぽいと行ってしまう。当人の口から今どこにいるというはなしもせず、また南翠のほうではもっぱら硯にいそがしく、若い者の監督などという酔興なきもちは毛頭無いのだから、下宿代さえきちんと受取れば、あとはどうなろうと頭痛にやむきづかいもない。宗吉にとっては好都合だろう。千木千春とか宗教大学ごときものは、宗吉の行動半径からきれいにはずれてしまった。おりおり、ひとがそのすがたを見かけるところといえば、新橋のバクダン屋で、それも正月のあいだこそ足しげく通ったらしいが、ちかごろはたまに夜おそく、のんだくれて、店のしまる時分に来てどたばたするようである。そのほかには一切消息が絶えた。ところで、たかが冷飯食いの青書生ひとり、どこでのんだくれようと、のたれ死をしようと、とくに人畜に害をおよぼすほどのことがなければ、たれでも南翠同様、硯にしろ泥棒にしろ生業にいそがしいさいちゅうに、よけいな心配をするひまは無いというのが当然だろう。がっちりした見識である。その、ほんの塵一本きまぐれな風に吹っとんだまでのことを、せっかく心にかけて、行方をさがしたり、行跡をしらべたり、むだな手数をかさねたのろまなやつは、志方大吉であった。

志方大吉にとっては、世界は海でしかなかった。陸はといえば、ときどき酒と女とを補給するための足だまりであり、それ以外にはじつに何の取柄も無い泥のかたまりにすぎなかった。海にはしぜんに塩と魚とがあるように、陸にはしぜんに酒と女とがあった。たったそれだけの、非の打ちどころなき無学な認識である。したがって、世界観のふところはたっぷり広かった。海にあっては、船の行くところが道である。船長として、志方は道そのものであった。道なんぞ、どこにあるのか考えてみたこともなく、どこに行くべきか探してみたこともなく、船商売の都合に依ってあたえられた方向にほとんど勝手に運動した。運動の限界は海のほうがきめてくれるので、これも心配はいらなかった。負いくさののち、日本の海の幅がぐっとちぢまって、ちょっと窮屈なおもいをしたが、せまい縄張に釣合ったぐあいの四四・三九噸のぼろ船に乗りつけてみると、その窮屈にも今は慣れた。海さえあれば、生活はあった。しかし、陸ではそうはゆかない。陸には浮かぶべき船は無かった。汽車とか電車とか自動車とか、何という野暮くさいしろものだろう。たかだか爪で地べたを引っ掻いているだけではないか。それにまた、二本の脚でてくてくあるくという操作は、何という愚鈍な這いまわりだろう。涙が出るほど滑稽ではないか。山の上からながめても、地上にはなにも浮かんでいるものが見えない。もののうごきが人間の生理のワリツケから抜け出せないでいるせいだろう。ぜんぜん粋なところが無い。粋でないような運動というものがあるだろうか。志方は陸にあがると、どこにも浮かびようが無いということでうんざりした。道の案内が皆目わからず、ここを通れとか通ってはいけないとかいう七めんどうな交通規則には、なおさらうんざりした。道なんぞあるいちゃやらねえ。志方はどこにも行かないことにした。船が港につくと、ついその土地で、芝浦ならば芝浦で、ばたばたと用をたす。すなわち酒と女とを一挙に打ちとめて、たちどころに勝負をつけてしまう。それがすめば、陸の上の道には何の用も無かった。まして、その道を這いまわっている人間どもには何の係り合も無かった。そういう志方であったのに、いや、陸の人間附合にはぽっと出の田舎ぺえ同然のうすのろであっただけに、いきなり足をさらわれたように、寛宗吉という鉄砲玉の行方にふっと心をうばわれた。何の因縁に依ってそうなったのか、当人茫然としていて、もちろん自分のすることをつらつら考えてみるようなやつではなかった。はじめて宗吉のうわさを聞いたのは、二月の中ごろ、船乗仲間にさそわれて、たまたま新橋のバクダン屋に行ったときである。すでにそこの定連のあいだにまで、宗吉のことは酒のさかなの話題にのぼっていて、毎晩のようにこの界隈に酔いしれて、いつもちがった女をつれているのを見たとか見ないとかいう。なにか調子がくるったようである。志方はそれを気にして、その後も芝浦にあがるたびごとに欠かさずバクダン屋に来てみたが、おりわるく一度も宗吉に出逢ったことはなかった。当の宗吉すら道に行きなやんでいるらしいていたらくなので、どのへんをうろついているのか、海のほうから見当のつくはずもない。志方は筧の国もとの家とは懇意にしていたが、自分の目で見とどけていない宗吉のうわさについては一言もしゃべらなかった。国もとでは、この息子が南翠の家に無事でいるとばかり信じていた。もとより南翠は、よっぽど気でもちがわなければ、わざわざ国もとに世話のやける知らせなんぞ出しっこない。

あるとき、志方は筧の家でそれとなく南翠の住所を聞いて来て、宗吉のようすをさぐりに大井町にたずねて行った。南翠は留守であったが、その妻がいた。

「どうなすったんでしょうねえ、宗ちゃん。めったにここには寄っつかないもんですから、こちらでは判らないんですよ。どこにいるのか向うでいいたくないようすなのに、こちらから根ほり葉ほり、しつっこく聞けもしませんしね。だって、あなた、とんだ粋筋のはなしかもしれないじゃありませんか。宗ちゃんだって生きのいい若いひとだし、くらしの心配があるわけじゃなし、女のひとりやふたり、できるのがあたりまえでさあね。はたで気をもむわりには、御当人平気みたいな顔つきですよ。このまえちょっとかえって来たとき、いくらかやつれて見えましたけど、過ぎたんじゃないのか知ら。まあ若いうちに、いいおもいをして、勝手なことをしてくらしていられれば、結構じゃありませんか。」

そうも考えられるのか。くろうとあがりとかいうこの南翠の妻の考え方は、しかし、志方は気に入らないこともなかった。志方みずからの考にしたところで、簡単で、バカで、無考えにひとしいことにかけては、じつはこれと似たり寄ったりのものだろう。そういっても、これでは一向にたよりにならない。そう考えただけでつい突っぱなしてはおけないようなきもちが、志方には別にあった。やっぱり心配であった。

志方はその足で高輪にまわった。南翠の妻とのはなしのうちに、宗吉の知合の一人として、千木千春のことを聞いたからである。千木の家の、いや、土蔵のまえまで来ると、中からすごい物音がもれて来た。ちゃぶ台とか瀬戸物なんぞをたたきつけている音である。ののしる女の声、男の声、それに泣きさけぶこどもの声がまじった。夫婦喧嘩。すぐそれをおもった。すなわち、亭主が女房をぶんなぐっているのだとおもった。志方には定まる女房はなかったが、あちこちの港にメカケに類するものはあったので、自分の経験から推して、てっきりそれと判断した。しかしそっと戸をあけてのぞくと、とても凡慮にはおよばないような光景をそこに見た。ぶんなぐられていたのは、あわれな亭主のほうであった。志方がだしぬけに顔を出したので、さわぎは一応しずまった。

「いや、きみ、ぼくはさんざんなんだ。株で失敗しちゃってね、一文無しになった。自殺したいきもちだよ。しかし、ついこないだキリスト教に転向したばかりだから、自殺はしたくっても許されない。生きてくるしまなくちゃならないんだ。ずいぶん、つらいよ。それに、ぼくはこの世に生まれおちて以来、民主主義者でありフェミニストでもあるんだから、女房にのされても手むかいはおろか、ことばをかえすことすらできない。のされながら、女房のため、こどものため、公共の福祉のために、おのれをむなしくして一心不乱にかせぐほかないんだよ。おもえば、ぼくは幼少のむかしから、じつに戦争中といえども敢然としてデモクラシイをとなえ、あまたの迫害とたたかって来た。時代の先駆者、すなわち犠牲者だよ。今日の生活がまったくそうなんだ。ときに、きみ、なにか有利な職はないかね。学校の教師なんぞじゃ食えないからなあ。きみは船会社のひとだって。どうだい、きみんとこの会社でぼくを雇わないかね。掘り出しものだよ。ぼくは宣伝部長としてもっとも適任なんだ。自信があるね。英語はぱりぱりだし、ウイットに富んでいるし、おまけに浪花節はうまいし、侠客の精神の理解者なんだから、マドロス諸君とはきっとウマが合うよ。いずれ講和会議がすんで、日本の海運業立直りのあかつきには、船会社にはどうしたってぼくみたいな高級社員が必要になる。請合ってきみんとこの会社を海の王者にしてみせるね。うんと会社にもうけさせて、ぼくも一もうけしたいなあ。ぜひ紹介してくれたまえ。」

このひと見しりをしない陸の人間の演舌語彙は何のことやら、志方はとんと聴きわけかねて、いやに寒けがして来て、匆匆に引きさがった。もし志方がツクダニという千木の渾名を知っていたとすれば、こいつツクダニにちがいないとおもったことだろう。宗吉の消息について、手がかりがえられるどころではなかった。

四月の末、志方はまた芝浦に著いて、その夜新橋のバクダン屋に来た。ここの店でも今は顔なじみで、バクダンものみなれた。志方にとっては、いわば生一本のアルコールだけあればよかったので、それに加工した趣味的気分的なものはむしろ邪魔であり、理解の外にあった。ききめがつよいというほかには味もそっけも無いこのバクダンは、舌が無いも同然の志方の生理にぴったりしたのだろう。ものの味というのは、すべてごまかしのようにおもわれた。人間をたぶらかそうとするところの、自然もしくは人工の奸計である。志方は生れつきこの奸計を受けつけないような丸太棒にできあがっていた。

せまい店にあいかわらず客のたてこんでいる中を、たくみにすべり抜けて、ほとんど風を切って、ちらちらしていた伊奈子がそばに来たのに、志方がおいと声をかけると、簡単に腕にもたれかかった。志方の腕はたしかに椅子の腕木ぐらいの代用にはなった。

「ちかごろ宗坊は来るかね。」

「ああ、あの子。知らないよ。」

腕をはなせば倒れるほどに酔っていた。

「ときには来るんだろう。」

「迷惑さ。あいつ、なまいきだよ。おそく、どこかで酔ぱらって来て、木戸口からどなりこんだりなんかして……笑わせるね。チンピラのくせにヨタモノきどりでさ。うるさいったら、ありゃしない。」

「あいつ、そんなにのむようになったのかな。」

「ヤケ酒だろうね。あいつ、あたしにむかってへんなことといやがったから、こっぴどく刎ねつけてやった。それでも懲りないんだよ。まさか、あたしがねえ、あんなものと……おかしくってね。今度来たら、水ものませないで追っぱらってやる。」

向うの席から、たれかが、

「おい、伊奈ちゃん、ヤケ酒はおまえのことじゃないのか。宗坊に失恋したっていううわさだぜ。宗坊はずいぶんいろんな子をつれてあるいてるからなあ。」

客がどっと笑った。

「ばか、なにいってんだい、ばか。」

めくら滅法にコップを投げつけようとした手を、志方が軽くおさえた。

「きみ、そうだったのかい、宗坊と仲がよかったのかい。そいつは知らなかった。」

「デマだよ。失礼しちゃうね。あんなやつ、なんでもないんだよ。」

手足をばたばたさせたのが、志方の腕の中では、あばれがいもなく、かえって小鳥の羽根をつくろう媚になった。

宗吉と伊奈子とのあいだに何事かがおこったにしても、おこらなかったにしても、デマにしろ失恋にしろ、あるいは失恋でないにしろ、志方はどうでもよかった。つまらねえ、世間にざらにあら。所詮は当人の勝手であった。しかし、そのつまらないことのために、どうしてこうヤケ酒のなんのと、人間はばたばたしてみせるのか。まして、もしか宗吉の行方不明がやっぱりそのつまらないことのためだとしたらば、なんと、くだらねえ、それはもう世の中にありうべからざる無意味なことに属した。そのさきは志方にはなにもかんがえられなかった。伊奈子。こいつ、いったい何だろう。志方の目はいつも女しか見なかった。あの女、この女、いい女、わるい女、その他いろいろ……そういうけじめをきれいに知らなかった。女に附いているそれぞれの味は、アルコールに附けられた味と同様に、これまた志方の理解の外にあった。その理解の外に、じつに何物もありうべからざるところに、なにがごたごたもつれようと、いやはや、はなしにならなかった。志方は腕の中の女をじっと見直した。なんでえ、こんなもの、どこにでもころがってら。こいつでなくても代りはいくらもあら。志方は陸にあがった夜ひとりで寝るなどというあほなことはしない。どうせ今夜もどれか女を一箇抱いて寝るにきまっている。あの女でもよし、この女でもよし。それがこの伊奈子であっても、わるいということはなかった。

志方が腕をうごかすと、伊奈子のからだはすとんと膝の上に落ちこんで来た。

「ねえ、船長、あたし海に行きたいわ。船に乗っけてよ。」

「おれの船に乗せてやろう。」

「水の上にぽっかり浮かびたいきもち。」

「気に入った。」

「陸の見えないところに行きたいわ。いやなやつ、うるさいやつのいないところに。」

「海にはどんなやつもいねえよ。」

「いつ、つれてってくれる。」

「船はあしたの朝出る。今夜これからいっしょに来るか。」

「行くわ。」

志方ののみかけたコップを、伊奈子が横からさらって、ぐっと干した。夜がふけるにしたがって、客がぽつぽつかえって行った。店の隅で、元陸軍少将は鉛筆をなめながら売上の計算に夢中になっていて、娘のほうなんぞに気をくばっているひまはないというようすであった。やがて、志方は女を腕にからませて立ちあがった。

木戸口を出ると、いつもながら、まっくらな道であった。空には星さえ見えず、あたりは夜気にしめって、ひとの通るけはいも無かった。いきなり、出逢がしらに、その闇の中から、まぢかくあらわれたひとかげの、男と女と、ふたりづれがあやうくこちらにぶつかりそうになって、いそいで避けて、足をはやめて行きすぎた。とたんに、伊奈子はぱっと志方の腕から離れて、

「宗ちゃん。」

追いかけて行ったが、すぐ「あっ。」とさけんで、もどって来て、ふらふらと志方の胸もとにくずれかかった。

「どうした。」

「ちがった。」

志方は向うをすかして見た。闇の中を射るようなするどい目であった。

「いや、あれはどうも宗坊らしい。おーい、宗ちゃん。」

志方はほとんど正体の無い伊奈子のからだを木戸にもたらせておいて、ひとかげのあとを追った。さきのふたりづれは追跡されると知って、なにか危険を感じたのか、狼狽したらしく、ぱらぱらと駆け出して、いっさんに駆け抜けて、ついそこの町角をはやくもまがって行った。志方があとからその町角に駆けついたとき、ひろびろとした道に、男も女も、ひとかげは消えていた。どこへ行ったのか。立ちどまって、二度三度、あたりを見まわしたが、目にうつるものは無かった。道のほとりに屋台店が出ていたのを、のぞいて見ても、客はひとりもいなかった。

もどろうとして、もう一度ふりかえったとき、目のさきに、ひとのかげ一つ、男と見えるのが、かなたの暗い軒下から、いや、軒と軒とのあいだのほそい露地から、吐き出されたように、ふわりと道をかすめた。駆け出すというふうではない。闇に浮いて、ゆっくり向うにあるいて行く。志方はそれを見つめて、ちょっとためらったが、何となく心ひかれたのか、五六間追って行き、急にぴくりとして、

「宗ちゃん。」

かげは立ちどまった。志方はそれに突きあたるまでに駆け寄って、肩をぎゅっとつかんで、ゆすぶりながら、

「宗ちゃん、どうした。」

「あ、船長。」

たしかに宗吉にちがいなかった。しかし、何という宗吉だろう。手の下に、肩の肉ががっそり落ちて、つい骨があった。髪はみだれ、色がどす黒く、頬がこけて、その頬の上に一筋なまなましく、そこに白刃のきっさきが見えるほど、血をふいた傷痕があった。瞳の色の、闇にもまぎれず、深く澄んだのが、いっそひえびえとした。服は泥にまみれ、ぶかぶかになり、痩せただけせいが伸びたように見えたが、またそれだけに遣瀬なく、すすきの穂なんぞの、風も無いのに揺れるに似た。

「今どこにいるんだ。」

答えない。

「これからどこへ行くんだ。」

答えない。

「おい、いえよ、どこへ行くんだ。」

「判らない。」

志方はふとおもったことをすぐ口に出していった。

「おまえ、伊奈子が好きなんじゃないか。それだったら、たったいま、おれが行ってさらって来てやる。今夜、おまえに抱かせてやる。」

「そんなこと、おもってもみない。」

「おまえもちかごろはパンパンの五人や十人、附合があるらしいな。そいつらのところにでも行くのか。」

「灯の無いホテル。」

「え。」

「あいつらのところに行くというのは、どこにも行かないということだ。」

志方はめんどくせえというぐあいに、宗吉を引きずるようにして、そこに出ている屋台店ののれんをくぐった。ものもいわずに、ぐいぐいと二三杯、これは志方の流儀で、コップをあおりながら、なにげなく見ると、宗吉もおなじくぐいぐいと、たてつづけに干して、皿に盛ってあるあやしげなものを、手づかみ同然に、無雑做に食っていた。それは志方の目をおどろかしたけしきであった。

「おや、おまえ、ちかごろは何でもかまわずにのんだり食ったりしちゃうのか。」

「うむ。」

「もとはそうじゃなかったな。うまいとか、まずいとか、いやにこだわって、うるさく文句をつけてたじゃないか。今じゃ、うまいまずいが無くなったのか。それとも、まずいものがうまくなったのか。」

「そんなことはない。うまいまずいは今でもある。まずいものが急にうまくなったわけでもない。世の中には、単に食いものというのは無いはずだ。かならずうまい食いものであり、またはまずい食いものであり、それが世の中に食いものがあるということだ。うまいもの、まずいものは常にある。それが無くなったら、食いものは無く、世の中は無い。」

「それじゃ、どうしてまずいものを平気でむしゃむしゃ食えるんだ。」

「もとはそれが食えなかった。どうしても舌が承知しなかった。しかし、舌が堰こうと堰くまいと、世の中にはうまいものがあり、まずいものがある以上、まずいものだって、のどを通る権利があるだろうじゃないか。いや、いつのまにか、気がつかないうちに、今ではそれがしぜんにのどに通るようになった。まずいものは、まずいがままに通る。それだけのことだ。」

「よし。それなら、おまえ、今夜おれといっしょに芝浦に来い。もとのおまえには、芝浦はのどに通らなかったらしい。今なら通るだろう。」

「いやだ。」

どうだ。」

「どうして。芝浦のオカミがときどきおまえのことを気にしてるぜ。手づかみで食ったら

「あれはもうたくさんだ。もう判ってしまった。」

屋台店を出ると、志方はまた宗吉の肩をつかまえた。うっかり手をはなすと、つい闇の中に消えて行きそうにおもった。

「おい、ほんとのことをいえよ。おまえ、やっぱり伊奈子のところに行くつもりだろう。伊奈子が好きなんだろう。」

「好きでないとはいわない。ただ伊奈子のところへ行く道がふさがれてるんだ。」

「バクダン屋に行ったら、いつでも逢えるじゃないか。」

「木戸だ。ぶつかって行くと、木戸が、鼻のさきにがちゃんと締まるんだ。もどろうとすると、Come again! また駆け寄ると、がちゃん。Come again! がちゃん。Come again! がちゃん。永遠に、Come again! がちゃん、なんだ。」

「べらぼうな。あんなぺらぺらな木戸一枚、たたっこわして、はいればいいだろう。」

「いや、鉄壁だ。」

「それじゃ、今夜これからどうする。」

答えない。

志方はぽんと宗吉の肩を打って、大きい声でいった。

「おい、海に来いよ。おれといっしょに船に乗れよ。」

「遠すぎる。」

その声が瀕死の絶叫と聞えた。志方がひょっと手をゆるめたすきに、宗吉はあとずさりに、つっと、飛びのいて、たちまち身をひるがえして、道のほとりの、軒のかげに、軒をつたわって、季節には気の早い燕の飛ぶように、かなたに走り去った。志方はもうあとを追おうとはしなかった。

「おーい、海に来る気になったら、いつでもおれのところに来いよ。」

投げつけた声の消えたさきは、まだ夜明にはほどのある闇であった。

変貌の美学と可能性

解説　立石　伯

　夷齋学人・石川淳の強靱にして柔軟な精神の足跡はなにを語っているのであろうか。一九八七年米寿の年に向こう側の世界へと飛翔し、地上の時間軸では、すでにして二〇年近い長い時を閲《けみ》している。一九世紀の末年に生をうけた氏が、二〇世紀の一つの終焉を暗示した出来事であった。この精神的で微妙な消息を訪ねることは、単に石川淳の文業の全体像に肉薄する新たな努力ばかりでなく、それ以降のわが国の文学・芸術・文化のありようを遠望する根本的な探究に通ずるはずである。二一世紀の初年代において和漢洋の文学・芸術に通達した夷齋先生の精神の位置をしっかりと目測する必要がある所以である。

　石川淳の現実や時代と切り結び、闘いつづけた精神の軌跡は、一言でいえば、仮定から仮定へと飛翔するダイナミックな言葉の響きあう波動と延々とつづくその努力の線上にくっきりと刻印されている。原稿用紙にひとたび書きはじめられた言葉の力は精神の磁場を形成し、そこに生みだされた質量をバネにしながら、現実の闇のなかをペンが発明に向けて運動していくものにほかならない。

六作品を収録して新たに編まれたこの巻の独自の意義は、戦中・戦後ほぼ一五年間ほどの石川淳の精神の営為の典型的な軌跡が浮彫りにされていることに存する。石川淳理解のための補助線をひく意味で、私たちが氏の戦中の仕事のうちでも特に刮目してきた『森鷗外』(昭和一六年刊)『文学大概』(昭和一七年刊)について一言しておきたい。この二著は単に石川淳の仕事のうちでも卓越した批評・評論の文章だというにとどまらない。日本の昭和一〇年代以降における文学史的ありようをかえりみれば、これらの達成の高度さが目をひく。より端的にいえば、これらは時代の大枠を緊縛していた天皇制と治安維持法、検閲と十五年戦争下の総動員態勢の圧迫のなかで呻吟していた文学・芸術における独自な闘いの方向性や不可欠なあり方を示唆・告知していた。これらの領域における、進むべき明確な方向と文学の明快な時務を示していた。つまり、戦中の仕事というよりも、これらは日本現代文学のうち、昭和前半期を彩る批評・評論の名品にほかならないのである。そして、この二著は本巻の諸作品の目に見えない強靱な心棒、あるいは後ろ盾として機能している。ちなみに『森鷗外』から「諸国物語」の一節を引用しておきたい。

「しかるに、『諸国物語』以後、小説とはなにかという考に革命がおこった。ある結論に考え当ったのでもなく、考える方法が見つかったのでもなく、考のすすむ方向が単一化された。作者はもう考えることの空虚さに堪えられなくなって、精神の努力の線よりほかに身の置きどころはないと、遺瀬なくさとったけしきである。あとは発明すること以外に何の仕事もない。生活力とは前途の空虚なる空間を刻刻に充実させて行く精神力のことである。（中略）ただ刻下の現実の相よりほんのすこし速く、一秒の一千万分の一をいくつにも割った一つぐらい速く、空虚なる空間を充実させようとする精神の努力を小説だと、ここでたった一度だけ考えておく。作品の出来不出来などはもう考えるに値しない。」

この明快な認識は、本巻の小説群がかかれたときと時を同じくしていた。ペンとともに考えること、現実の闇を照射する光の発明、空虚なる空間の充実などが作者に要請されていた。また、精神と肉体の関係においても、精神と現実とが速さをきそいあう場所が自分の肉体で、そこに生死を賭けるという見解によくしめされてもいるであろう。

さて、大正末年に係わる同人誌「現代文学」に発表された氏の初期短篇小説群、昭和一〇年前後からの「佳人」（昭和一〇年発表）を典型とする「わたし」を主人公とする作品群、さらに『文学大概』にしめされた虚構の方法を見事に展開した長篇小説『白描』（昭和一四年連載）の特別なありよう、伝記『渡邊崋山』（昭和一六年刊）などを一望すると、氏の時代にまつわる文学意識の変化を云々するよりも、いかにかわらないで文学・精神の質を深化させてきたかが明白となるであろう。

『文学大概』に収録された外国文学者達――バルザック、スタンダル、ヴァレリイ、マラルメ、フランスなどは、氏の青春の文学遍歴の一端を想像させた。また、氏の死の床に残されていたヴェルレーヌから、ランボー、ボードレール、アメリカのエドガー・アラン・ポーなどが同時に髣髴たらしめられた。これらの作家・詩人達からの影響を云々する誘惑にかられそうだが、氏は他の作家・芸術家などからの影響に関し、ただ精神の位置においてうけるものでしかないと喝破していた。位置のエネルギィを精神の運動のそれへとどのように転化するかという機微にあった。したがって、「佳人」と同じ年にかかれた「山桜」（昭和一一年一月発表）にジェラール・ド・ネルヴァルがよびだされたために、作者のねらいを、超現実的、幻想的な世界の創出に係わるものだと早のみこみさせられるのは避けることができよう。

氏の特質をしめすこの作品の構造からデッサンしておこう。語り手の「わたし」は、絵描きとして設定されている。芸術家としての探求生活のために、世間的にいえば、ぐうたらな生活を送り、くらしに困っている。芸術家志望の成年の鬱屈が時代背景のもとによく描かれているが、彼は金の工面に武蔵野にある遠い親戚の善作宅に借金にいくことになる。広大な武蔵野のなかで道に迷っていた途中にであった少年がかつての恋人・京子と彼との間の子供であったが、彼に導かれて善作の家に到着した。そのときに、二人の顔立ちが瓜二つの造りであるのを見て、その夫・善作がかんじた憤怒、嫉妬心がこの作品の物語の表面を彩っていた。けれども、「山桜」のねらいは、前年に肺炎でなくなった愛人・京子が語り手の意識のなかでは実在しつづけていたため、ベランダの木陰に居ると錯覚して京子の像を描きとめようとしていたこと、いわば意識の世界と現実のそれの乖離と男女関係の謎めいたあり方が暗示されている点にあろう。一種ポー的な幻想世界にほかならない。

早手回しにいっておけば、本巻の六作品にも、日本や西欧の古典作品や民族的記憶などが作品に昇華され、活用されていた。外見的にはそれらの物語の換骨奪胎の手法が駆使されていたということができる。たとえば、ギリシアの軍神マルスから連想された戦争と軍歌の時世、イエス・キリストの乱世の民を救済するための降臨、身をやつした小野小町の変幻、聖母マリアの処女懐胎の奇蹟、道を求めつづけた善財童子の事跡など見やすかろう。山桜をネルヴァルのマントに凝縮されたダンディズムに対置した日本的美の一つの象徴とすることができるかもしれない。つまり、武蔵野の原中のわかれ道にある山桜や京子を撮影したとき背景となった山桜が美の一典型として出現していた。いわば、これらはある事跡の変換・転倒・変貌・象徴の透視画法とよんでもよかろう。

つぎに、「マルスの歌」にペンを向ける。私たちはこの作品を素材にして作者の戦中期における時代認識について云々してきた。一般的にいって、ある時代に生き、その只中で生活しているものにとって「時代」の本質的なあり方を認識することは一定の水準で可能であるとはいえ、十全な認識は不可能であろう。後世が時代思潮、生活の諸相などを詮索し客観化しようとしても時代の本質的な位相や作者の思想を全体的にくみ上げることはできまい。したがって、「マルスの歌」を読み進めていくときに、「マルス」の季節の実質を追究してもその深度を十分にはかることができないということを再確認しておこう。

ただし、日中戦争が勃発した年にペンが取られたこの作品は、語り手の認識において、マルスの季節の思想的状況をよく活写している。時代の傷口がぱっくり割れたいぶり臭い季節に、語り手が「NO！」と叫ぶことは当然の反応だといえる。正気と狂気との区別がつかない時季に、「わたしの正気をペン先に突きとめるために」この作品を書きすすめたことも納得できる。「思想、ああ、思想……はげしくのどが乾いて来た。現実のわたしののどのほかに、どこかでのどが大きく渇いているような気がした。」この時代認識は語り手の透徹した眼差しを覗見させている。そして、戦争中の愚昧な時世を尻目にして江戸に留学していたという氏が、当代の戦争の季節のただなかで、江戸の文人の寝惚先生（大田南畝）と銅脈先生（畠中観斎）の二達人によって髣髴たらしめられた風流なる遣取りの大概に、語り手をして想到せざるをえなくさせたのもよくわかる消息である。とはいえ、この作品の真骨頂は、時世を超克する思想や闊達なる江戸文人世界へ遊学することにあるのではない。作品の背骨をつらぬいている肝腎な眼目は、小説とはなにか、ものを書きすすめる精神の努力とはなにかとペンに鋭く問いかけつづけている点に存する。

氏をはじめとして、戦中の逼塞から脱して敗戦後に優れた作品をつぎつぎに創り出した

著者　昭和60年12月、自宅にて

『黄金伝説』表紙
(昭 21・11 中央公論社)

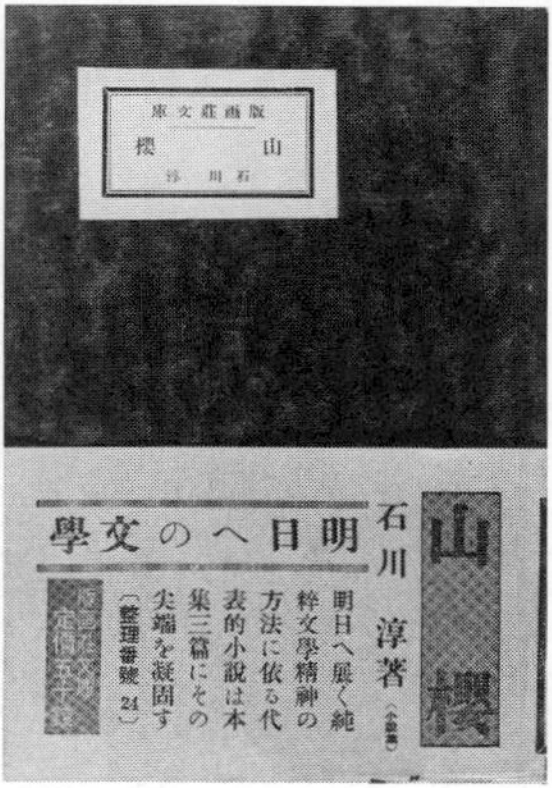

『山桜』表紙
(昭 12・12 版画荘文庫)

『処女懐胎』カバー
(昭 23・2 角川書店)

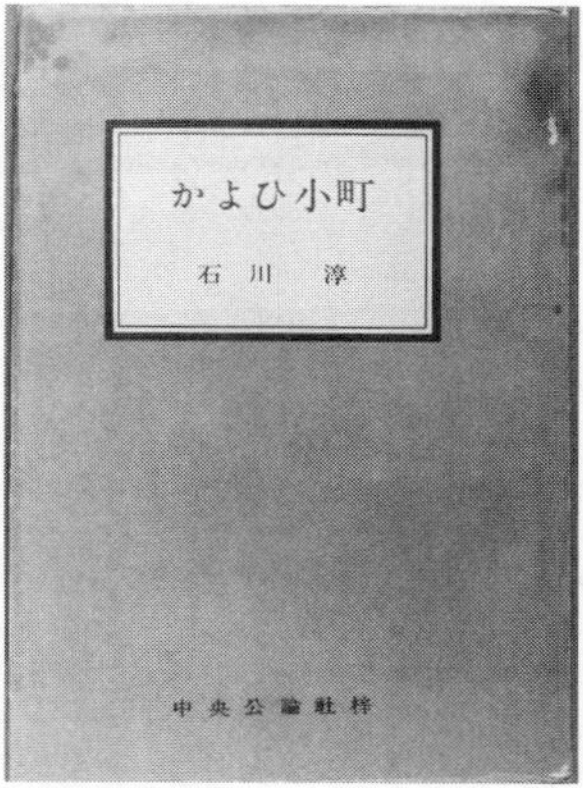

『かよい小町』表紙
(昭 22・11 中央公論社)

作家たちは、戦争の帰趨を自らの観察においてほぼ予測していた。昭和一〇年代にすでに自らの文学的・思想的な橋頭堡を人知れず築き上げ、そこにおいてその感受性、美意識、方法意識などに息を吹きこみつづけていた石川淳や坂口安吾などがしかりである。また習作的作品であれ文学と思想の根拠を表現世界へ昇華しようと営々と努力していた戦後文学者の埴谷雄高、椎名麟三、武田泰淳などもしかりである。彼らのように戦中の不自由を堪え忍んだ作家たちは、愚昧な時世が転倒されるやいなや、直ちに自らのペンの運動へと乗りこんでいきうる反発力と自己変革力を秘めていた。

対象の自在な変貌を重視する作者の眼差しと時代認識の方法は、「焼跡のイエス」にも鋭いかたちで覗見される。この作品は敗戦後の廃墟と闇市のイメージを見事に活写した同時代作品として優れた数本の指に数えられるであろう。人々は「正朔」を失い、基準となり準拠すべき歴史認識を欠き、感受性を豊かにする自然的世界を喪失したため、頼みとするのは、自らの肉体的・具体的・即物的な感覚でしかなかった。廃墟の闇市を徘徊するボロとデキモノとウミとシラミに鏤められたかっぱらいの少年が、わたしに襲いかかり財布を奪おうとするのも日常的な出来事の一つであった。ところが、襲いかかった少年がわたしに逆に組み伏せられたときに、あろう事か一瞬にして苦患にみちたナザレのイエス・キリストへと変貌するのは、滅多にありうることではない。けれども、一つの精神・肉体のはじまり・原点で生起しうる伝説的な場面として仮構されるならば、なに一つ疑うべきものはないということになろう。少年がもたらしたものが廃墟に生きたもの達への救いのメッセージであるか否かはともあれ、現実を超越した神話的な世界の顕現にほかならなかった。作品の結末において、昨日までの猥雑な上野の闇市が、あたかも沙漠の砂地にけものの足跡、蹄の跡が点々としるされているようにみえたのも、その場所が聖書の世界へと変質したことをしめしていた。この転変の妙こそが、この作品世界には必須の運びだった。

同じ異次元世界への昇華・転変のかたちが「かよい小町」にもみられるであろう。わたしはかつて、このような氏独特の方法を「やつし」と「みたて」として語ったことがあったが、ここでは言葉独自の存在創出作用の妙を引用でしめすにとどめる。癩の徴を乳房に刻印された染香の宿命を受けいれようと意志した語り手と彼女との会話の一節である。

「『礼拝堂が見える。十字架が金色に光っている。』
『どこに。』
『見えるだろう、あそこに。』
『見えるような気がするわ。』
『かならず見えなくちゃならない。』
『ほんとに見えるわ。』
『そういうウソはついたほうがいい。』
『だんだんウソみたいでなくなって来たわ。鐘の音が聞えて来たわ。』」

この見事な言葉の世界について、ここでは説明しない。また、もう一人の女人・よっちゃんの赤旗に付与された政治的な思想のありようについても割愛する。氏の青年期からの左翼的な政治的思想の来歴を語ることは簡単であろうが、氏がここで、社会主義・共産主義などに肩入れして、社会認識の一端を提示しようとしたはずはない。それらはあくまでも時代思潮の一面の点景物としてとりいれられ、キリスト教と同じように社会主義も、あるものへの換骨奪胎の機能の一つと化されていた。

右に素描したさまざまな換骨奪胎の手法を大仕掛けにして、キリスト教世界特有の一つの核心的あり方へと転移すればどうなるであろうか。すると、歴史的にきわめて多くの人々に語りつがれ、書きつがれてきた聖母マリアの処女懐胎という奇跡がひきよせられることになった。作家や画家たちがその想像力と信仰心を駆使して、マリアにつげられた神の言葉を告知してきているが、それは彼らの神話的な世界への信仰と宗教的な信仰心に裏打ちされていたということができよう。

ところで、「処女懐胎」世界を脇からささえていた「聖母」信仰という一つの観点から一瞥すると、この作品よりすこし後に書かれた『夷齋筆談』（昭和二五年連載開始）に恰好の文章を読むことができる。「精神が押しかけ壻の恋愛をおのれの課題としてとりあげるとき、逆に肉体の暴風の中に巻きこまれないためには、どうしても愛一般の規定の網を張らなくてはならぬという事情があるのだろう。原型に子の愛、母の愛を置いて、それを祭壇のほうに高めて行き、犠牲の小羊のことをいい、聖母観念のことをいう。さすがに精神の智略だけあって、聖母観念は幻術の妙をつくしている。」（「恋愛について」）わたし達も、「処女懐胎」の貞子において一種の「幻術の妙」をみたのであるが、これは作者の遊戯に近似したペンの働きにほかならなかった。

作者はつぎのような「幻術」を駆使する。

「またすこし行くと、みたび、

『あなたは世の中のたれにもまさって、わたくしを愛していらっしゃるの。』

『あなたが御承知ないことはありません。ぼくがあなたを愛していることは、あなたがよく御承知です。』

「……」

今度こそ、ほのかではあっても、徳雄はそのことばを聴きとったようにおもった。しかし、それは何ということばであったろう。それを心ひそかにくりかえすことは畏ろしく、もう一度口に出して聴き直すことはさらに畏ろしかった。ともあれ、耳にほのかに聴いたとおもったそのことばは『わが羔羊《こひつじ》をやしなえ』とひびいた。ぞっとした。ふかい懼れである。人間のかりそめに口にすべからざる此世ならぬことばであった。たちまち、この林の中は聖書の世界の中に割りつけられたようであった。」

換骨奪胎という蕪雑なことばは、じつはこの異次元世界への転移・昇華の妙をいうのである。作者がペンの要求した必然にしたがって活性化させた手法にほかならない。

この巻の作品題における見立ての仕上げは、「善財」である。「婬欲ハ即チコレ道ナリ」、善財童子は道をもとめて婬欲から始めたという。華厳経では童子は文殊から始めて普賢菩薩まで多くの先達のもとを遍歴して正覚をえたという。ところで、青年の主人公筧宗吉は混沌たる戦後世界のなかで焦燥にかられながら、自らのありようを探求していた。この遍歴に意識的な求道の目標は見受けられなかったが、求道の成果は、女人を通して達することのできる絶えざる努力の累積にほかならなかった。ただし、求める道ははるかに遠かった。宗吉が他の女たちのもとへは容易に行きつけても、求める恋人の稲富伊奈子のところへ行く道がふさがれてしまっていたために、つぎのような仕儀となった。

「『木戸だ。ぶつかって行くと、木戸が、鼻のさきにがちゃんと締まるんだ。もどろうとすると、Come again! また駆け寄ると、がちゃん。Come again! がちゃん。Come again! がちゃん。永遠に、Come again! がちゃん、なんだ。』」

宗吉にとって木戸は「鉄壁」として目の前に立ちふさがっていた。真正直に鉄壁と化した木戸に突進しても、壁を乗り越える方法を案出しなければ、ぶつかって首の骨を折るだけである。ただし、道は塞がれたように見えたが、彼のこの永劫回帰に似た認識において、将来には道が開かれる可能性を暗示していた。

夷齋・石川淳のめざましい批評と小説の言葉と文章の世界は、それぞれの筋道にしたがって現実の闇と切り結ぶことにおいて顕現した。そのとき、現実の諸相は、さまざまに変質させられた。すでに亡くなった女性が木陰のもとに在り、ボロをまとった少年が苦患するイエス・キリストへ、実在しないヨーロッパの田舎の景色が千葉の田舎に出現し、処女懐胎した女性を介して聖書的世界を現実に招来させ、また見えない鉄壁が青年のまえに強固に聳え立つ――これらは、作中人物たちの精神のたたかいの途上にかいま見られた奇跡ともいいうる乗り越えられるべき現実的一面にほかならなかった。これはほかでもない、各自の運動の出発点であり、到達すべき一つの指標への過程であった。

つまり、作中人物たちが直面していた現実が、もう一つのありうべき神話的時空へと変質・昇華される消息を啓示することであった。『文学大概』の一節を引用しておく。「小説の世界では、そこで精神がはたらきつづけるためには虚構という仮定を立てておくのが一番便利なのだ。」（「虚構について」）虚構世界と神話的世界は別だ、表裏の関係でもないと断っておく必要があろうか。氏がペンとともに疾駆した軌跡の線上には、さまざまな見事な仮定的世界が出現した。感覚と論理の首尾一貫性と閃く思考の飛躍が保証されていれば、言葉でしか到達することのできない緊密な小宇宙が顕現するということにほかならないのである。

年譜

石川淳

一八九九年（明治三二年）

三月七日、東京市浅草区寿町六番地（現・台東区寿三丁目）に生れる。父・斯波厚、母・寿美の次男。兄、姉がある。祖父・石川介、通称甲太郎（号・省斎）は昌平黌儒官。父は東京市会議員、共同銀行取締役。

一九〇五年（明治三八年）　六歳

四月、精華小学校入学。幼少期祖父より『論語』をはじめとする四書の素読を、淡島寒月から発句の手ほどきをうける。この頃から隅田川堤で遊ぶ。

一九一二年（明治四五年・大正元年）　一三歳

四月、私立京華中学校入学。夏目漱石、森鷗外、岩野泡鳴、漢文大系、江戸文学等の読書をこの頃より始める。

一九一六年（大正五年）　一七歳

三月、京華中学卒業。四月、慶応義塾文科に入学、その後退学。二年前、祖母・はなの養子に。前年暮、通学の市電で森鷗外に遭遇し感激。

一九一七年（大正六年）　一八歳

四月、東京外国語学校（現・東京外語大）仏語部に入学。フランス語・文学の本格的な勉強を始める。在学中、原語で仏文学を、アナキズム関係の書物を乱読。

一九二〇年（大正九年）　二一歳

三月、東京外国語学校卒業。日本銀行に就職するもまもなく退職。各種の嘱託で生活。
一九二一年（大正一〇年）二二歳
一〇月、野島辰次、高橋邦太郎らと共に「現代文学」創刊に参加。二四年一二月迄通巻二一号発行。この雑誌に習作、「銀瓶」、「拳」、「手の戦慄」、論文など一〇篇発表。
一九二二年（大正一一年）二三歳
一月、詩人、駐日大使ポール・クローデルの歓迎会に参加したり、講演をきく。一二月、「シャルル・ルイ・フィリップの一語」（「日本詩人」）発表。ドストエフスキイ、ジッドなどを熟読。
一九二三年（大正一二年）二四歳
本郷菊富士ホテルに住み、宇野浩二と親交を結ぶ。五月、「ポオル・クロオデルの立場」（「日本詩人」）発表。八月、アナトール・フランス『赤い百合』訳（春陽堂）刊行。九月、一日の関東大震災で山内義雄宅に避難。この頃、アナキストグループを知る。一〇月、「詩に關する一考察」（「日本詩人」、翌年三月迄三回）連載。
一九二四年（大正一三年）二五歳
四月、旧制福岡高等学校にフランス語専任講師として就職。カトリック思想、社会主義思想をこの頃特に深める。一〇月、ジッド『背徳者』訳（新潮社）刊行。
一九二六年（大正一五年・昭和元年）二七歳
三月、福岡高校退職。学生運動との関係で当局より辞職勧告を受け、前年の大晦日に帰京する。福岡滞在中、結婚生活をしていたらしいが詳細不明。五月、ラミュズ『悩めるジャン・リュック』訳（叢文閣）刊行。この頃から放浪生活をはじめる。
一九二八年（昭和三年）二九歳
一〇月、ジッド『法王廰の抜穴』訳（岩波書店）刊行。短文の発表はともかくも長い沈黙期に入る。前年、鎌倉から帰京。

一九三三年（昭和八年）三四歳
四月、モリエール『ドン・ジュアン』訳（春陽堂）刊行。一一月、「『背徳者』譯文の脱字」（「作品」）発表。翻訳や短文の発表再開。
一九三四年（昭和九年）三五歳
この頃本郷弓町に住む。二月、モリエール『人間ぎらひ』訳（春陽堂）刊行。一〇月、モリエール『タルテュフ』訳（春陽堂）刊行。
一九三五年（昭和一〇年）三六歳
五月、「佳人」（「作品」）発表、習作期から十数年後の処女小説。八月、「貧窮問答」（同）、一〇月、「葦手」（同、一二月迄三回）発表。
一九三六年（昭和一一年）三七歳
一月、「山櫻」（「文芸汎論」）発表。「佳人」をほめた牧野信一が三月に死去し、五月、「牧野信一氏を悼む」（「作品」）発表。六月、「普賢」（同、九月迄四回）連載、翌年二月に第四回芥川賞受賞となる。「象徴詩とヴァレリイ」（「福岡日日新聞」）発表。
一九三七年（昭和一二年）三八歳
二月、「あけら菅江」（「読売新聞」上、下は三月）発表。三月、『普賢』（版画荘）刊行。一〇月、「履霜」（「文芸春秋」）発表。一二月、『山櫻』（版画荘）刊行。
一九三八年（昭和一三年）三九歳
一月、「マルスの歌」（「文学界」）発表、反軍国調だとして発禁処分に。編集責任者河上徹太郎ともども罰金刑となる。芥川賞受賞後の出端を折られる。
一九三九年（昭和一四年）四〇歳
三月、「白描」（「長篇文庫」、九月迄六回）連載、西欧的虚構の方法による初の長篇。六月、「讀書法に就いて」（「読書と人生」）発表。
一九四〇年（昭和一五年）四一歳
三月、「短篇小説の構成」（三笠書房『現代文章講座』第一巻）発表。五月、「文章の形式と内容」（同第三巻）発表。六月、『白描』（三笠書房）刊行。

一九四一年（昭和一六年）　四二歳

三月、「ヴァレリイの假定」（「文庫」）発表。『渡邊崋山』（三笠書房）刊行。四月、「マラルメ」（「文芸情報」上旬号）発表。六月、「俳諧初心」（同下旬号、七月下旬号迄三回）連載。八月、「鷗外覺書」（「文庫」）発表。一二月、鷗外論の白眉『森鷗外』（三笠書房）刊行。

一九四二年（昭和一七年）　四三歳

五月、「祈禱と祝詞と散文」（「現代文学」）発表。七月、現代語訳 日本古典『秋成・綾足集』（小学館）刊行。八月、『渡邊崋山』（少年少女読物、三省堂）刊行、虚構理論と作家論の戦中の集大成『文學大概』（小学館）刊行。

一九四三年（昭和一八年）　四四歳

この頃六本木に住む。三月、「江戸人の發想法について」（「思想」）発表。「二葉亭四迷」（小学館『近代日本文学研究』上）発表。

一九四四年（昭和一九年）　四五歳

二月、『義貞記』（桜井書店）刊行。八月、「歴史小説について」（「新潮」）発表。

一九四五年（昭和二〇年）　四六歳

三月、永井荷風の偏奇館の焼失を見る。五月の空襲で被災し、麻布三河台町から船橋市に転居。厚生省の外郭団体に勤め出張中、北陸本線倶利伽羅峠近くで敗戦の報に接する。

一九四六年（昭和二一年）　四七歳

この年から戦中の文学・芸術の逼塞を打破する類の名作を創作。三月、「黄金傳說」（「中央公論」）発表。四月、「明月珠」（「三田文学」）発表。七月、「無盡燈」（「文芸春秋」）発表。一〇月、「燒跡のイエス」（「新潮」）発表。一一月、『黄金傳說』（中央公論社）刊行、米軍兵士に関する記述のある為に表題作をプレスコードで削除される。一二月、「雅歌」（「新生」）発表。

一九四七年（昭和二二年）　四八歳

この頃から戦後派文学者との交友関係緊密となる。一月、「かよひ小町」（「中央公論」）発表。九月、「處女懐胎」（「人間」）一二月迄四回）連載。この頃世田谷区北沢一丁目に転居。一一月、『かよひ小町』（中央公論社）刊行。

一九四八年（昭和二三年）　四九歳

二月、『處女懐胎』（角川書店）刊行。四月、近所の北沢二丁目に転居。五月、『無盡燈』（文芸春秋新社）刊行。六月に大島から帰り太宰治の自殺を知り、七月、「太宰治昇天」（「新潮」）発表、太宰とは戦前から四度ほど酒席を共に。九月、『石川淳著作集』（全国書房）全六巻刊行開始されるも、第四巻で版元倒産により中絶。

一九四九年（昭和二四年）　五〇歳

一月、「華厳」（「表現」）連載開始するも廃刊で六回で中絶、未完。七月、芝高輪南町に転居。八月、「善財」（「新潮」）発表。一二月、「夷齋雑談」（「近代文学」）発表。

一九五〇年（昭和二五年）　五一歳

一〇月、「夷齋筆談」（「新潮」、翌年八月迄一一回九篇）連載、夷齋もののうちの白眉。

一九五一年（昭和二六年）　五二歳

四月、「ジイドむかしばなし」（「文学界」）発表。八月、「夷齋俚言」（「文学界」、翌年八月迄一三篇）連載。

一九五二年（昭和二七年）　五三歳

四月、『夷齋筆談』（新潮社）刊行。六月、「歌仙」（「群像」、翌月迄二回）連載。九月、「夷齋清言」（「文学界」、翌年八月迄一二篇）連載。一〇月、『夷齋俚言』（文芸春秋新社）刊行。

一九五三年（昭和二八年）　五四歳

二月、杉並区清水町に転居。三月、「鷹」（「群像」）発表。四月、「新釋雨月物語」

（「別冊文芸春秋」、翌年八月迄九篇）連載。早大でフランス語の非常勤講師（翌々年三月迄）。七月、『鷹』（講談社）刊行。一一月、「珊瑚」（「群像」）発表、翌月、講談社より『珊瑚』刊行。

一九五四年（昭和二九年）　五五歳

三月、「鳴神」（「新潮」）発表。四月、『夷齋清言』（新潮社）刊行。五月、「虹」（「文学界」、一二月迄八回）連載。九月、『鳴神』（筑摩書房）刊行。この年、いわゆる「家来」を離別か。

一九五五年（昭和三〇年）　五六歳

一月、「しぐれ歌仙」（「群像」）発表。『虹』（講談社）刊行。二月、坂口安吾急逝により、「坂口安吾を悼む」（「別冊文芸春秋」）発表。一二月、「諸國畸人傳」（「別冊文芸春秋」、翌々年の六月迄一〇篇）連載。『落花』（新潮社）刊行。

一九五六年（昭和三一年）　五七歳

六月、「安吾のゐる風景」（「文学界」）発表。七月、「紫苑物語」（「中央公論」）発表、翌年三月、芸術選奨受賞。一〇月に講談社より『紫苑物語』刊行。

一九五七年（昭和三二年）　五八歳

四月、青春の頃の自伝的小説「白頭吟」（「中央公論」、一〇月迄七回）連載、一一月に中央公論社より『白頭吟』刊行。一〇月、『諸國畸人傳』（筑摩書房）刊行。

一九五八年（昭和三三年）　五九歳

三月、「八幡縁起」（「中央公論」）発表。七月、「修羅」（「中央公論」）発表、翌月に『修羅』中央公論社より刊行。

一九五九年（昭和三四年）　六〇歳

二月、『南画大体』（新潮社）刊行。五月、『靈薬十二神丹』（筑摩書房）刊行。四月に永井荷風死去により親炙した荷風に厳しい追悼文だが、七月、「敗荷落日」（「新潮」）発表。一一月、『影』（中央公論社）刊行。

一九六〇年（昭和三五年）　六一歳
三月、「蕪村風雅」（「俳句」）発表。五月、「日米新安保批准について」のアンケート（「世界」）発表。「戰中遺文」（「新潮」）発表。『新釋古事記』（筑摩書房）刊行。
一九六一年（昭和三六年）　六二歳
二月、『石川淳全集』（筑摩書房、翌年の一二月迄）全一〇巻刊行。五月、第一七回芸術院賞受賞。九月、「おまへの敵はおまへだ」（「群像」）発表、筑摩書房より同単行書刊行。一〇月、「夷齋遊戲」（「文学界」、翌年九月迄一二篇）連載。
一九六二年（昭和三七年）　六三歳
五月、「レス・ノン・ヴェルバ」（「世界」、一〇月迄六篇）連載。七月、芥川賞選考委員（七一年七月迄）になる。
一九六三年（昭和三八年）　六四歳
一月、後期長篇小説の時代を画する「荒魂」（「新潮」、翌年五月迄一六回）連載。三月、『夷齋遊戲』（筑摩書房）刊行。渋谷区代々木上原に転居。一一月、『喜壽童女』（筑摩書房）刊行。この年末に芸術院会員となる。
一九六四年（昭和三九年）　六五歳
七月、『荒魂』（新潮社）刊行。八月、ソヴィエト作家同盟の招待で訪ソ。東独、チェコ、フランスを歴訪し一〇月末帰国。一二月、渋谷区初台に転居。
一九六五年（昭和四〇年）　六六歳
一月、「至福千年」（「世界」、翌年一〇月迄二一回）連載。一〇月、『西游日錄』（筑摩書房）刊行。
一九六六年（昭和四一年）　六七歳
五月、「無明」（「新潮」）発表。七月、NHK・FM「作家と作品―石川淳」で『紫苑物語』の一節を朗読する。
一九六七年（昭和四二年）　六八歳
二月、中国文化大革命に対するアピールを発表。『至福千年』（岩波書店）刊行。一二月、

『一目見て憎め』（中央公論社）刊行。
一九六八年（昭和四三年）　六九歳
四月、全一三巻の『石川淳全集』（筑摩書房、翌年四月迄）刊行開始。
一九六九年（昭和四四年）　七〇歳
四月、「虎の國」（「文芸」）発表。七月、「天馬賦」（「海」、九月迄三回）連載、一一月に中央公論社より『天馬賦』刊行。一二月、「朝日新聞」文芸時評を翌々年一一月迄担当。
一九七〇年（昭和四五年）　七一歳
一月、「武運」（「海」）発表。一二月、三島由紀夫との対談「破裂のために集中する」（「中央公論」）発表、三島の自衛隊市谷駐屯地での自決は一一月二五日。
一九七一年（昭和四六年）　七二歳
二月、後期長篇小説中の傑作「狂風記」（「すばる」、八〇年四月迄四三回）連載。全力を傾注したためか短篇小説はこれ以降発表されなくなる。五月、『夷齋小識』（中央公論社）刊行。一一月、『鷗外全集』月報（岩波書店、七五年六月迄三八回八篇）連載。
一九七二年（昭和四七年）　七三歳
七月、「昭和十年代を聞く・石川淳氏」（「文学的立場」）掲載。「江戸文学について」講演、「中央公論」一一月号に発表。
一九七三年（昭和四八年）　七四歳
七月、『間間録』（毎日新聞社）刊行。
一九七四年（昭和四九年）　七五歳
一月、増補版『石川淳全集』（筑摩書房、翌年三月迄）全一四巻刊行開始。三月、「歌仙の世界」（「図書」）発表。
一九七五年（昭和五〇年）　七六歳
二月、『四畳半襖の下張』裁判の弁護側証人として出廷。三月、下旬より四月上旬に訪中学術文化使節団として中国に。六月、「北京獨吟」（「世界」、八月迄三回）連載。九月、『前賢餘韻』（岩波書店）刊行。
一九七六年（昭和五一年）　七七歳

五月、『夷齋虚實』（文芸春秋）刊行。

一九七七年（昭和五二年）七八歳

四月、「夷齋華言」（「新潮」、翌年五月迄一三回五篇）連載。一〇月、『夷齋座談』（中央公論社）刊行。

一九七八年（昭和五三年）七九歳

五月、中旬より翌月上旬にかけ、フランス、イタリア、オランダを歴訪。一〇月、「西遊五月の花」（「すばる」）発表。

一九七九年（昭和五四年）八〇歳

一月、「續夷齋華言」（「新潮」、翌年三月迄一一回三篇）連載、八〇年六月『江戸文學掌記』と改題、新潮社より刊行し、八一年二月、読売文学賞受賞。一一月、『石川淳選集』（岩波書店、翌々年三月迄全一七巻）刊行開始。

一九八〇年（昭和五五年）八一歳

五月、「歌仙―旅衣の巻」（「図書」）発表。八月、港区南青山に転居。一〇月、『狂風記』上下（集英社）刊行。

一九八一年（昭和五六年）八二歳

二月、共著『歌仙』（青土社）刊行。六月、「六道遊行」（「すばる」、翌年一二月迄一九回）連載。

一九八二年（昭和五七年）八三歳

一月、八一年度朝日賞受賞。

一九八三年（昭和五八年）八四歳

一月、「夷齋風雅」（「すばる」、一二月迄一二回）連載。四月、『六道遊行』（集英社）刊行。一一月、共著『酔ひどれ歌仙』（青土社）刊行。

一九八四年（昭和五九年）八五歳

一月、「天門」（「すばる」、翌年一〇月迄二二回）連載。

一九八五年（昭和六〇年）八六歳

一月、「三吟歌仙―初霞の巻」（「すばる」）発表。一二月、「四吟歌仙―紅葉の巻」（「すばる」）発表。

一九八六年（昭和六一年）八七歳
一月、「續夷齋風雅」（「すばる」、一二月迄一二回）連載、夷齋ものの最後の随筆となる。『天門』（集英社）刊行。一二月、「三吟歌仙―夕紅葉の巻」（「すばる」）発表。
一九八七年（昭和六二年）八八歳
一月、「蛇の歌」（「すばる」、翌年三月迄一六回）連載、未完。一二月二九日、新宿区社会保険中央病院で、肺癌のため死去。遺志により葬儀、墓も不用との事で、翌年一月二二日、新宿区千日谷会堂で「石川淳と別れる会」がもたれた。八王子某霊園に埋葬された。八八年四月、『蛇の歌』（集英社）、『夷齋風雅』（同）刊行。なお、八九年五月から、新版『石川淳全集』全一九巻が筑摩書房より刊行され始め、九二年一二月に完結した。

（諸種の年譜、伝記、研究を参照したことを断っておく。――**立石伯編**）

著書目録

石川淳

【単行本】

普賢	昭12・3	版画荘
山櫻	昭12・12	版画荘文庫24
白描	昭15・6	三笠書房
渡邊崋山	昭16・3	三笠書房
森鷗外	昭16・12	三笠書房
秋成・綾足集	昭17・7	小学館
渡邊崋山（改稿）	昭17・8	三省堂
文學大概	昭17・8	小学館
義貞記	昭19・2	桜井書店
黄金傳說	昭21・11	中央公論社
かよひ小町	昭22・11	中央公論社
處女懷胎	昭23・2	角川書店
無盡燈	昭23・5	文芸春秋新社
最後の晩餐	昭24・7	新潮社
夷齋筆談	昭27・4	新潮社
夷齋俚言	昭27・10	文芸春秋新社
鷹	昭28・7	講談社
珊瑚	昭28・12	講談社
夷齋清言	昭29・4	新潮社
鳴神	昭29・9	筑摩書房
虹	昭30・1	講談社
落花	昭30・12	新潮社
新釋雨月物語	昭31・1	講談社
紫苑物語	昭31・10	講談社
諸國畸人傳	昭32・10	筑摩書房
白頭吟	昭32・11	中央公論社

修羅　昭33・8　中央公論社
南画大体　昭34・2　新潮社
靈藥十二神丹　昭34・5　筑摩書房
影　昭34・11　中央公論社
新釋古事記　昭35・5　筑摩書房
夷齋饒舌　昭35・6　筑摩書房
おまへの敵はおまへだ　昭36・9　筑摩書房
夷齋遊戲　昭38・3　筑摩書房
喜壽童女　昭38・11　筑摩書房
荒魂　昭39・7　新潮社
西游日録　昭40・10　筑摩書房
至福千年　昭42・2　岩波書店
一目見て憎め　昭42・12　中央公論社
天馬賦　昭44・11　中央公論社
夷齋小識　昭46・5　中央公論社
鷹（現代文学秀作シリーズ）　昭46・7　講談社
文林通言　昭47・5　中央公論社
間間録　昭48・7　毎日新聞社
前賢餘韻　昭50・9　岩波書店
夷齋虚實　昭51・5　文芸春秋
夷齋座談＊　昭52・10　中央公論社
江戸文學掌記　昭55・6　新潮社
狂風記上下　昭55・10　集英社
歌仙＊　昭56・2　青土社
六道遊行　昭58・4　集英社
酔ひどれ歌仙＊　昭58・11　青土社
天門　昭61・1　集英社
蛇の歌　昭63・4　集英社
夷齋風雅　昭63・4　集英社
浅酌歌仙＊　昭63・7　集英社

翻訳

赤い百合　大12・8　春陽堂
背徳者　大13・10　新潮社
悩めるジャン・リュック　大15・5　叢文閣
法王廳の抜穴　昭3・10　岩波書店
ドン・ジュアン　昭8・4　春陽堂

人間ぎらひ　昭9・2　春陽堂
タルテュフ　昭9・10　春陽堂

【全集】

石川淳著作集
全六巻（第四巻迄刊行）　昭23・9〜24・3　全国書房
石川淳全集
全一〇巻（一〇巻本）　昭36・2〜37・12　筑摩書房
石川淳全集
全一三巻（一三巻本）　昭43・4〜44・4　筑摩書房
増補版　石川淳全集
全一四巻　昭49・1〜50・3　筑摩書房
石川淳選集
全一七巻　昭54・11〜56・3　岩波書店
石川淳全集
全一九巻（一九巻本）　平1・5〜4・12　筑摩書房
現代日本小説大系別冊
1（戦後篇1）　昭25　河出書房
現代日本小説大系54　昭26　河出書房
現代日本文学全集49　昭29　筑摩書房
昭和文学全集57　昭30　角川書店
日本国民文学全集27　昭31　河出書房
新選現代日本文学全集
2　昭34　筑摩書房
日本文学全集53　昭38　新潮社
現代文学大系52　昭41　筑摩書房
日本現代文学全集90　昭42　講談社
日本の文学60　昭42　中央公論社
日本短篇文学全集16　昭43　筑摩書房
現代日本文学館31　昭44　文芸春秋
日本文学全集69　昭44　集英社
現代日本文学大系76　昭44　筑摩書房
カラー版日本文学全集
32　昭45　河出書房新社
現代十人の作家5　昭46　二見書房
現代日本の文学18　昭46　学習研究社
新潮日本文学33　昭47　新潮社
豪華版日本文学全集69　昭48　集英社

新潮現代文学8　昭56　新潮社
芥川賞全集1　昭57　文芸春秋
現代の随想16　昭57　弥生書房
日本の文学64　昭60　ほるぷ出版
昭和文学全集15　昭62　小学館
ちくま日本文学全集　平3　筑摩書房
石川淳
日本幻想文学集成7　平3　国書刊行会
石川淳

【文庫】

焼跡のイエス・処女懐胎　昭45　新潮文庫
（解＝佐々木基一）
諸國畸人傳（解＝中村幸彦）　昭51　中公文庫
文學大概（解＝丸谷才一）　昭51　中公文庫
普賢（解＝佐々木基一）　昭52　集英社文庫
おとしばなし集　昭52　集英社文庫
（解＝丸谷才一）
夷齋筆談（解＝安部公房）　昭53　冨山房文庫
白描（解＝佐々木基一）　昭53　集英社文庫
文林通言　昭53　中公文庫
森鷗外（解＝竹盛天雄）　昭53　岩波文庫
夷齋小識　昭54　中公文庫
夷齋座談上下＊　昭56　中公文庫
至福千年（解＝澁澤龍彥）　昭58　岩波文庫
狂風記上下　昭60　集英社文庫
（解＝高橋源一郎）
天馬賦（解＝杉本秀太郎）　昭63　中公文庫
鷹（解＝菅野昭正　案＝立石伯　著）　昭63　文芸文庫
紫苑物語（解＝立石伯　案＝鈴木貞美　著）　平1　文芸文庫
白頭吟（解＝立石伯　案＝竹盛天雄　著）　平1　文芸文庫
江戸文学掌記（人＝立石伯　年　著）　平2　文芸文庫
安吾のいる風景・敗荷落日（人＝立石伯　年　著）　平3　文芸文庫
新釈雨月物語　新釈春雨　平3　ちくま文庫

物語（解＝三島由紀夫）
新釈古事記（解＝西郷信綱）平3 ちくま文庫
黄金伝説・雪のイヴ 平3 文芸文庫
（解＝立石伯 案＝日高昭二 著）
落花・蜃気楼・霊薬十二 平4 文芸文庫
神丹（解＝立石伯 案＝中島国彦 著）
影・裸婦変相・喜寿童女 平4 文芸文庫
（解＝立石伯 案＝井澤義雄 著）
ゆう女始末・おまえの 平4 文芸文庫
敵はおまえだ（解＝立石伯 案＝塩崎文雄 著）
荒魂（解＝立石伯 案＝島田 平5 文芸文庫
昭男 著）
森鷗外（解＝福田和也） 平6 ちくま学芸文庫
新釈雨月物語（解＝中村幸 平6 角川文庫
彦）

六道遊行（解＝石和鷹） 平7 集英社文庫
普賢・佳人（解＝立石伯 平7 文芸文庫
案＝石和鷹 著）
癇癖談《くせものがたり》（翻訳）（解＝野口 平7 ちくま文庫
武彦）
夷斎筆談・夷斎俚言（解＝ 平10 ちくま学芸文庫
加藤弘一）
戦後短篇小説再発見10 平14 文芸文庫
表現の冒険（解＝清水良典）

「著書目録」には原則として編著・再刊本等は入れなかった。／＊は対談・共著等を示す。／【文庫】は近年刊行書を中心に主要なものに限った。（ ）内の略号は、解＝解説 案＝作家案内 人＝人と作品 年＝年譜 著＝著書目録を示す。

（作成・立石伯）

本書は、『石川淳全集』第一、二、三巻（一九八九年五月、六月、七月 筑摩書房刊）を底本とし、新漢字、新かな遣いに改め多少ふりがなを加えました。本文中明らかな誤植と思われる箇所は正しましたが、原則として底本に従いました。また、底本にある表現で、今日からみれば不適切と思われる表現がありますが、時代背景と作品価値を考え著者が故人でもあることなどを考慮し、そのままにしました。よろしくご理解の程お願いいたします。

焼跡《やけあと》のイエス・善財《ぜんざい》

石川淳《いしかわじゅん》

二〇〇六年一一月一〇日第一刷発行
二〇二五年三月一八日第一〇刷発行

発行者――篠木和久
発行所――株式会社　講談社
東京都文京区音羽2・12・21　〒112-8001
電話　編集（03）5395・3513
販売（03）5395・5817
業務（03）5395・3615

デザイン――菊地信義
印刷――株式会社KPSプロダクツ
製本――株式会社国宝社
本文データ制作――講談社デジタル製作

定価はカバーに表示してあります。

講談社
文芸文庫

ISBN4-06-198458-6

講談社文芸文庫

青木淳選——建築文学傑作選	青木 淳——解
青山二郎——眼の哲学|利休伝ノート	森 孝——人／森 孝——年
阿川弘之——舷燈	岡田 睦——解／進藤純孝——案
阿川弘之——鮎の宿	岡田 睦——年
阿川弘之——論語知らずの論語読み	高島俊男——解／岡田 睦——年
阿川弘之——亡き母や	小山鉄郎——解／岡田 睦——年
秋山駿——小林秀雄と中原中也	井口時男——解／著者他——年
芥川龍之介-上海游記|江南游記	伊藤桂一——解／藤本寿彦——年
芥川龍之介 谷崎潤一郎-文芸的な、余りに文芸的な|饒舌録ほか 芥川vs.谷崎論争 千葉俊二編	千葉俊二——解
安部公房——砂漠の思想	沼野充義——人／谷 真介——年
安部公房——終りし道の標べに	リービ英雄-解／谷 真介——案
安部ヨリミ-スフィンクスは笑う	三浦雅士——解
有吉佐和子-地唄|三婆 有吉佐和子作品集	宮内淳子——解／宮内淳子——年
有吉佐和子-有田川	半田美永——解／宮内淳子——年
安藤礼二——光の曼陀羅 日本文学論	大江健三郎賞選評-解／著者——年
安藤礼二——神々の闘争 折口信夫論	斎藤英喜——解／著者——年
李良枝——由熙|ナビ・タリョン	渡部直己——解／編集部——年
李良枝——石の聲 完全版	李 栄——解／編集部——年
石川桂郎——妻の温泉	富岡幸一郎-解
石川 淳——紫苑物語	立石 伯——解／鈴木貞美——案
石川 淳——黄金伝説|雪のイヴ	立石 伯——解／日高昭二——案
石川 淳——普賢|佳人	立石 伯——解／石和 鷹——案
石川 淳——焼跡のイエス|善財	立石 伯——解／立石 伯——年
石川啄木——雲は天才である	関川夏央——解／佐藤清文——年
石坂洋次郎-乳母車|最後の女 石坂洋次郎傑作短編選	三浦雅士——解／森 英一——年
石原吉郎——石原吉郎詩文集	佐々木幹郎-解／小柳玲子——年
石牟礼道子-妣たちの国 石牟礼道子詩歌文集	伊藤比呂美-解／渡辺京二——年
石牟礼道子-西南役伝説	赤坂憲雄——解／渡辺京二——年
磯﨑憲一郎-鳥獣戯画|我が人生最悪の時	乗代雄介——解／著者——年
伊藤桂一——静かなノモンハン	勝又 浩——解／久米 勲——年
伊藤痴遊——隠れたる事実 明治裏面史	木村 洋——解
伊藤痴遊——続 隠れたる事実 明治裏面史	奈良岡聰智-解
伊藤比呂美-とげ抜き 新巣鴨地蔵縁起	栩木伸明——解／著者——年

▶解=解説 案=作家案内 人=人と作品 年=年譜を示す。 2025年2月現在

講談社文芸文庫

稲垣足穂 ―稲垣足穂詩文集　高橋孝次―解／高橋孝次―年
稲葉真弓 ―半島へ　木村朗子―解
井上ひさし―京伝店の烟草入れ 井上ひさし江戸小説集　野口武彦―解／渡辺昭夫―年
井上靖 ―補陀落渡海記 井上靖短篇名作集　曾根博義―解／曾根博義―年
井上靖 ―本覚坊遺文　高橋英夫―解／曾根博義―年
井上靖 ―崑崙の玉｜漂流 井上靖歴史小説傑作選　島内景二―解／曾根博義―年
井伏鱒二 ―還暦の鯉　庄野潤三―人／松本武夫―年
井伏鱒二 ―厄除け詩集　河盛好蔵―人／松本武夫―年
井伏鱒二 ―夜ふけと梅の花｜山椒魚　秋山 駿―解／松本武夫―年
井伏鱒二 ―鞆ノ津茶会記　加藤典洋―解／寺横武夫―年
井伏鱒二 ―釣師・釣場　夢枕 獏―解／寺横武夫―年
色川武大 ―生家へ　平岡篤頼―解／著者―年
色川武大 ―狂人日記　佐伯一麦―解／著者―年
色川武大 ―小さな部屋｜明日泣く　内藤 誠―解／著者―年
岩阪恵子 ―木山さん、捷平さん　蜂飼 耳―解／著者―年
内田百閒 ―百閒随筆 II 池内紀編　池内 紀―解／佐藤 聖―年
内田百閒 ―［ワイド版］百閒随筆 I 池内紀編　池内 紀―解
宇野浩二 ―思い川｜枯木のある風景｜蔵の中　水上 勉―解／柳沢孝子―案
梅崎春生 ―桜島｜日の果て｜幻化　川村 湊―解／古林 尚―案
梅崎春生 ―ボロ家の春秋　菅野昭正―解／編集部―年
梅崎春生 ―狂い凧　戸塚麻子―解／編集部―年
梅崎春生 ―悪酒の時代 猫のことなど ―梅崎春生随筆集―　外岡秀俊―解／編集部―年
江藤淳 ―成熟と喪失 ―"母"の崩壊―　上野千鶴子―解／平岡敏夫―案
江藤淳 ―考えるよろこび　田中和生―解／武藤康史―年
江藤淳 ―旅の話・犬の夢　富岡幸一郎―解／武藤康史―年
江藤淳 ―海舟余波 わが読史余滴　武藤康史―解／武藤康史―年
江藤淳・蓮實重彥 ―オールド・ファッション 普通の会話　高橋源一郎―解
遠藤周作 ―青い小さな葡萄　上総英郎―解／古屋健三―案
遠藤周作 ―白い人｜黄色い人　若林 真―解／広石廉二―年
遠藤周作 ―遠藤周作短篇名作選　加藤宗哉―解／加藤宗哉―年
遠藤周作 ―『深い河』創作日記　加藤宗哉―解／加藤宗哉―年
遠藤周作 ―［ワイド版］哀歌　上総英郎―解／高山鉄男―案
大江健三郎-万延元年のフットボール　加藤典洋―解／古林 尚―案

講談社文芸文庫

講談社文芸文庫

小沼丹——小さな手袋　中村 明——人／中村 明——年
小沼丹——村のエトランジェ　長谷川郁夫—解／中村 明——年
小沼丹——珈琲挽き　清水良典——解／中村 明——年
小沼丹——木菟燈籠　堀江敏幸——解／中村 明——年
小沼丹——藁屋根　佐々木 敦——解／中村 明——年
折口信夫—折口信夫文芸論集 安藤礼二編　安藤礼二——解／著者——年
折口信夫—折口信夫天皇論集 安藤礼二編　安藤礼二——解
折口信夫—折口信夫芸能論集 安藤礼二編　安藤礼二——解
折口信夫—折口信夫対話集 安藤礼二編　安藤礼二——解／著者——年
加賀乙彦—帰らざる夏　リービ英雄—解／金子昌夫——案
葛西善蔵—哀しき父｜椎の若葉　水上 勉——解／鎌田 慧——案
葛西善蔵—贋物｜父の葬式　鎌田 慧——解
加藤典洋—アメリカの影　田中和生——解／著者——年
加藤典洋—戦後的思考　東 浩紀——解／著者——年
加藤典洋—完本 太宰と井伏 ふたつの戦後　與那覇 潤——解／著者——年
加藤典洋—テクストから遠く離れて　高橋源一郎—解／著者・編集部—年
加藤典洋—村上春樹の世界　マイケル・エメリック—解
加藤典洋—小説の未来　竹田青嗣——解／著者・編集部—年
加藤典洋—人類が永遠に続くのではないとしたら　吉川浩満——解／著者・編集部—年
加藤典洋—新旧論 三つの「新しさ」と「古さ」の共存　瀬尾育生——解／著者・編集部—年
金井美恵子-愛の生活｜森のメリュジーヌ　芳川泰久——解／武藤康史——年
金井美恵子-ピクニック、その他の短篇　堀江敏幸——解／武藤康史——年
金井美恵子-砂の粒｜孤独な場所で 金井美恵子自選短篇集　磯﨑憲一郎—解／前田晃——年
金井美恵子-恋人たち｜降誕祭の夜 金井美恵子自選短篇集　中原昌也——解／前田晃——年
金井美恵子-エオンタ｜自然の子供 金井美恵子自選短篇集　野田康文——解／前田晃——年
金井美恵子-軽いめまい　ケイト・ザンブレノ—解／前田晃——年
金子光晴—絶望の精神史　伊藤信吉——人／中島可一郎—年
金子光晴—詩集「三人」　原 満三寿——解／編集部——年
鏑木清方—紫陽花舎随筆 山田肇選　鏑木清方記念美術館—年
嘉村礒多—業苦｜崖の下　秋山 駿——解／太田静一——年
柄谷行人—意味という病　絓 秀実——解／曾根博義——案
柄谷行人—畏怖する人間　井口時男——解／三浦雅士——案
柄谷行人編-近代日本の批評 I 昭和篇上
柄谷行人編-近代日本の批評 II 昭和篇下

講談社文芸文庫

柄谷行人編	近代日本の批評 Ⅲ 明治・大正篇	
柄谷行人	坂口安吾と中上健次	井口時男──解／関井光男──年
柄谷行人	日本近代文学の起源 原本	関井光男──年
柄谷行人 中上健次	柄谷行人中上健次全対話	高澤秀次──解
柄谷行人	反文学論	池田雄一──解／関井光男──年
柄谷行人 蓮實重彥	柄谷行人蓮實重彥全対話	
柄谷行人	柄谷行人インタヴューズ1977-2001	
柄谷行人	柄谷行人インタヴューズ2002-2013	丸川哲史──解／関井光男──年
柄谷行人	[ワイド版]意味という病	絓 秀実──解／曾根博義──案
柄谷行人	内省と遡行	
柄谷行人 浅田彰	柄谷行人浅田彰全対話	
柄谷行人	柄谷行人対話篇Ⅰ 1970-83	
柄谷行人	柄谷行人対話篇Ⅱ 1984-88	
柄谷行人	柄谷行人対話篇Ⅲ 1989-2008	
柄谷行人	柄谷行人の初期思想	國分功一郎-解／関井光男・編集部-年
河井寛次郎	火の誓い	河井須也子-人／鷺 珠江──年
河井寛次郎	蝶が飛ぶ 葉っぱが飛ぶ	河井須也子-解／鷺 珠江──年
川喜田半泥子	随筆 泥仏堂日録	森 孝一──解／森 孝一──年
川崎長太郎	抹香町｜路傍	秋山 駿──解／保昌正夫──年
川崎長太郎	鳳仙花	川村二郎──解／保昌正夫──年
川崎長太郎	老残｜死に近く 川崎長太郎老境小説集	いしいしんじ-解／齋藤秀昭──年
川崎長太郎	泡｜裸木 川崎長太郎花街小説集	齋藤秀昭──解／齋藤秀昭──年
川崎長太郎	ひかげの宿｜山桜 川崎長太郎「抹香町」小説集	齋藤秀昭──解／齋藤秀昭──年
川端康成	一草一花	勝又 浩──人／川端香男里-年
川端康成	水晶幻想｜禽獣	高橋英夫──解／羽鳥徹哉──案
川端康成	反橋｜しぐれ｜たまゆら	竹西寛子──解／原 善──案
川端康成	たんぽぽ	秋山 駿──解／近藤裕子──案
川端康成	浅草紅団｜浅草祭	増田みず子-解／栗坪良樹──案
川端康成	文芸時評	羽鳥徹哉──解／川端香男里-年
川端康成	非常｜寒風｜雪国抄 川端康成傑作短篇再発見	富岡幸一郎-解／川端香男里-年
上林暁	聖ヨハネ病院にて｜大懺悔	富岡幸一郎-解／津久井 隆──年

講談社文芸文庫

菊地信義──装幀百花 菊地信義のデザイン 水戸部功編　水戸部 功──解／水戸部 功──年
木下杢太郎-木下杢太郎随筆集　岩阪恵子──解／柿谷浩一──年
木山捷平──氏神さま｜春雨｜耳学問　岩阪恵子──解／保昌正夫──案
木山捷平──鳴るは風鈴 木山捷平ユーモア小説選　坪内祐三──解／編集部──年
木山捷平──落葉｜回転窓 木山捷平純情小説選　岩阪恵子──解／編集部──年
木山捷平──新編 日本の旅あちこち　岡崎武志──解
木山捷平──酔いざめ日記
木山捷平──[ワイド版]長春五馬路　蜂飼 耳──解／編集部──年
京須偕充──圓生の録音室　赤川次郎・柳家喬太郎──解
清岡卓行──アカシヤの大連　宇佐美 斉──解／馬渡憲三郎-案
久坂葉子──幾度目かの最期 久坂葉子作品集　久坂部 羊──解／久米 勲──年
窪川鶴次郎-東京の散歩道　勝又 浩──解
倉橋由美子-蛇｜愛の陰画　小池真理子-解／古屋美登里-年
黒井千次──たまらん坂 武蔵野短篇集　辻井 喬──解／篠崎美生子-年
黒井千次選-「内向の世代」初期作品アンソロジー
黒島伝治──橇｜豚群　勝又 浩──人／戎居士郎──年
群像編集部編-群像短篇名作選 1946～1969
群像編集部編-群像短篇名作選 1970～1999
群像編集部編-群像短篇名作選 2000～2014
幸田文──ちぎれ雲　中沢けい──人／藤本寿彦──年
幸田文──番茶菓子　勝又 浩──人／藤本寿彦──年
幸田文──包む　荒川洋治──人／藤本寿彦──年
幸田文──草の花　池内 紀──人／藤本寿彦──年
幸田文──猿のこしかけ　小林裕子──解／藤本寿彦──年
幸田文──回転どあ｜東京と大阪と　藤本寿彦──解／藤本寿彦──年
幸田文──さざなみの日記　村松友視──解／藤本寿彦──年
幸田文──黒い裾　出久根達郎-解／藤本寿彦──年
幸田文──北愁　群 ようこ──解／藤本寿彦──年
幸田文──男　山本ふみこ-解／藤本寿彦──年
幸田露伴──運命｜幽情記　川村二郎──解／登尾 豊──案
幸田露伴──芭蕉入門　小澤 實──解
幸田露伴──蒲生氏郷｜武田信玄｜今川義元　西川貴子──解／藤本寿彦──年
幸田露伴──珍饌会 露伴の食　南條竹則──解／藤本寿彦──年
講談社編──東京オリンピック 文学者の見た世紀の祭典　高橋源一郎-解

講談社文芸文庫

講談社文芸文庫編-第三の新人名作選　富岡幸一郎-解
講談社文芸文庫編-大東京繁昌記 下町篇　川本三郎——解
講談社文芸文庫編-大東京繁昌記 山手篇　森 まゆみ—解
講談社文芸文庫編-戦争小説短篇名作選　若松英輔——解
講談社文芸文庫編-明治深刻悲惨小説集 齋藤秀昭選　齋藤秀昭——解
講談社文芸文庫編-個人全集月報集 武田百合子全作品・森茉莉全集
小島信夫——抱擁家族　大橋健三郎-解／保昌正夫——案
小島信夫——うるわしき日々　千石英世——解／岡田 啓——年
小島信夫——月光|暮坂 小島信夫後期作品集　山崎 勉——解／編集部——年
小島信夫——美濃　保坂和志——解／柿谷浩一——年
小島信夫——公園|卒業式 小島信夫初期作品集　佐々木 敦—解／柿谷浩一——年
小島信夫——各務原・名古屋・国立　高橋源一郎-解／柿谷浩一——年
小島信夫——[ワイド版]抱擁家族　大橋健三郎-解／保昌正夫——案
後藤明生——挾み撃ち　武田信明——解／著者——年
後藤明生——首塚の上のアドバルーン　芳川泰久——解／著者——年
小林信彦——[ワイド版]袋小路の休日　坪内祐三——解／著者——年
小林秀雄——栗の樹　秋山 駿——人／吉田凞生——年
小林秀雄——小林秀雄対話集　秋山 駿——解／吉田凞生——年
小林秀雄——小林秀雄全文芸時評集 上・下　山城むつみ-解／吉田凞生——年
小林秀雄——[ワイド版]小林秀雄対話集　秋山 駿——解／吉田凞生——年
佐伯一麦——ショート・サーキット 佐伯一麦初期作品集　福田和也——解／二瓶浩明——年
佐伯一麦——日和山 佐伯一麦自選短篇集　阿部公彦——解／著者——年
佐伯一麦——ノルゲ Norge　三浦雅士——解／著者——年
坂口安吾——風と光と二十の私と　川村 湊——解／関井光男——案
坂口安吾——桜の森の満開の下　川村 湊——解／和田博文——案
坂口安吾——日本文化私観 坂口安吾エッセイ選　川村 湊——解／若月忠信——年
坂口安吾——教祖の文学|不良少年とキリスト 坂口安吾エッセイ選　川村 湊——解／若月忠信——年
阪田寛夫——庄野潤三ノート　富岡幸一郎-解
鷺沢萠——帰れぬ人びと　川村 湊——解／著者、オフィスめめ—年
佐々木邦——苦心の学友 少年倶楽部名作選　松井和男——解
佐多稲子——私の東京地図　川本三郎——解／佐多稲子研究会—年
佐藤紅緑——ああ玉杯に花うけて 少年倶楽部名作選　紀田順一郎-解
佐藤春夫——わんぱく時代　佐藤洋二郎-解／牛山百合子—年
里見弴——恋ごころ 里見弴短篇集　丸谷才一——解／武藤康史——年